Horst Seidenfaden



# Hadubrands Erbe

Anke Dankelmanns neuer Fall

B|S
&

SIEBENHAAR VERLAG

1. Auflage 2009

Satz: B&S SIEBENHAAR
Druck und Bindung: Offsetdruckerei Holga Wende
Umschlaggestaltung: Martina Eull



ISBN 978-3-936962-61-1
Printed in Germany

**www.siebenhaar-verlag.de**

# Inhalt

Für die einzige Biene.

# 1

Die rhythmischen Geräusche der verschiedenen Trommeln trugen ihren Teil dazu bei, dass der Kulisse etwas Gespenstisches, fast Mystisches innewohnte. Es war Vollmond, zumindest dem Kalender nach. Diese Novembernacht ließ allerdings kein Licht vom Himmel zu: Die Wolken schienen kilometerdick zu sein. Der Nebel im Bergpark packte alles in eine beinahe undurchsichtige Watte. Die Menschen, die sich wie zu jeder Vollmondnacht hier an der Plutogrotte unterhalb des Herkules versammelt hatten, tauchten gelegentlich schemenhaft auf. Von der Stadt, die tief unten am Fuß des Bergparks lag, war nur ein hellgrauer Lichtschimmer zu sehen. Vollmondtrommeln an der Plutogrotte: irgendwann hatten ein paar Menschen vor Jahren damit begonnen. Mittlerweile kamen Dutzende, in Sommernächten hunderte von Menschen. Es wurde getanzt, meditiert, gesungen. Manche rezitierten leise Gedichte, andere nutzten die Magie dieser Nacht, um irgendwo in den Gebüschen ein Kind zu zeugen. Die drei Männer, die sich am Rand des Plateaus trafen, wurden an diesem Tag im Nebel nicht beachtet. Alle drei trugen dunkle Fleece-Pullover und schwarze Woll-Pudelmützen. Es gab an diesem Tag vermutlich in ganz Kassel keinen besseren Ort, um sich unerkannt zu treffen. Im dichten Nebel flüsterten sie in dürren Worten miteinander. Sie hatten sich zur Begrüßung umarmt. Der Größte der drei hatte das Gespräch eröffnet. »Morgen ist Mittwoch. Ideal. Was meint ihr?« Ein Tag wie jeder andere, oder?« hatte der Kleinste gesagt. »Ja und Nein. Morgen sind keine Veranstaltungen, ich habe das gecheckt. Sie sind daheim. Ganz sicher.« »Okay. Dann morgen. Treffpunkt?« »20 Uhr. Unten am Straßenbahndepot. Sagt ihr Lutz Bescheid?« Der Größere schaute seine Gesprächspartner mit stechendem Blick an. »Ja. Sobald er von der Schicht nach Hause kommt. Morgen hat er ja frei.« Der Mittlere nickte. Sie murmelten ein paar Abschiedsworte, die rechten Hände wurden in die Mitte gestreckt und aufeinandergelegt. Ein Ritual. Keiner sah zu. Das Trommeln ging unverändert weiter, es würde noch Stunden anhalten. Die drei Männer verschwanden, nach vielen schweigend verbrachten Minuten, in unterschiedliche Richtungen. Als der Größte des Trios über die Tuffsteinmauer sprang, die den Kaskadenbereich vom Wald abgrenzte, verschob sich der Pullover und gab für einen kurzen Moment ein Messer frei, das am Gürtel festgemacht war. Sekunden später hatte der Nebel die Gestalten verschluckt. Niemand hatte sie wahrgenommen. Niemand würde sich an sie erinnern können. In Zeiten, in denen man Telefongespräche jederzeit zurückverfolgen konnte, hatten persönliche Treffen im größtmöglichen Schatten des Lebens Konjunktur.

## 2

Anke Dankelmann und Valentin Willimowski kamen lachend aus dem »El Sol«, einer spanischen Szenekneipe in der Hermannstraße, die das Königstor mit der Wilhelmshöher Allee verbindet. Sie waren jetzt ein halbes Jahr zusammen. Den Tag, an dem sie sich zum ersten Mal geküsst hatten, hatten beide als ihren »Hochzeitstag« gewählt. Es waren unterhaltsame sechs Monate gewesen – die Polizeihauptkommissarin und der Staatsanwalt. In Kassels Justiz- und Polizeiszene waren sie monatelang Gesprächsstoff Nummer eins. Langsam ging den Schwätzern aber die Luft aus. Allen Unkenrufen zum Trotz waren sie halt immer noch zusammen. Manchmal wunderten sie sich selbst darüber. Nach so ewig langen Jahren Singledaseins war es für beide gar nicht so einfach, plötzlich einen Partner dauerhaft ins eigene Leben zu lassen. Sie hatten noch nie darüber gesprochen, eine gemeinsame Wohnung zu nehmen. Irgendwie konnte sich das Anke Dankelmann sowieso nicht so richtig vorstellen. Sie genoss Willimowski – und sie genoss ihre Möglichkeit, sich zurückzuziehen. Heute Abend hatten sie gefeiert. Einen Mojito vor dem Essen, einen zum Essen, einen nach dem Essen. Draußen war es neblig, so neblig, dass sich die Akustik der Stadt veränderte. Sie hakte sich bei Willimowski unter und drängte ihn in Richtung Westen – heute Nacht wollte sie nicht allein sein. An der Wilhelmshöher Allee schaute sie in Richtung Herkules. Die Sicht reichte vielleicht hundert Meter, die Autos schlichen die Straßen entlang. Vom erleuchteten Herkules keine Spur. »Weißt du, das ist ein Wetter wie in einem englischen Krimi. So von Edgar Wallace. Irgendwo kommt jetzt ein Abt um die Ecke, Klaus Kinski fällt tot hinter der Litfasssäule da vorn um, oder der Frosch mit der Maske hüpft mit Harpune durch den Nebel. Wenn ich dich so anschaue: Hast du den damals gedoubelt?« »Anke. Heute ist Hochzeitstag und du – ich gebe es auf. Zuhause zeige ich dir gleich, was der Frosch mit der Maske mit bösen Mädchen anstellt.« »Dann musst du mich aber erst fangen.« Sie rannte los, wie ein kleines Mädchen, Willimowski holte sie erst an der Kreuzung zur Querallee ein. Sie nahmen sich in den Arm und badeten in ihren Gefühlen. »Mal ganz ehrlich«, sagte Anke Dankelmann plötzlich. »Ich habe ein dummes Gefühl. Irgendwas passiert.« Sie schaute sich um und blickte überall in dichten Nebel. Sie schauderte. »Komm. Was passiert, haben wir ja selbst in der Hand, oder?« Willimowski grinste, legte den Arm um seine Freundin und drängte sie in Richtung Heimat.

## 3

Einige Meter auf der anderen Straßenseite hatte sie ein Mann aus einer Wohnung über einer Kneipe völlig emotionslos beobachtet. Er schob langsam den Vorhang wieder zurück, drehte sich im beinahe dunklen Zimmer um und ging zu einem Schrank, der voll mit Schwertern, Lanzen und Bögen war. Eine kleine Kerze stiftete ein wenig Licht. Er griff sich einen Speer, den er selbst aus Eschenholz gearbeitet hatte. Er betrachtete die Metallspitze und holte einen Wetzstein aus der Küche. Er hatte die Klinge dutzende Male geschärft. Doch der morgige Tag war entscheidend. Der Speer musste schärfer sein als scharf. Das Pärchen, das er eben noch beobachtet hatte, war aus seinen Gedanken verschwunden.

Er murmelte vor sich hin. »Ik gihorta dat seggen.« Er hatte sich jahrelang vorbereitet. Er blickte in den Waffenschrank, zählte die Speere und wusste, er würde heute noch viel Arbeit haben. Er liebte die Nacht. Den Nebel. Die feuchte Kälte. Er wäre jetzt gern in einem Wald, tausend Jahre vor dieser Zeit. Er würde die Wölfe heulen hören. Und er würde einen von ihnen mit einem Speer erlegen. Das Blut trinken. Stark sein wie ein germanischer Krieger. Er war stark, das wusste er. Ab morgen würde er dies die Welt spüren lassen.

## 4

Am Morgen schaute Valentin Willimowski erst auf die Uhr, dann auf seine schlafende Partnerin. Sie lag mit völlig entspanntem Gesichtsausdruck neben ihm. Sie hatten sich mit einer Vertrautheit geliebt, die den Unterschied ausmachte zwischen plumper Gewohntheit, hektischer Geilheit einerseits und dem Genuss der Verliebten, die nichts fürchten müssen, andererseits. Er musste zeitig los, heute stand das Plädoyer seines Kollegen Wassmuth an in dem Fall, der vor einem halben Jahr seiner Lebensgefährtin fast das Leben gekostet hätte. Wolfgang Wacker stand vor Gericht, angeklagt des zweifachen heimtückischen Mordes an einem Kasseler Bauunternehmer und einem alten Fotografen, Wassmuth würde auf lebenslange Haftstrafe plädieren – mit Sicherheitsverwahrung. Willimowski wollte anwesend sein. Er würde Anke Dankelmann davon berichten, die an keinem Prozesstag dabei gewesen war. Sie wollte diese Erinnerung nicht. Und er konnte es gut verstehen.
Willimowski stand leise auf, duschte, zog sich an und kochte für Anke Dankelmann Kaffee. Dann schlich er ins Schlafzimmer, hauchte der Kommissarin einen Kuss aufs Haar und ging leise aus der Wohnung. Sie hatten am Vorabend darüber gesprochen, dass er am nächsten Tag früh aus dem Haus musste – sie würde also Bescheid wissen, wenn sie erwachte. Dabei musste sie gar nicht mehr erwachen. Anke Dankelmann hielt die Augen geschlossen, weil sie

keine Lust auf eine Abschiedsszene am Morgen hatte. Als Willimowski draußen war, stand sie auf, trank eine Tasse Kaffee, duschte schnell, schlüpfte nach einem kurzen Blick aus dem Fenster in winterliche Garderobe und fuhr ins Präsidium. Dort erwartete sie und ihren Kollegen Bernd Stengel in diesen Tagen eine außergewöhnliche Aufgabe. Wie in der Fernsehsendung »Aktenzeichen XY... ungelöst« hatte die Lokalzeitung HNA ungelöste Mordfälle aus den vergangenen Jahrzehnten neu aufgerollt. Es gab viele Hinweise – das Erstaunlichste aber war, dass man bei der Polizei alles, was man an Beweismitteln in den Asservatenkammern gelagert hatte, wieder rausholte und zum Teil neu untersuchte. Vor Jahren hatte es beispielsweise noch keine DNA-Analysen gegeben – und deshalb wurden die alten Beweismittel neu untersucht. Vorgestern hatten sie einige Spuren von einem Mordfall in der Ludwig-Mond-Straße, als eine zweifache Mutter in den achtziger Jahren umgebracht worden war, ihren DNA-Experten übergeben. Stengel und ihr war der Fall übertragen worden, und sie war gespannt, was dabei herauskommen würde.

## 5

In der Kasseler Albert-Schweitzer-Schule betrat Deutschlehrer Dr. Gerald Mannteufel pünktlich wie immer den Klassenraum im dritten Stock des alten Schulgebäudes. In dieser zehnten Klasse wollte er an diesem Tag das Thema »Mittelhochdeutsch« fortsetzen. Am Montag hatten sie sich in einer Doppelstunde mit den Gedichten von Walther von der Vogelweide beschäftigt. »Unter der Linden« hatten sie gelesen, dieses feinsinnig-romantisch-verschmitzte Gedicht. Die Zehntklässler hatten sich amüsiert über die Ausdrucksweise – tandaradei, wer sagte so etwas heute schon noch. Und dennoch hatten sie Interesse gezeigt, weil sie schnell erkannten, dass in knapp tausend Jahren sich Sprache zwar erheblich verändert hatte, man aber manches mühelos verstand. Er freute sich über dieses Interesse. Denn er selbst war vernarrt in diese grund-

ehrliche Ausdrucksweise. Gedichte, die verfasst wurden, als es keinen elektrischen Strom, keine Autos, keine Flugzeuge, keinen Computer gegeben hatte. Diese Welt schien auch seine Schüler zu faszinieren. Sich in Gedanken auf eine Ebene zu begeben, auf der alles, was das Leben heutzutage bequem oder auch hektisch machte, nicht existierte – für die jungen Menschen schien das eine Art gedankliche Abenteuerreise zu sein. Als er seine Tasche auf dem Lehrerpult abstellte, verstummten die Gespräche im Raum. Die Schüler achteten ihren Lehrer, den sie als fairen, engagierten Pädagogen erfahren hatten. Er lieferte einen Unterricht ab, auf den sie sich regelrecht freuten.
Mannteufel schaute aus dem Fenster. Der Nebel nahm kein Ende. Die Brauerei auf der anderen Straßenseite war kaum zu erkennen. Kurz entschwanden seine Gedanken an den Vorabend. An den Moment an der Plutogrotte. Er schüttelte sich innerlich und konzentrierte sich wieder auf seinen Unterricht.

## 6

Lutz Kretschmer wachte in Zeitlupe auf. Er hatte von einem Telefon geträumt, dessen Geräusch immer lauter wurde. Bis es so laut geworden war, dass er aufwachte. Und sein eigenes Telefon hörte. Er schaute auf den Wecker, 9 Uhr 34. Er ärgerte sich, dass er das Telefon nicht stummgeschaltet hatte. Die Nachtschicht war ohnehin nicht sein Ding. Meistens dauerte es ewig, bis er danach schlafen konnte. Und nun das. »Kretschmer« meldete er sich.
»Lutz? Sorry, ich weiß, du hattest Nachtschicht. Aber wir haben gestern beschlossen, dass es heute Abend passiert. Und ich muss die beiden Autos heute Vormittag klar machen. Treffpunkt am Straßenbahndepot in Wilhelmshöhe. 20 Uhr. Geht das klar bei dir?« »Schon okay. Bin da. Hoffentlich kann ich noch mal pennen. Muss ich was Besonderes machen?«
»Nein. Wir sprechen die Einteilung heute Abend ab. Was wir brauchen, bringen Gerald und Onno mit. Bis nachher. Leg dich

noch mal hin.« Es knackte in der Leitung, sein Gegenüber hatte grußlos aufgelegt. Kretschmer ging zum Bett zurück und legte sich hin. Den Plan hatten sie hundertfach besprochen. So oft, dass er noch nicht einmal aufgeregt war. Vier Stunden später, als er erwachte, wunderte er sich, dass er überhaupt noch einmal eingeschlafen war.

Gerald Mannteufel hatte die siebte Stunde, die er hasste. Die Schüler waren entweder hungrig oder, wenn sie vorher frei und etwas gegessen hatten, müde. Er auch. Er ließ Brechts »Mann ist Mann« mit verteilten Rollen vorlesen. Mehr war wohl heute nicht drin. Zwischendrin machte er Sprachübungen – er ließ Texte als Komödie vortragen, dann als Trauerspiel. Dann, auf Vorschlag eines Schülers, auf Türk-Deutsch. Er hasste sich für diese billige Nummer – aber er hatte die siebte Stunde nicht erfunden, er hatte diese elfte Klasse auch noch vormittags, da würde er anders arbeiten können.

Auf dem Heimweg mit der Straßenbahn nach Oberzwehren machte er sich ein paar Notizen. Er musste Onno noch einmal anrufen. Er wusste jetzt, wie das mit den Pulsadern funktionierte. Aber sie brauchten ein spezielles Messer. Ein richtiges Skalpell.

## 7

Ralf Runge saß an seinem Schreibtisch bei den Städtischen Werken im Betriebshof Ost. Er war von Beruf Leiter des Fuhrparks und musste jetzt die beiden Wagen für die Nacht klarmachen. Lutz Kretschmer hatte er erreicht, zum Glück. Der Friese würde gegen 19 Uhr vorbeikommen und den einen Wagen abholen. Er selbst würde den anderen steuern. Mit diesen Kisten waren sie auf der absolut sicheren Seite. Niemand würde misstrauisch werden, wenn nachts ein Wagen der Werke auftauchte. Und der Plan war ohnehin genial.

## 8

Dr. Andreas Leber liebte diese Treppe. Es war 17 Uhr 30, er marschierte aus seiner Bibliothek in den Feierabend. Jeder, der hier hereinkam, musste diese Treppe hoch. Quasi hinauf ins Reich der Wissenschaft, nach oben, wo sie nach Meinung Lebers auch hingehörte. Die Murhardsche Bibliothek war ein Teil der Uni-Bibliothek in Kassel, und Leber leitete sie seit neun Jahren. Wenn er abends die Stufen hinabstieg, dann war es für ihn, als würde er aus dem Olymp des Wissens hinunter zu den Normalsterblichen fliegen. Er liebte seine zwei Welten. Jede für sich. Er schloss sein Auto auf und winkte Fred Nordmann zu, dem Chef der Handschriften-Sammlung, die ebenfalls im Haus untergebracht war. Auch er hatte sein Tagewerk vollbracht, entschwand in den Feierabend. Manchmal wunderte er sich über Nordmann. Die Handschriften-Sammlung hatte einen unschätzbaren Wert – Sammler würden hunderte von Millionen Euro zahlen. Und Nordmann machte nichts aus seinen Schätzen. Aber offensichtlich war es auch nicht anders gewollt. Man ging mit den Kostbarkeiten um, als wenn man die Mona Lisa im Louvre im Keller verschließen würde. Aber das ging ihn nichts an. Er freute sich auf daheim. Auf ein Abendessen und auf seinen Schachcomputer. Er wollte heute irgendeine schwere WM-Partie nachspielen. Boris Spasski gegen Bobby Fischer – das waren für ihn die faszinierendsten Begegnungen. West gegen Ost – und West hatte damals gewonnen. Er schloss den Wagen wieder ab und machte sich zum Zigarrenladen in der Innenstadt auf. Heute brauchte er eine Havanna. Gleich, was seine Frau sagte. Er überquerte die Fünffensterstraße. Der dicke Nebel schien selbst die normalen Autogeräusche zu verschlucken. Nebel, dachte er, war ein wenig wie Schach. Man sah nicht weit genug. Zumindest galt das für ihn.

## 9

Anke Dankelmann knipste die Schreibtischlampe aus und machte sich auf den Weg vom Polizeipräsidium in die Innenstadt. Es war einer dieser eher ruhigen Arbeitstage gewesen. Sie hatten die Ergebnisse der DNA-Untersuchungen ans Bundeskriminalamt weitergeleitet, dort würde man in der DNA-Kartei überprüfen, ob es möglicherweise Parallelen gab. Über 20 Jahre nach der Tat hatten sie möglicherweise eine Chance, doch noch den Mörder zu finden. Die ermordete Frau hatte zwei Kinder hinterlassen, beide hatte die Polizistin mittlerweile kennengelernt. Hatte sich die Lebensgeschichte angehört. Und gespürt, wie sehr dieses Trauma, die Mutter durch Mord zu verlieren, ohne dass man den Täter ermittelt hatte, noch bei den beiden saß. Dies war zusätzlicher Ansporn, Stengel empfand das genauso. Es war nasskaltes Novemberwetter, ein kalter Wind fegte durch die Straßenschluchten, und sie rief Willimowski an, der ihr kurz über den Prozess berichtete. Sie wollte die Details gar nicht wissen, sie war nur am Urteil interessiert. Diese Szene vor einem halben Jahr, als der Mörder, der jetzt vor Gericht stand, seine Waffe auf sie gerichtet hatte und abdrücken wollte – sie konnte diese Sekunden nicht aus dem Kopf bekommen. Kollegen vom SEK, die vor Ort waren, hatten den Mann rechtzeitig mit einem gezielten Schuss ins Bein außer Gefecht gesetzt. Im wahrsten Sinn des Wortes. Sie beendete das Gespräch, stieg die Stufen der Treppenstraße hinab und wollte einfach ein wenig shoppen, wollte Geld ausgeben. Sie hatte noch keine Ahnung, was sie eigentlich kaufen wollte. Das war aber beinahe zweitrangig. Heute ging es einfach mal nur um sie selbst.

## 10

Der große Mann mit den blonden, rötlich schimmernden Haaren verließ sein Haus in der Wilhelmshöher Allee. Er war erst ein paar Jahre in Kassel. Damals hatten er und seine Mitbewohnerin, beide

aus Ostfriesland, einen Teeladen in der Innenstadt aufgemacht. Eigentlich hatte die Frau, mit der ihn nichts verband außer der Tatsache, dass sie beide eine Vergangenheit hinter sich lassen mussten, den Teeladen betrieben. Er war unterwegs gewesen, häufig. Den Teeladen gab es noch, mittlerweile außerhalb von Kassel – mittlerweile gab es längst einen anderen Besitzer.
Die Frau war irgendwann ausgezogen, er wusste nicht, ob sie noch lebte. Und der neue Besitzer hatte keine Ahnung, dass der Mann aus Ostfriesland, der gelegentlich dort einkaufte, einmal etwas mit dem Laden zu tun gehabt hatte. Sie hatten den Verkaufspreis noch geteilt – und kurze Zeit später war sein Vater in Accumersiel an der Nordseeküste gestorben. Das gesamte elterliche Anwesen hatte er, das einzige Kind, geerbt, dann verkauft, und er würde nun bis zum Ende seiner Tage von diesem Geld existieren können. Er lebte bescheidener, als er es gemusst hätte. Die Wohnung in diesem Haus an der Wilhelmshöher Allee hatte er nur genommen, weil er nicht auffallen wollte. Sein Plan, den er heute umsetzen wollte, existierte seit Jahren. Seit Jahrzehnten.
Der große, kräftige Mann mit den riesigen Pranken eines Krabbenfischers machte sich zu Fuß auf durch den Nebel Richtung Königstor. Zu den Städtischen Werken. Je näher der Zeitpunkt rückte, desto ruhiger wurde er. Er fasste an seinen Rücken – das Messer hatte er dabei. Alles andere war in der Wohnung. Auch die beiden kleinen Skalpells. Gut, dass Mannteufel ihn angerufen hatte. Die Messer würden wichtig werden heute Nacht. Etwa 45 Minuten später parkte ein Wagen der Städtischen Werke vor dem Haus in der Wilhelmshöher Allee. Ein paar Minuten danach kam ein zweiter. Die Fahrer gingen ins Haus und luden danach ein langes Paket in eines der Autos. Sie stiegen in die Fahrerkabinen der VW-Transporter und fuhren davon. Niemand hatte sie bemerkt. Sie trafen sich am Straßenbahndepot. Alle hatten dunkle Kleidung an. Alle trugen Handschuhe, Mützen, dunkle Turnschuhe. Sie umarmten sich zur Begrüßung. Der Friese erklärte anhand eines Stadtplans die Fahrtrouten. Sie stimmten die Uhren ab. Sie ver-

teilten sich auf die Autos. Der Mann mit dem furchteinflößenden Blick und Kretschmer saßen in dem einen Wagen, Mannteufel und Runge im anderen. Sie hatten die Handys auf Vibrationsalarm gestellt. Die Männer schauten sich die Autos noch einmal an – alle Lichter funktionierten. Sie besprachen den Plan ein letztes Mal. Um 21 Uhr 30 fuhren sie los. Eigentlich zu früh. Doch sie wollten nachts nicht zu lange durch die Stadt fahren. Vor der Zentrale der Städtischen Werke hielten sie an und warteten auf das Zeichen zum Start. Der große Ostfriese hatte die Gewohnheiten der beiden Männer ausgekundschaftet, die sie heute nacht suchen wollten. In den Autos unterhielten sie sich leise. Es waren kaum Passanten unterwegs. Und die an den Autos vorbeiliefen, fanden nichts normaler auf dieser Welt als Servicewagen der Städtischen Werke vor dem Eingangstor derselben.

## 11

Dr. Andreas Leber lehnte sich genüsslich zurück. Seine Frau hatte Gulasch gemacht, sie hatten wunderbar gegessen, ein, zwei Glas Wein getrunken, sich ein wenig über den Tag erzählt, und dann war Leber die knarzenden Treppenstufen hinauf in sein Arbeitszimmer gegangen. Seine Frau hatte dieses Haus von ihrem Onkel geerbt, seit knapp fünf Jahren wohnten sie mittlerweile hier. Erst hatten sie versucht, dass alte Fachwerkhaus zu verkaufen – doch niemand wollte es haben. Immobilien in Kassel zu veräußern war ohnehin schwierig. Aber dieses Haus war so etwas wie eine Problemimmobilie. Von außen wunderschön anzusehen, im Innern mit riesiger Wohnfläche, große Zimmer, schön geschnitten – doch die Lage schreckte Interessenten ab. Im Stadtteil Mulang gelegen, einem Nobelviertel der Stadt – aber direkt neben der Einfahrt zum Burgfeld-Krankenhaus. Und wer wollte schon neben einem Krankenhaus wohnen, wo jederzeit mit Blaulicht die Notarztwagen eintreffen konnten? Leber und seine Frau hatten sich mittlerweile daran gewöhnt. Die beiden Kinder waren längst aus dem Haus,

und die großzügig bemessene Wohnfläche half ihrer Beziehung. Man konnte sich auch mal aus dem Weg gehen – so wie heute Abend, als Leber einfach nur Schach spielen wollte. Seine Frau kannte das. Viel lieber hätte sie es gesehen, wenn ihr Mann sich mal ein wenig bewegt hätte, mal spazierengehen oder gar joggen würde. Doch der hielt es mit Churchill: First of all no sports – vor allen Dingen kein Sport.
Er spielte zwei Partien nach und fragte sich dabei immer wieder, wann eigentlich welcher Spieler wusste, dass der andere ganz allmählich an Boden verlor. Irgendwann mittendrin musste das passiert sein – aber wie weit dachten diese menschlichen Superhirne eigentlich Züge und mögliche Gegenreaktionen voraus? Vielleicht sollte er mal irgendein Buch über die Schachgrößen lesen – aber das war ihm dann doch zu viel des Guten. Die Kanne Tee, die er sich bereitet hatte, war leer. Er schaute auf die Uhr. Fast 22 Uhr 30. Er war müde. Leber ging noch einmal durchs Haus, schloss die Eingangstür ab und ließ den Schlüssel, der mittels eines Drahtes an der Klinke fixiert war, im Schloss stecken. Er war stolz auf diese kleine Bastelei, besser als eine Alarmanlage, dachte er sich jedes Mal. Die Terrassentür kontrollierte er nicht. Sie war immer geschlossen. Als er das Licht ausmachte, war es 23 Uhr 05. Er würde acht Stunden schlafen können. Dieses Gefühl stimmte ihn zufrieden. Seine Frau Andrea schlief schon. Er streichelte ihr über die Wange und döste langsam ein.

## 12

Fred Nordmann hatte daheim zusammen mit seiner Frau Petra zu Abend gegessen. Danach hatte er sich im Keller an den alten Küchenschrank gemacht, den er vor Wochen auf dem Wehlheider Flohmarkt gekauft hatte und den er jetzt restaurierte. Die letzten sonnigen Oktobertage hatte er zum Abbeizen genutzt in der Garage, nun montierte er neue Scharniere an die kleinen Türen. Allmählich wurde der Schrank ein richtiges kleines Schmuckstück.

Er hatte zwar keine Ahnung, wo das Möbel im Haus der Nordmanns noch Platz finden sollte – es ging ihm aber auch mehr um sein Hobby an sich. Er hörte noch, wie seine Frau den Fernseher ausschaltete und nach oben ging. Eine halbe Stunde später steckte er den Akkuschrauber in die Ladevorrichtung und ging ebenfalls zu Bett. Er hatte nach eineinhalb Flaschen Rotwein auch die nötige Bettschwere. 22 Uhr 30. er löschte alle Lichter im Treppenhaus, trank noch einen Schluck Mineralwasser und legte sich unter die warme Daunendecke. Nordmanns schliefen immer bei gekipptem Fenster. Er war schon oft mit kalter Nasenspitze aufgewacht – unter der Decke aber war es kuschelig.

## 13

Anke Dankelmann kam mit drei dicken Tüten in ihrer Wohnung im Kirchweg an. Sie packte die Sachen aus, zog sie alle noch einmal an und genoss ihre private Modenschau. Sie hatte viel Geld ausgegeben – und das auch noch genossen. Zuletzt zog sie den angenehmen warmen Baumwollschlafanzug an, den sie in der Jugendabteilung des Kaufhof gefunden hatte. Kostete ein Viertel des Preises, den sie für irgendeinen modischen Fummel fürs Bett hätte ausgeben können. Was solche Dinge anging, da war sie extremst pragmatisch. Nachts war es ja eh dunkel, und niemand sah sie unter der Bettdecke. Sie surfte noch ein wenig im Netz und ging für ihre Verhältnisse früh schlafen. Sie schloss das Wohnzimmerfenster, das zur Straße lag, so nah an der Wilhelmshöher Allee merkte man, dass diese Stadt nie komplett schlief. Selbst im November hörte man die Passanten, hörte die Straßenbahn, die Linienbusse und natürlich den Autoverkehr. Es war ihr recht. Zuviel Stille fand sie stets bedrohlich. Daheim in ihrem Elternhaus in Borken hatte sie sich als Kind oft gefürchtet, wenn die Eltern mal ausgegangen waren und in dieser kleinen Stadt, in dieser Nebenstraße, in der das Haus ihrer Eltern lag, nichts, aber auch gar nichts zu hören war. Kurz nach Mitternacht bogen zeitgleich jeweils ein Servicewagen der Städtischen Werke in die Wiegandstraße in Mulang und in die Dennhäuser Straße ein. Der eine Wagen fuhr in gemäßigtem Tempo Richtung Burgfeld-Krankenhaus. Der andere stadtauswärts Richtung Kraftwerk. Die Fahrer parkten die orange lackierten Fahrzeuge jeweils in unmittelbarer Nähe eines Einfamilienhauses. In der Wiegandstraße brannte in keinem Haus mehr Licht. Nur im Krankenhaus waren die Flure matt erleuchtet. Das Kraftwerk im Stadtteil Niederzwehren strahlte ein dumpfes Licht über die Felder, trotz des Nebels war die Umgebung hier heller als anderswo. Gelegentlich fuhr ein Auto in Richtung Autobahnbrücke. Von dem Servicewagen nahm erwartungsgemäß niemand Notiz. Die Besatzungen der beiden Fahrzeuge stiegen zeitgleich aus und machten sich auf den Weg. Sie hatten die Gegenden mehrfach ausgekundschaftet. Sie wussten Bescheid. Sie hatten ohnehin ein bisschen Glück. Weder in den Häusern, die sie im Visier hatten, noch in der Nachbarschaft gab es Hunde, die womöglich hätten anschlagen können.

## 14

Andreas Leber erwachte mit dem Gefühl, dass irgend etwas in seinem Schlafzimmer nicht stimmte. Er glaubte Schatten zu sehen, wusste aber, dass dies möglicherweise auch Einbildung war. Er griff zur Nachttischlampe, als eine Hand ihn mit eisernem Griff am Arm packte, eine andere sich auf sein Gesicht presste und ihn zurück ins Kissen drückte. Beinahe lautlos. Er war starr vor Schreck, sah immer noch nichts. Etwas Schwarzes beugte sich über ihn und flüsterte: »Ich bin nicht allein. Mein Kumpel steht bei deiner Frau. Ein Mucks und ihr seid beide tot.« Leber nickte. Er wollte leben, wollte, dass seine Frau lebte. Er war Literaturwissenschaftler. Kein Held. Er hörte ein gurgelndes Geräusch neben sich, das Ratschen von irgend etwas. Panik stieg in ihm auf, er wälzte sich hin und her. Doch das schwarze Etwas lastete zu schwer auf ihm. Er spürte etwas Kaltes an seiner Wange. Neben ihm hörte er das gedämpfte Jammern seiner Frau. Was war bloß passiert. »Jetzt«, sagte eine Stimme auf der anderen Seite des Ehebettes. Der Druck auf seinen Körper ließ kurz nach, die Deckenbeleuchtung ging an und er sah, wie die beiden Gestalten zwei Apparaturen, die sie auf dem Kopf gehabt hatten, in der Hand hielten. Wahrscheinlich Nachtsichtgeräte, dachte er sich. Hätten sie die aufbehalten, wären sie wohl jetzt geblendet worden. Er schaute neben sich und blickte in die ängstlichen Augen seiner Frau. Die hatte einen dicken Streifen Tapeverband über dem Mund. Die Hände waren, ebenfalls mit Tape, ans Bettgestell gebunden, ebenso die Füße.

Er blickte die Männer an. Durch die Sehschlitze ihrer Sturmhauben sah er nur die Augen. Sie kamen ihm nicht bekannt vor. »Was wollen Sie?« Seine Stimme war zittrig, mit einer Hand langte er zu seiner Frau und streichelte ihr den Arm. Die Angst ließ ihn fast ohnmächtig werden. Die Männer schauten sich an, einer nickte. Der Größere machte die Nachttischlampe an, setzte sich neben Leber aufs Bett. Er hatte in der Hand ein Messer. Der andere schaltete die Deckenbeleuchtung aus.»Wir möchten, dass Sie uns helfen. Sie werden uns heute Nacht den Zugang zur Handschriften-Sammlung in der Bibliothek ermöglichen.« Die Stimme klang nicht wie die eines Mörders. Sie war sanft, als stamme sie von einer im überlegten Reden geübten Person. Leber schüttelte den Kopf. »Das geht nicht. Ich kann das nicht allein. Wir sind zu zweit, wenn wir außerhalb der üblichen Zeiten die Alarmsicherungen unterbrechen, dann kann ich das unter keinen Umständen allein. Das gehört zum Sicherheitssystem, wenn Sie verstehen ...« Der andere nickte kurz, stand auf und ging rüber ans Bett seiner Frau. »Machen Sie sich darüber keine Gedanken. Wir kennen das System. Seien Sie sicher, die andere Person wird auch da sein. Und schauen Sie: Wir haben nicht viel Zeit. Sie übrigens auch nicht.« Er legte das große Messer weg, der große Mann war mittlerweile mit einer Pistole in der Hand, auf die er einen Schalldämpfer geschraubt hatte, neben Leber getreten. Mit sanfter Stimme fuhr der

andere fort. »Sehen Sie her: ich habe hier ein Skalpell. Ich werde ihrer Frau jetzt mit einem kleinen Schnitt die Pulsadern aufschneiden.« Andrea Leber schaute ihn mit entsetzten Augen an, Leber zitterte. »Der Schnitt wird so berechnet sein, dass Sie, wenn Sie uns helfen, rechtzeitig zurücksein werden, um ihrer Frau das Leben zu retten. Verstanden? Jede Minute zählt.« Mit einem Griff hatte er einen der festgebundenen Unterarme seiner Frau gepackt, Leber sah mit Panik in allen Knochen, wie seine Frau resigniert hatte, ein kleiner Schnitt rechts, einer links, dann packte der Mann das Skalpell wieder in eine Plastiktüte, aus der er es eben geholt hatte, und verstaute es in einem Etui in seiner Jackentasche.
Ich muss mir Details merken, dachte Leber verzweifelt. Aber an der schwarzen Kleidung der beiden war nichts Besonderes. »Sie ziehen sich jetzt an, holen die Schlüssel und die Kombinationen für die Bibliothek, dann gehen wir nach draußen. Wenn Sie Theater machen, wird sie mein Freund mit einem Schuss ins Genick töten. Und ihrer Frau wird niemand mehr helfen können.« Leber beugte sich zu seiner Frau. »Ich tue alles, was die wollen, ich bin schnell wieder bei dir und rette dich«, flüsterte er. Er schaute seiner Frau in die Augen. Der Blick ließ ihn erschrecken. So viel Schmerz und Hoffnungslosigkeit hatte er noch nie in ihrem Gesicht gesehen. Dennoch nickte sie leicht. Er kam sich vor, wie jemand, der in den Krieg zieht, wohl wissend, dass in den nächsten Minuten mit Bombenangriffen auf das Haus seiner Familie zu rechnen war.
Wenige Minuten später startete der Wagen der Städtischen Werke. Leber hatte das Haus ordnungsgemäß abgeschlossen. Die Männer hatten es ihm befohlen. Er stieg mit dem Pistolenmann hinten in den Laderaum. Auf einer unbequemen Pritsche versuchte er, anhand der Kurven die Fahrtstrecke auszumachen, nach fünf Kurven war er so durcheinander, dass er den Plan aufgab. War ja auch Blödsinn, dachte er sich, ich weiß ja eh das Ziel der Fahrt.

## 15

Anke Dankelmann war mitten in einem völlig grotesken Traum, wie sie fand, erwacht. Sie hatte auf einer Luftmatratze im Wasser eines Flusses gelegen, neben ihr Valentin Willimowski auf einer anderen. Die Luftmatratzen waren Richtung Ufer getrieben worden, und nun, ganz dicht vor ihrer Nase, kroch ein fettes Krokodil an den Wasserrand und verharrte regungslos. Sie hatte Angst. Keine Pistole dabei – wie auch, in diesem Bikini, den sie trug, war dafür kein Platz. Sie musste etwas tun. Plötzlich kippte die Matratze von Willimowski um, der schlafende Staatsanwalt plumpste ins Wasser, und in Windeseile tauchte die riesige Echse hinterher. Dankelmann wollte schreien – stattdessen wachte sie auf. So ein blöder Traum, dachte sie. Stand auf, ging in die Küche, nahm ein Glas Wasser und ging ins Wohnzimmer. Sie blickte durch die Scheiben, die sie auch mal wieder putzen musste, in Richtung Wehlheider Platz. Es ging auf ein Uhr zu, kaum noch Straßenverkehr. Die Ampeln waren auf Dauergelb geschaltet. In gemäßigtem Tempo fuhr ein Servicewagen der Städtischen Werke die Wilhelmshöher Allee Richtung Innenstadt. Es gab halt unendlich viele Menschen, die nachts arbeiten mussten. Hoffentlich hatten die Jungs das bald hinter sich, dachte sie und ging wieder ins Bett. Jungs? Dachte sie erneut. Warum eigentlich nicht Mädels. Sie hatte keine Antwort auf eine komische Frage, die man sich vermutlich nur nachts stellte, wenn gerade der Lebensgefährte unter Wasser von einem Krokodil verspeist worden war. Hoffentlich träume ich den Mist nicht weiter, dachte sie, als sie einschlief.

## 16

In der Dennhäuser Straße hatten die beiden dunkel gekleideten Gestalten einige Mühe, die uralte Terrassentür ohne Geräusche aufzubekommen. Sie hatten mit einem Glasschneider lautlos ein Loch in die Scheibe geschnitten, das Glas auf eine Decke auf dem

Boden gelegt. Doch der Griff hakte zunächst, sie schnitten ein größeres Loch aus und kamen leicht in Zeitverzug. Innen war alles ruhig. Einer der beiden stieg durch das große Loch, der zweite hinterher. Mit den Nachtsichtgeräten sahen sie alles deutlich, sie brauchten kein Licht. Im Schlafzimmer war nur ein leichtes Schnarchen zu hören. Sie dunkelten auf dem Flur alle möglichen Lichtquellen komplett ab, auch das Flurfenster. Wenn sie die Tür öffneten, sollte es keine Lichtveränderung im Raum geben.

Sie standen vor den Betten. Insgeheim hatten sie alle Varianten durchgespielt, aber das Restrisiko, dass eben nicht alles nach Plan lief, war immens. Der eine Mann hatte die Pistole mit dem Schalldämpfer versehen und beugte sich zu Nordmann hinunter. Der andere stand neben dem Bett von Nordmanns Frau. Sie nickten beide und packten zu. Nordmanns Frau strampelte, wurde jedoch sofort ruhig, als sie das Messer am Hals spürte.

Der Mann lag auf ihr, sie konnte sich nicht mehr bewegen, eine Hand hatte sich schraubstockartig um ihren Mund gelegt. Nordmann erwachte äußerst schläfrig. Der Rotwein hatte immer noch seine Wirkung. Der Mann mit der Pistole hielt ihm den Lauf direkt unters Kinn.« Wenn du dich zu schnell bewegst, blase ich dir die Birne weg, und mein Kumpel schlitzt deiner Frau ihren Hals auf, klar?« Nordmann blickte panisch um sich. Kurz danach ging das Licht an. Wenige Minuten später tropfte unablässig Blut aus den Armen seiner Frau, der Tränen über das Gesicht strömten. Nordmann musste sich anziehen, sie löschten das Licht und gingen aus dem Haus. Es war bitterkalt, Nordmann fröstelte. Die Ladefläche des Servicewagens war nicht beheizt. Das Auto setzte sich langsam in Bewegung.

Es war 1 Uhr 30, als der zweite Wagen neben der Murhardschen Bibliothek anhielt. Ein paar Passanten waren unterwegs, Besucher der Discothek »New York«, die 100 Meter Luftlinie entfernt wie immer bis spät in die Nacht junges Publikum anzog. Doch die Bibliothek lag ein Stück entfernt von der Wilhelmshöher Allee, im Seitenbereich des Gebäudes war es dunkel. Die Männer, die jetzt

ausstiegen, beachtete niemand. »Sie wissen Bescheid, was passiert, wenn Sie unseren Forderungen nicht nachkommen, oder?« Nordmann und Leber hatten sich nicht gegrüßt, sie nickten beide. Die Gruppe marschierte leise zum Eingang, wo Leber und Nordmann kurz hantierten und das Sicherheitssystem am Eingang außer Kraft setzten. Sie schlüpften durch die Eingangstür, auf Geheiß des Mannes mit der sanften Stimme schloss Nordmann von innen mit einem Schlüssel ab. Sie stiegen in den Ausstellungsbereich hinab, hier innen konnte man jetzt problemlos Taschenlampen benutzen, das Licht war von außen nicht zu sehen, niemand würde Verdacht schöpfen. Unten angekommen, bogen sie nach rechts ab, gingen an endlosen Regalen vorbei und kamen dann an der Tür zur Handschriften-Sammlung an.
Wieder bedienten Nordmann und Leber nacheinander eine Apparatur mit Zahlenkombination und Schlössern. Innen war ein kleiner Raum mit Regalen und Tischen, auf denen Besucher die Exponate betrachten konnten. Am Ende des Raums führte ein Durchgang zum Ausstellungstresor, der, das wussten die schwarz gekleideten Männer, ganz besonders gesichert war. Nordmann und Leber hantierten an einem PC, gaben so etwas wie Passworte ein, benutzten Schlüssel mit kompliziert gearbeiteten Bärten.
20 Minuten waren nun schon vergangen, der Mann mit der sanften Stimme schaute nervös im Raum umher. »Wir können, es ist alles entsichert«, sagte Leber, stand auf und ging vor.
In diesem klimatisierten Raum mit etlichen Glasvitrinen lagen die gesamten Schätze dieser Sammlungen. Alle wussten, dass sie einen unermesslichen Wert hatten – nur die Öffentlichkeit wusste praktisch nichts davon. Einer der Männer öffnete einen Aluminiumkoffer und legte eine Reihe von Handschriften, die allesamt in braungrauen Papphüllen verpackt waren, in den Koffer. Nordmann hätte heulen können, unzählige Male hatte er diese Stücke in der Hand gehabt, den Hauch der Geschichte förmlich gespürt; er hatte versucht, sich die Szenen vorzustellen zu der Zeit, als das Papier beschrieben wurde. Besonders beim Hildebrandslied,

jenem ältesten erhaltenen Schriftstück deutscher Sprache aus dem 9. Jahrhundert – er hatte diese Mönche vor sich gesehen, die mit der Abschrift des Liedtextes Schreibübungen gemacht hatten. Er sah sie in ihrem Kloster im Raum Fulda bei Kerzenlicht im Scriptorium sitzen mit ihren Kutten. Er hatte so präzise Vorstellungen, dass die Mönche beinahe zu seiner Familie gehörten – oder er in Gedanken zur Gemeinschaft des Klosters gehörte. Er sah die Federkiele vor sich, hörte deren Kratzen auf dem Pergament, hatte in Gedanken schon oft diese Bibelschrift nachgezeichnet, mit der die Verse des Liedes geschrieben worden waren. Andreas Leber folgte aber jetzt keinerlei historisch-romantischen Gedanken. Er fragte sich, wie diese Sache hier ausgehen würde. Er hatte Angst um seine Frau, aber auch um sich.

Beide hatten nicht bemerkt, dass im Besucherraum einer der Männer ein großes Paket enthüllt hatte. Er nahm die beiden Speere in die Hand, seine Augen glühten vor Erregung. Schritte näherten sich von oben. Zwei seiner Kumpanen führten Nordmann nach unten. Es war dunkel. Sie stellten den Mann an ein Regal und blendeten ihn mit einer Taschenlampe. Der Mann zitterte. »Was tun Sie mit mir?« flüsterte er. Dann nahm ihm ein bestialischer Schmerz die Stimme.

Er sah an sich hinunter und blickte auf den langen Schaft eines Speeres, der sich in seinen Brustkorb gebohrt hatte. Ihm wurde schwarz vor Augen. Der Schmerz ließ nach. Doch eigentlich fühlte er gar nichts mehr. Er sah ein gleißendes Licht in seinem Kopf. Dann wich ihm zum letzten Mal in seinem Leben Luft aus der Lunge. Nordmann sank in sich zusammen. Aus seinem Mund floss ein wenig Blut. Der Körper lag verdreht auf der Seite, der Speer verhinderte, dass er komplett kippte. Einer der Männer fasste dem Opfer an den Hals – kein Pulsschlag mehr. Er nickte und ging zurück in die nächste Etage. Minuten später folgte dort dieselbe Prozedur. Leber allerdings wehrte sich, trat um sich, sie mussten ihn zu dritt festhalten. Als ihm der Speer das Leben genommen hatte, sackte der Körper über eine der Vitrinen. Aus der Entfer-

nung hatte einer der vier die Hinrichtungen beobachtet. Er hasste das und wusste dennoch, dass er ohne diese Opfer niemals in den Besitz des Hildebrandsliedes kommen würde.
Sie wischten beide Waffen noch einmal von vorn bis hinten ab und gingen dann ins Erdgeschoss. »Mist«, sagte einer. »Wir haben den Schlüssel vergessen.« Er stürmte noch einmal die Treppen hinunter und holte einen Schlüsselbund aus Nordmanns Tasche. Die Bibliothek schlossen sie von außen ab, verschwanden im Dunkel und starteten wenige Augenblicke später die Autos.
Zwei Wagen der Städtischen Werke rollten erneut durch die Stadt. In der Wilhelmshöher Allee wurde der Koffer entladen, die Männer verabredeten sich für den nächsten Abend. Kurze Zeit später wurden die beiden Autos ordnungsgemäß im Fuhrpark der Werke abgestellt, die Insassen verschwanden im Dunkel der Kasseler Nebelnacht.
In zwei Häusern, einige Kilometer Luftlinie voneinander entfernt in Kassel, lagen zwei Frauen gefesselt in ihren Betten und lauschten verzweifelt in die Nacht. Hofften auf das ihnen so bekannte Geräusch eines sich im Schloss der Eingangstüre drehenden Schlüssels. Wurden von Viertelstunde zu Viertelstunde schwächer. Andrea Leber rannen Tränen die Wangen hinunter. Sie verstand das alles nicht, begriff nicht, warum ihr Mann gehen musste, warum man ihr die Pulsadern aufgeschnitten hatte. Die Verzweiflung in ihr wurde schwächer. Und irgendwann war der Punkt erreicht, an dem sie wusste, dass es keine Rettung mehr geben würde. So, dachte sie, musste es Bergleuten gehen, die tief unter der Erde eingeschlossen sind, denen die Luft zum Atmen ausging und die sich auf den unausweichlichen Tod vorbereiteten. Jeder auf seine Art und Weise. Sie betete. Ein letztes Mal.

## 17

Der große Mann strich sich über sein Haar, schaute kurz in den Spiegel und lächelte sich an. Er zündete in seiner Wohnung in der Wilhelmshöher Allee die Kerzen an, die er extra für diesen Tag eingekauft hatte. Langstielige, dicke Kerzen, wie man sie sonst nur für Gottesdienste benutzte.

Er zögerte den Moment, seinen Moment, hinaus. Als die drei Kerzen im Wohnzimmer brannten, er die Vorhänge zugezogen, den Waffenschrank mit seinen restlichen Speeren abgeschlossen hatte, da holte er aus dem Karton, den sie aus der Murhardschen Bibliothek mitgenommen hatten, den Umschlag. Vorsichtig, beinahe zärtlich legte er ihn auf den Tisch. Andächtig öffnete er das Kuvert, holte die kleine Pappmappe heraus und öffnete sie. Er hatte die Originalschrift so häufig studiert, er konnte die Schrift lesen, er konnte sie schreiben. »Ik gihorta dat seggen«, murmelte er.

Das Hildebrandslied, germanische Sage – für ihn war es germanische Geschichte. Er ging ins Arbeitszimmer und holte die dicke Pergamentrolle heraus. Er entrollte sie auf dem Wohnzimmerteppich. Viele Jahre hatte er geforscht, sich in Archiven herumgetrieben. Hatte einen Stammbaum gezeichnet, hatte Lücken ergänzt. Eines Tages war er sich sicher gewesen: Er, und nur er allein, war der Nachfahre Hildebrands. Sein Urahn war ein Held gewesen, einer der größten in der germanischen Geschichte. Das Hildebrandslied war sein Lied. Es war sein Eigentum. Und er hatte es in den Familienbesitz zurückgeführt.

Er dankte seinen Kameraden, die ihm geholfen hatten, in Gedanken. Sie würden sich morgen Abend zum Ritual treffen. Morgen früh würde er das Lied verstecken. Ganz einfach in einem Bankschließfach. Bis dahin musste er es immer und immer wieder lesen. Die Taten seines Vorfahren, diese traurig-schreckliche Geschichte.

## 18

Gerald Mannteufel stand unter der Dusche. Es war 3 Uhr. Er blieb lange unter dem warmen Wasser stehen, als wolle er sich die Ereignisse der letzten Stunden von der Haut spülen. Doch es half nichts. Er sah die beiden toten, von Speeren durchbohrten Gestalten vor sich und fragte sich, ob diese Opfer wirklich nötig gewesen waren auf seinem eigenen Weg. Nun war es aber für solche Gedanken ohnehin zu spät. Er erinnerte sich an den Tag, als er diesen merkwürdigen, manchmal bedrohlich, manchmal geistesabwesend wirkenden Mann aus Ostfriesland kennengelernt hatte. Er hatte in der Volkshochschule einen Kurs gegeben über mittelhochdeutsche Gedichte und Sagen. Und dieser irre Ostfriese mit dem Mörderblick hatte an seinen Lippen gehangen. Irgendwann nach einer Stunde war der andere zu ihm gekommen. Er hatte sich darauf eingelassen, ein paar Wochen später ein Bier mit ihm zu trinken. Nicht weit von der Volkshochschule entfernt gab es eine Kneipe, den »Postillion«. Dort hatten sie in einer Ecke gesessen, und der Hüne hatte unentwegt geredet, gefaselt, von den germanischen Vorfahren. Und war früh aufs Hildebrandslied zu sprechen gekommen. Viel, viel später hatte der andere den Plan entwickelt. Und Mannteufel hatte beschlossen mitzumachen. Als Trittbrettfahrer wollte er sein Ziel erreichen. Doch heute Abend war ihm bewusst geworden, wie unendlich schwer ihm dies fiel. Die beiden Toten in der Bibliothek, er würde noch häufig davon träumen. Er öffnete den Toilettenschrank und eine Pillendose. Er nahm zwei Lendormin, ein Schlafmittel, er hatte erst zur dritten Stunde Unterricht. Ihm ekelte es auf der Haut, er fühlte sich unwohl, hätte gern noch einen Versuch unternommen, dieses brennende Schuldgefühl abzuwaschen. Er hoffte auf die Zeit, die nächsten Wochen. Die Schuldgefühle, sie würden vergehen. Als er im Bett die Augen schloss, fielen ihm die Frauen ein. Er stand wieder auf. Zwei Lendormin waren nicht genug, er brauchte die doppelte Ration.

## 19

Ralf Runge und Lutz Kretschmer waren vom Betriebshof Ost durch die City in eine Kneipe gegangen, die die ganze Nacht geöffnet hatte. So spät nachts waren sie noch nie hier gewesen. Es war ein Schmelztiegel der menschlichen Reste dieser Nacht. Betrunkene – Männer wie Frauen. Junkies. Ein paar aus dem Rotlichtmilieu. Studenten. Ehemänner auf Abwegen. Und viele, die ohnehin nur nachts aktiv waren, ziellos, durstig – nach Bier oder nach Gleichgesinnten. Außerdem, so schätzte Kretschmer, insgesamt wahrscheinlich einige Dutzend Jahre Knast, die hier versammelt waren.
Sie bestellten ein großes Bier und versuchten eine Unterhaltung. Beide waren vorher nie straffällig geworden, glaubten als schlichte Naturen im tiefsten Grund ihres Herzens glühend an die Ideale, die der große, unheimliche Mann im Germanischen Freundschaftsbund, einer Art traditionalistischem Geheimbund, in endlosen Reden propagierte.
Beide redeten nicht über die vergangenen Stunden. Sie redeten über Jobs, den in der Frühe beginnenden Alltag. Die novembergraue Routine. Einsilbig war diese Unterhaltung, und sie merkten alle beide, dass sie eigentlich nur hergekommen waren, um abzuschalten. Allein, daheim, jeder in seiner Wohnung, hätten sie es nicht geschafft.
Dieser Bund, den sie mit dem Mann geschlossen hatten, war schon etwas Besonderes. Sie machten mit bei mittelalterlichen Kostüm-Spektakeln, wanderten in einfachster Kleidung im Urlaub auf den Spuren der Cherusker und Chatten, um ein Gefühl für die Varusschlacht zu bekommen. Kretschmer war in seiner Jugend mal im CVJM gewesen, erinnerte sich an Freizeiten im Sommer, Owen – Teck oder so hatte der Ort geheißen. Sie waren zu Geländespielen in den Wald abgerückt. Hatten farbige Wollfäden um den Oberarm getragen, den man in den Kämpfen Mann gegen Mann oder besser: Junge gegen Junge abreißen musste. Dann war der andere

außer Gefecht, musste sich ein neues Bändchen holen und am Ende hatte das Team mit den meisten eroberten Bändchen gewonnen. Damals hatte er schon gedacht, dass er gern einmal so leben und kämpfen würde wie die alten Germanen. Sich im Wald verschanzen und den anrückenden Feind aus dem Hinterhalt überfallen. Wille schlägt alles – das war sein Credo. Sie hatten damals ein Lied gehabt, manchmal am Lagerfeuer gesungen: »Als die Römer frech geworden, zogen sie nach Deutschlands Norden ...« Das Lied verhohnepiepelte Quinctilius Varus.

Er dachte heute noch oft an das Lied. »Die Varusschlacht« – man wusste bis heute nur, dass sie stattgefunden hatte und wann: 9 nach Christus hatten die Germanen die Römer besiegt – nur: Es wusste niemand, wo diese Gemetzel, das angeblich kein Römer überlebte, stattgefunden hatte.

In ihrer kleinen Gruppe, die manchmal nur drei, im Höchstfall zehn Gleichgesinnte umfasste, erwanderten sie mögliche Schauplätze dieser historischen Auseinandersetzung. Mal in der Nähe von Osnabrück, im Wiehengebirge, manchmal nahe ihrer Kasseler Heimat, im Ostwestfälischen. Sie schliefen im Wald, fingen Wild mit Pfeil und Bogen und fühlten so etwas wie eine tiefe Seelenverwandtschaft mit all dem, was die Germanen, so stark und in ihren Augen unbesiegbar gemacht hatte. Nein, politische Gefühle, nationalistische Empfindungen hatten sie dabei nicht. Sie lebten in einer Gedankenwelt, die tausend Jahre und mehr zurückreichte. Romantisierend. Träumerisch. Jene Gedankenwelt, in die man, wenn man die Augen schloss, eintauchte und Erfolge erlebte. Am nächsten Tag ging man wieder zur Arbeit und freute sich über dieses Traumgebilde, das, dank der Gruppe, Gestalt angenommen hatte.

Irgendwann hatte er ihnen dann erklärt, welche Bedeutung das Hildebrandslied hatte. Nun war es in den unwürdigen Händen der Wissenschaft – aber eigentlich war es doch nichts anderes als der Beweis für die über tausendjährige Geschichte germanischer Unbeugsamkeit,Tugend und Pflichterfüllung. Sie hatten den Text in

Übersetzung gelesen – und hatten kein Wort verstanden. Aber er hatte ihnen eine Interpretation geliefert, hatte den Inhalt herunter gebrochen auf die heutige Zeit, hatte ihnen einen Sinn in ihrem Leben vermittelt, ihm vertrauten sie mittlerweile blind. Hildebrand, der Waffenmeister des Dietrich von Bern, von dem dieses Lied handelte, er hatte seinem Herrn genauso vertraut. Hatte die Familie verlassen für viele, viele Jahre, weil er seine Treue beweisen musste. Das war die Tugend, die sie brauchten, die sie vor allem in ihrem Arbeitsleben so vermissten.

Dieser Mann, der große Friese, war ihr Häuptling, ihr Anführer. Ihr mageres Gespräch konzentrierte sich auf die Versammlung am Abend. Das Ritual. Sie freuten sich darauf, doch hatten sie sich nie vorstellen können, dass diese vier Morde ihnen doch etwas bedeuten würden.

Sie redeten nicht und betranken sich systematisch. Zwischendurch kamen zwei Polizisten herein und machten die Runde. Angst empfanden sie nicht, sie zeigten ihre Ausweise, und die Beamten gingen weiter. Als morgens der Zeitungsausträger die HNA brachte, standen sie wankend auf und gingen nach Hause. Runge blieben noch zwei Stunden Schlaf. Dann rief die Arbeit im Fuhrpark.

An einem anderen Ort hatte sich der Mann mit den rötlich-blonden Haaren schon früher schlafengelegt. Er ruhte, überwältigt von Glücksgefühlen, auf seiner Schlafmatte im Wohnzimmer. Sein Zeitplan bestand aus zwei Phasen: Er musste die Schriften, die sie neben dem Hildebrandslied mitgenommen hatten, verkaufen. Er würde seinen Kameraden, seinen Mitkämpfern, genug Geld dalassen, damit sie in irgendeinem Haus, auf irgendeinem Anwesen, ihr germanisches Leben würden fortsetzen können. Er wusste, dass überall in Deutschland Gruppen existierten, die sich in dieser Sagenwelt bewegten. Es galt, sie zu vereinen. Er würde dann nach Norddeutschland ziehen, vorher die Spuren verwischen, und dann von dort aus sein neues Germanien einen. Tugendhaft.

## 20

Anke Dankelmann hatte ihren irrwitzigen Traum zum Glück nicht wieder aufgenommen. Als sie erwachte, erinnerte sie sich an die Traumsequenzen. Dieses Krokodil, fand sie und grinste, hatte ein wenig ausgesehen wie ihr Kollege Bernd Stengel. Zumindest um die Augen herum. Sie würde ihn fragen müssen nachher, was ihm denn einfiele, ihren Lebensgefährten zu verspeisen. Und sie freute sich schon auf das völlig verwirrte Gesicht dieses so biederen Polizeibeamten, den sie doch mehr schätzte als die meisten Menschen in ihrem Leben.
Es war 6 Uhr, sie zog ihr Walking-Dress an, nahm die Stöcke und startete ihre obligatorische Tour um die Goetheanlage, hoch zum Bebelplatz. Sie mochte diesen Stadtteil, den Vorderen Westen, und wusste dennoch nicht, ob sie, das Mädchen vom Land, nicht doch irgendwann wieder mehr Ruhe in ihrem Lebensumfeld haben wollte. Hier war alles voll gepackt. Mit Leben, Kneipen, Kultur, Szene, Geschäften. Nur hier bekam man im Zweifel einen wunderbaren billigen Gyros, hundert Meter weiter eine selbst gestrickte Windel, Hand gewachst. Die bewirkte bei Babies zwei Dinge: Erstens einen wunden Hintern und zweitens, weil die Dinger alles konnten, nur keine Körperflüssigkeiten aufnehmen, nasse Hosen. Sie mochte – bis zu einem gewissen Grad – die zur Schau getragene Widersprüchlichkeit des Lebens innnerhalb dieser wenigen Quadratkilometer. Auf der einen Seite die Bioläden, der Dritte-Welt-Shop – und auf der anderen Seite, auf dem Bebelplatz, soffen sich alle Penner, Jugendliche und im Zweifel auch verarmte Alternative mit Billigbier die Hirnrinde zu Brei. Dass das nicht bekömmlich war, sah man dann nach den Hardcore-Tagen an den Brechpfützen auf den Rasenflächen dieses an sich liebenswerten Platzes.
Als sie wieder im Kirchweg ankam, machte sie vor den dort wartenden Taxis ein paar Dehnübungen und ging dann in ihre Wohnung. Sie hatte sich mittlerweile diszipliniert. Manche Kollegen

aus dem K 11 im Kasseler Polizeipräsidium, das für Gewaltverbrechen zuständig war, brüsteten sich damit, immer erreichbar zu sein und immer auf E-Mails zu antworten. Sie liebte diese geschnöselten Jungs, von denen man, obwohl man wusste, dass sie bei privaten Feten unterwegs waren, nach Mitternacht durchaus dienstlich gemeinte E-Mails erhielt. Sie schaute sich auf dem Blackberry meist erst nach dem Frühstück E-Mails an. Heute, weil sie länger als sonst nachschwitzen musste, schaltete sie den Apparat ein wenig früher ein. Wie üblich vertippte sie sich beim Code, beim zweiten Mal klappte es, und der Rechner baute die Verbindung auf. Sie zog ihren Pullover aus, schnürte die Schuhe auf und nahm das graue Ding wieder zur Hand. Drei neue E-Mails waren drauf, alle von Bernd Stengel. Das war ungewöhnlich, nein: alarmierend. Hektisch öffnete sie die erste E-Mail: »Putzdienst entdeckt in der Murhardschen zwei Tote. Komm, so schnell du kannst. Hab dich telefonisch nicht erreicht.« Zweite E-Mail: »Warum nimmst du nicht ab?« Sie schaute auf den Anrufbeantworter im Wohnzimmer: Der blinkte fröhlich »Nachricht erhalten«. Und dann die dritte E-Mail: »Bin in der Murhardschen. Grauenhaft.«
Anke Dankelmann atmete tief durch. Sie zog die nassen Sachen aus, warf sie im Bad in einen Wäschekorb, duschte und zog sich an. Ihre Berufs- und Lebenserfahrung rieten ihr, dass die Ruhe, die sie jetzt noch diszipliniert lebte, sich später auszahlen würde. Wer jetzt in einer solchen Situation hektisch wurde, der zog verschiedenfarbige Socken an, vergaß den Autoschlüssel und verlor wesentliche Teile seines Verstandes unter der Dusche. Sie ließ ihren Wagen im Kirchweg stehen – in dieser Gegend gab man nicht einfach so einen Parkplatz auf. Sie hastete zur Straßenbahn und fuhr mit der Linie eins bis zum Rathaus. Sie erwischte zum Glück Grün an der Fußgängerampel, rannte über die Fünffensterstraße und war kurze Zeit später an der Murhardschen Bibliothek. Das Polizeiaufgebot war dezent, aber durchaus üppig. Sie zeigte einem Beamten an der Eingangstür ihren Ausweis und betrat die Eingangshalle. Es war 8 Uhr 15. Sie würde sich noch Jahre später an jedes Detail dieses

Morgens erinnern können. Überall war die Spurensicherung bereits aktiv. »Morgen Anke« sagte Iris Blaul, die eines dieser Teams leitete. »So was habe ich noch nie gesehen.« Die blonde, gutaussehende Polizistin stand auf und nickte in Richtung Treppe. »Zieh dich warm an, was das hier zu bedeuten hat, es ist unglaublich.« Anke Dankelmann gab der Kollegin einen leichten Klaps auf den Arm und stieg die Treppen empor. Oben war der Empfangsbereich, hier musste man sich in der Regel anmelden und ausweisen, wenn man diese Bibliothek, die zur Universität Kassel gehörte, benutzen wollte. Aus einem Seitengang kam ihr Bernd Stengel entgegen, kreidebleich. »Mensch, Anke, wo bleibst du denn?« Sie hatte sofort ein schlechtes Gewissen, idealer Nährboden für einen Wutausbruch. »Ja meinst du denn ich glotze die ganze Nacht aufs Telefon und warte darauf, dass du anrufst? Ich war joggen, und jetzt erzähl mir, was los ist.« Stengel hob abwehrend die Hände. »Ist ja schon gut. Komm, wir gehen rein. Wir haben zwei Leichen, ich erzähle dir nichts, lass das auf dich wirken.« Sie gingen auf einem roten Läufer an hohen Regalen vorbei, ein Gang zwischen zwei dieser Regale war abgesperrt und hell erleuchtet. Anke Dankelmann schaute sich die Szene an und erschrak. Mittendrin lag ein Mann, in dessen Oberkörper ein langer Speer steckte. Der Mann lag auf der Seite, die Speerspitze schaute leicht aus seinem Hemd auf dem Rücken heraus. Alles war voller Blut, sein Gesicht war verzerrt, er musste Schmerzen durchlitten oder Furchbares gesehen haben. »Ach du Scheiße«, entfuhr es der Kommissarin. »Wissen wir, wer das ist? Wo ist der andere Tote?« »Wir wissen von beiden Personen, um wen es sich handelt. Dr. Andreas Leber, der Leiter der Bibliothek, den zeige ich dir jetzt. Das eben war Fred Nordmann, der Chef der Handschriften-Sammlungen.« Sie bogen in den nächsten Raum, wo, über eine Vitrine hingestreckt, der tote Leber lag. Ebenfalls mit einem Speer im Oberkörper, unnatürlich nach hinten gebogen, hing er über der Glasvitrine. Der Ort wurde gerade fotografiert.»Wie sind die gefunden worden?« Anke Dankelmann hatte schon viele Tote gesehen, aber so etwas, ein solche

beinahe archaische Hinrichtung, hatte sie noch nie erlebt. »Naja, das Übliche. Der Putzdienst kam heute Morgen gegen 6 Uhr. Die kriegten die Tür nicht auf, irgendwie müssen die Täter, ich gehe mal davon aus, dass es mehrere waren, die Alarmanlagen komplett lahmgelegt haben. Allerdings kriegte man dann, als sie weg waren, die Türen von außen nicht mehr auf. Sozusagen die doppelte Alarmanlage: du schaltest sie aus, während sie in Betrieb ist, und dann bekommst du die Türen, wenn sie wieder zu sind, auch nicht mehr auf. Die haben dann versucht, jemanden zu erreichen, und haben dann eine Streife geholt. Die Kollegen haben den Hausmeister dann doch ans Telefon gekriegt, der kam her und hat die Tür aufgebrochen. Dabei ging kein Alarm los – und deshalb haben unsere Kollegen gleich Verstärkung geholt.« »Das muss ja nachts passiert sein. Was haben die beiden denn hier gesucht? Ist irgendwas gestohlen worden?« »Keine Ahnung. Wir haben den stellvertretenden Leiter des Museums angerufen, der wohnt aber in Homberg, bis der hier ist, dauert es noch ein paar Minuten.«
Anke Dankelmann ließ die Szene auf sich wirken. Was um alles in der Welt war hier in der Nacht passiert? Zwei leitende Mitarbeiter dieser Bibliothek wurden auf grausigste Weise hingerichtet. Ihr kam ein Gedanke. »Vielleicht haben die Täter ja die beiden gebraucht, um die Alarmanlage erst einmal auszuschalten?« Stengel nickte. »Das war auch mein erster Gedanke. Der Hausmeister hat sich das angeschaut – und siehe da: Genau das war passiert. Es gibt verschiedene Sicherungssysteme. Einmal für den Eingangsbereich. Der ist computergesteuert gesichert. Morgens um sieben schaltet sich die Alarmanlage wegen des Tagesbetriebs aus – für die wertvollsten Gegenstände aber gibt es noch einmal ein eigenes Sicherungssystem. Um nachts hier irgend etwas zu machen, brauchst du eine hohe Zugangsberechtigung. Und die hatten eben nur Nordmann und Leber. Der Hausmeister weiß aber auch nicht, ob irgendwas aus den gesicherten Vitrinen gestohlen wurde.« »Was liegt denn da überhaupt so Wertvolles?« »In der Handschriften-Sammlung gibt es verschiedene uralte Stücke, das bekannteste ist

das Hildebrandslied. Möglicherweise ist davon was geklaut worden, wir werden es bald wissen.« Mittlerweile hatte der Fotograf seinen Job gemacht, die Spurensicherung ging ans Werk. »Habt ihr euch die Speere mal angesehen, wo kriegt man denn heutzutage so was her?« fragte Dankelmann Iris Blaul, die mit einem großen Koffer gerade den Gang entlang kam. »Keine Ahnung. Kaufen kann man so was bestimmt nicht. Da vorne der Speer hat eine unglaublich scharfe Metallspitze. Der ist durch den Körper durch wie ein heißes Messer durch die Butter. Das erste Opfer können wir gleich wegbringen, das Team ist sofort durch.« Stengel und Dankelmann gingen noch einmal zurück. »Der Gang ist so eng, die müssen ihn von hier oder der anderen Seite aus getötet haben. Und schau dir das mal an, der liegt, als hätte man ihn fallenlassen. Normalerweise krümmt man sich doch oder so, man klammert die Hände vor den Körper, irgendeine Reaktion. Der liegt einfach nur da. Als ob er zur Hinrichtung festgehalten worden wäre.« Stengel schaute sie an. »Manchmal finde ich das schon beeindruckend. Andere ringen bei einem solchen Anblick um Fassung, denen wird schlecht oder so – und du analysierst sofort. Und dann auch noch richtig. Entschuldige wegen der Anmache vorhin.« Anke Dankelmann streichelte ihm über den Oberarm. »Schon okay«, sagte sie und lächelte.

Ein Beamter kam auf sie zu in Begleitung eines ziemlich verwirrt dreinschauenden Mittvierzigers, der eine schiefsitzende Baskenmütze auf dem Kopf trug. »Ich bin Alfons Graf, der stellvertretende Leiter der Bibliothek.« Er wollte den beiden Polizisten gerade die Hand geben, als er in den Gang schaute und die Leiche seines Chefs erblickte. Graf schrie auf, hielt sich die Hände vors Gesicht und verkrampfte am ganzen Körper. »Was ist hier passiert?« flüsterte er. »Ist das Andreas? Ist er tot?« Dankelmann nahm den Mann am Arm und führte ihn zurück in den Eingangsbereich der Bibliothek. »Herr Graf, haben Sie ein Büro, können wir ungestört reden?« Graf nickte, holte mit zitternden Händen einen Schlüsselbund aus seiner grünen Cordhose und ging voraus.

Er öffnete eine Tür und taumelte in ein spartanisch eingerichtetes, kleines Büro, setzte sich hinter den Schreibtisch und zündete sich eine Zigarette an. »Hier darf man eigentlich nicht rauchen, aber manchmal zünde ich mir heimlich eine an. Nehmen Sie doch Platz. Gemütlich ist es nicht, aber darauf kommt es nicht an, oder?«
Er legte die Zigarette auf einen Stanniolaschenbecher, den er aus einer der Schreibtischschubladen geholt hatte, und legte beide Hände vors Gesicht. »Mein Gott, Andreas, weiß Andrea es schon, seine Frau?« Dankelmann schaute Stengel an, diese Frage konnte sie nicht beantworten. »Nein«, sagte Stengel. »Meine Kollegin und ich fahren nachher vorbei. Mich wundert allerdings, dass sich bisher weder Frau Leber noch Frau Nordmann gemeldet haben, ist doch ungewöhnlich, dass die Männer nachts wegbleiben, oder?« »Was meinen Sie mit Nordmann, ist der etwa auch …« Graf schaute von einem zum anderen, sein Blick war das pure Entsetzen. »Leider ja. Herr Nordmann ist auf dieselbe Art ums Leben gekommen wie ihr Chef.« Stengel machte eine kurze Pause. »So hart das jetzt auch für sie ist«, fuhr er fort und stand auf, »wir müssen unbedingt so schnell wie möglich wissen, ob hier heute Nacht irgend etwas gestohlen wurde.« Graf lächelte gequält. »Wir haben hier hunderttausende von Büchern, Zeitschriften, Dokumenten, wie soll ich das so schnell feststellen? Wie stellen Sie sich das vor?« »Was sind denn die wertvollsten Dinge, die sie hier im Museum haben?« »Verzeihung, Herr Kommissar, das ist hier kein Museum, sondern eine Bibliothek.« Empört hatte sich Graf aufgerichtet. »Oder muss ich Ihnen den Unterschied zwischen einem Museum und einer Bibliothek erst einmal klarmachen? Wie wollen Sie denn diesen Fall lösen, wenn Sie das nicht einmal wissen?« Hektisch zog er an der Zigarette und drückte sie dann kopfschüttelnd im Aschenbecher aus. »Ist ja gut, Herr Graf«, mit sanfter Stimme schaltete sich Anke Dankelmann ein und warf ihrem Kollegen einen Blick zu, der in etwa die Nachricht beinhaltete: »Wie kann man nur so blöd sein?« Stengel zuckte die Schultern. »Also, was sind die wertvollsten Exponate?« Graf schaute sie an. »Na ja, das

ist natürlich die Handschriften-Sammlung, unermessliche Werte lagern hier. Allein das Hildebrandslied – wir mussten ja mal alles inventarisieren und bewerten, Andreas Leber hat damals gesagt, dass man mal einen extra niedrigen Wert ansetzen sollte.« »Und, wieviel ist das Hildebrandslied wert?« »Andreas hat gesagt, so um die 25 Millionen Euro. Aber ein verrückter Sammler würde sicher auch das Zehnfache hinlegen.« Anke Dankelmann hatte Mühe, den Mund wieder zuzuklappen. »Dann lassen sie uns doch mal schauen, ob bei der Handschriften-Sammlung etwas fehlt.«
Als sie das kleine Büro verließen, erhaschten sie einen Blick in den Eingangsbereich. Einige junge Leute standen vor der Tür, vermutlich Studenten, die hier irgendwelche Recherchen für Hausarbeiten anstellen wollten. Keine Chance heute, dachte Anke Dankelmann, der Laden hier bleibt mindestens heute Vormittag geschlossen. Sie hatte ein komisches Gefühl wegen der Ehefrauen der beiden, verwarf ihre Gedanken aber wieder, weil Graf angefangen hatte zu dozieren.
Als sie zu dem Raum kamen, in dem der Ausstellungstresor stand, wurden gerade die Zinksärge mit den beiden Leichen herausgetragen. Graf wandte sich ab und hörte auf zu reden. Danach holte er ein paar Mal tief Luft, wischte sich über die Augen und ging weiter. Er blickte durch den Raum. »Auf den ersten Blick kann ich sagen, dass das Hildebrandslied weg ist. Das lag dort drüben, in dem gesicherten Ausstellungstresor.« Sie gingen näher heran. »Ach du allmächtiger Gott«, sagte Graf, »hier lagen auch der Willehalm von Wolfram von Eschenbach und das Lautenbuch Elisabeths, da müssen wir später mal Inventur machen. Aber die Verluste sind unermesslich ...« Er schlug die Hände vor dem Gesicht zusammen. »Wer macht denn so etwas?« »Wie, hier lag ein Lautenbuch der heiligen Elisabeth?« fragte Stengel. Graf sah ihn hochnäsig an. »Natürlich nicht der heiligen Elisabeth. Hier handelt es sich um die Tochter des Landgrafen Moritz, und dieses Buch war so etwas wie ein Lehrbuch für Musiker, Herr Kommissar!« Stengel zuckte zusammen, seine persönliche Blamage war komplett, er konnte

abdrehen. Anke Dankelmann stand hinter dem Bibliothekar und konnte sich trotz dieser furchtbaren Situation an diesem noch furchtbareren Tatort ein kleines Lächeln nicht verkneifen. Sie würde Stengel später trösten müssen.

Die Spurensicherung hatte den Tatort komplett übernommen, jetzt mussten sie sich dringend um die Frauen der beiden Getöteten kümmern. Sie instruierten Graf, der gegen Mittag ins Präsidium kommen sollte, möglichst mit einer Liste der gestohlenen Gegenstände. Stengel beorderte zwei Streifenwagen zu den Häusern der Opfer, und sie entschlossen sich, in die Wiegandstraße zu fahren. Vor der Landesbibliothek trafen sie Pit Vogel, genannt Pivi, den Pressesprecher der Polizei. »Pivi, das gibt Schwerstarbeit für dich«, sagte Stengel. »Hab schon ein bisschen was gehört, zwei Tote, mit Speeren in der Brust – irgendwas geklaut?« »Den Umfang der Beute kennen wir noch nicht. Aber das Hildebrandslied ist weg.« Vogel schaute die beiden stirnrunzelnd an. »Am besten sprichst du nicht mit dem Bibliotheks-Fuzzi. Bernd hat sich schon genug für unsere Innung blamiert. Das Hildebrandslied ist die älteste erhaltene Handschrift in deutscher Sprache. 9. Jahrhundert. Mindestwert: 25 Millionen Euro.«

Vogel stieß einen Pfiff aus. »Aber wie kann man so was denn verticken? Da kannste doch nicht auf den nächsten Flohmarkt gehen und das auslegen.« »Schon mal was von verrückten Sammlern gehört? Und außerdem gibt es seit Neuestem so was wie das Internet. Das wird eine spaßige Fahndung.« Stengels Telefon brummte. Er nahm das Gespräch an und sagte nur: »Ach du Scheiße.« Und: »Okay, wir sind auf dem Weg.« Er war blass geworden und schaute seine beiden Kollegen an. »Bei Nordmanns in der Dennhäuser Straße hat niemand aufgemacht. Die Jungs sind dann ums Haus und haben gesehen, dass eine Fensterscheibe aufgeschnitten war. Sie sind rein und haben die Frau gefunden. Ans Bett gefesselt und geknebelt. Jemand hat ihr die Pulsadern aufgeschnitten. Sie ist verblutet. Leiche Nummer drei an diesem Morgen.« »Wenn da mal nicht Leiche Nummer vier bevorsteht«, murmelte Anke

Dankelmann. Sie berieten sich kurz, die Kommissarin informierte dann aus dem Auto heraus den Leiter des K 11, Richard Plassek. Der würde nun alles mobilisieren, was an diesem Morgen Beine hatte. Ein Team musste raus in die Dennhäuser Straße, Dankelmann und Stengel würden nach Wilhelmshöhe fahren, eine Pressekonferenz musste vorbereitet werden, dieser Fall würde in ganz Deutschland, nein, auch im Ausland für Aufregung sorgen.
In der Wigandstraße wartete die Streifenbesatzung auf die Kommissare. Sie waren trotz Blaulichteinsatzes eben erst eingetroffen. Dankelmann wunderte sich immer wieder, wie viele Details einem bei einem normalen Spaziergang oder einer Fahrt durch die Stadt entgingen. Sie war hier schon unzählige Male gewesen, ihr Bruder hatte vor nicht langer Zeit im Burgfeld-Krankenhaus gelegen – aber dieses eigentlich niedliche Fachwerkhaus war ihr noch nie aufgefallen. Es war ein schönes Haus – aber die Lage hätte besser sein können.
Stengel klingelte – keine Resonanz. Anke Dankelmann schaute sich um. Der Nebel würde heute wohl nachlassen, es schien ein schöner Novembertag zu werden. Einige Patienten aus der benachbarten Habichtswaldklinik am anderen Ende der Straße standen auf dem Bürgersteig und rauchten. Sie schauten interessiert rüber zu den Polizisten. Einer der Streifenbeamten blieb vor der Tür stehen, die drei anderen gingen ums Haus herum. Die Terrassentür stand offen, ein Teil der Scheibe war herausgebrochen. Anke Dankelmann schaute sich die Bruchstellen an: Sie verliefen glatt, irgend jemand musste sie präzise herausgeschnitten haben. Sie rief »Hallo?« ins Innere, der zweite Streifenbeamte fummelte an seinem Pistolenholster herum. Ein junger Bursche, sicher noch nicht besonders erfahren in solchen Einsätzen. Anke Dankelmann legte ihm beruhigend die Hand auf den Arm. Hier war garantiert nicht mehr mit einem Täter zu rechnen, da war sie sicher. Sie gingen ins Haus, blickten sich um. Im Erdgeschoss war nichts, sie stiegen eine Holztreppe empor, die erstaunlicherweise keine knarrenden Geräusche von sich gab. Hinten stand eine Tür offen, im Innern

war es dunkel. Anke Dankelmann ging voraus, an der Wand entlang. Sie öffneten zwei weitere Türen – eine zum Badezimmer und eine, die in ein Arbeitszimmer führte. Beide Räume waren leer. Sie hatte sich Plastikhandschuhe angezogen und suchte in dem dunklen Raum nach einem Lichtschalter. Als das Deckenlicht anging, gab der junge Kollege einen erschreckten Laut von sich. Auf dem Bett lag, in einem Meer von Blut, eine Frau, wahrscheinlich Andrea Leber. Beide Pulsadern waren aufgeschnitten, Dankelmann fasste den Körper an – er war kalt und steif. Die Frau war seit mehreren Stunden tot. »Die vierte Leiche und die vierte Hinrichtung«, flüsterte sie. Andrea Lebers Augen waren geschlossen. An den Handgelenken feste Druckstellen – sie musste mit allen Kräften versucht haben, diese Fesseln aus Tapeverband zu zerreißen. Und am Ende war sie sicher immer schwächer geworden. Irgendwann eingeschlafen – und dann gestorben. »Ruft die Spurensicherung«, sagte Anke Dankelmann, nahm das Telefon, informierte erst Plassek und dann Pivi Vogel. Und ihr war klar: Sie suchten nicht nach einem Mörder, sondern nach einer Mörderbande.

## 21

Auf dem Weg zum Präsidium fuhren sie noch einmal an dem Gebäude der Landesbibliothek vorbei. Da tummelten sich mittlerweile die Einsatzfahrzeuge von Polizei und der Medien. Hessischer Rundfunk, RTL, Radio FFH und viele andere parkten kreuz und quer auf dem Vorplatz.

Anke Dankelmann war sicher, dass das Ordnungsamt der Stadt Kassel sich diese Chance, Strafzettel en masse auszustellen, nicht entgehen lassen würde. Willimowski war neulich nachts um 0 Uhr in einer Tempo-30-Zone geblitzt worden. Diese Ordnungshüter verstanden was davon, Menschen zu schikanieren. Im K 11 gönnten sich die beiden Kommissare erst einmal einen starken Kaffee. Sie saßen ein paar Minuten schweigend an den Schreibtischen. »Eigentlich weiß man gar nicht, wo man anfangen soll, oder?«

sagte Stengel. »Na ja, wir werden einfach massenhaft Befragungen machen und intensiv nach Zeugen suchen müssen. Auch über die Medien. Die müssen doch heute Nacht irgendwie in die Ladesbibliothek gekommen sein. Das Ding ist doch immer angestrahlt, wenn ich mich recht entsinne. Da müsste es doch auffallen, dass plötzlich mehrere Leute mitten in der Nacht da reinspazieren. Am besten wir setzen gleich mal ein paar junge Beamte in Marsch, die in der Nachbarschaft der beiden Privathäuser ein paar Fragen stellen.« Stengel nickte. »Lass uns aber erst einmal mit Plassek reden.« Sie standen auf und gingen zum Büro des Chefs. »Ist schon im Besprechungszimmer«, flötete Sandra Schaub, die Sekretärin der Geschäftsstelle.

Im Besprechungszimmer wurden bereits alle Vorbereitungen für die Arbeit der Mordkommission getroffen. Plassek stand mittendrin und sprach leise mit Polizeipräsident Dr. Arndt Clüver. Die beiden gesellten sich dazu. Kurze Zeit später wurden einige Dutzend Polizeischüler für die Befragungen in Wilhelmshöhe und in Niederzwehren in Marsch gesetzt. Die Spurensicherung würde die Ergebnisse der Tatortuntersuchung in der Bibliothek um 14 Uhr vorlegen. Aus den beiden Wohnhäusern würden die Berichte erst später eingehen, auch die Gerichtsmedizin war nicht unbedingt auf vier Leichen gleichzeitig eingestellt. Also vertagte man sich auf 14 Uhr, Anke Dankelmann rief Graf an und bestellte ihn für 12 Uhr ein. Eigentlich hasste sie diese Stunden im ermittlungstechnischen Niemandsland. Es gab kaum Fakten, sie hatte kein Ende eines Fadens in der Hand, der sie im Knäuel des Falls weiterbringen würde. Sie wusste, sie würde immer ungeduldiger werden und wollte etwas dagegen tun. Sie rief noch einmal Graf an und ließ sich Namen und Adressen von renommierten Handschriftenexperten geben. Einer davon war ein emeritierter Professor aus Kassel. Professor Dr. Hans-Wilhelm von Wollzeck. Das Internet spuckte mehr über ihn aus: 71 Jahre, seine Veröffentlichungen füllten ganze Seiten, sein Ruf war einmalig. Allerdings sagten ihr die wenigsten Themen seiner Aufsätze und Bücher irgend etwas. Wahrscheinlich

jemand, den man nachts wecken konnte und der imstande war, einen stundenlangen Vortrag über die Dichtkunst im zehnten Jahrhundert zu halten. Aber immerhin stand er im Telefonbuch.
Wollzeck war gleich am Apparat. Anke Dankelmann stellte sich vor und berichtete grob, was passiert war und warum sie anrief.
»Junge Frau, da müssen Sie mal den Fernseher einschalten, RTL bringt gerade etwas darüber. Ich bin im Bilde. Was wollen Sie wissen? Wollen wir es am Telefon machen? Haha, kleiner Scherz meinerseits.« Was war denn das für einer, fragte sich Anke Dankelmann, die einen knochentrockenen Wissenschaftler erwartet hatte. War der etwa schon am frühen Morgen betrunken? »Ich kann auch ins Präsidium kommen, wenn Sie mich verhören wollen.«
»Herr Professor von Wollzeck, das ist natürlich kein Verhör, aber es wäre vielleicht nicht schlecht, wenn ich das Gespräch mit meinen Kollegen, die bei der Ermittlung dabei sind, zusammen führen kann. Wann könnten Sie denn hier sein?« »Ich wohne ja hier in der Heilhaus-Siedlung in Rothenditmold, in ein paar Minuten wäre ich da. Wo muss ich denn hin?« Anke Dankelmann sagte ihm kurz, was er an der Pforte sagen musste, und legte auf.
In der Heilhaus-Siedlung lebte der Typ, das war eine ständig größer werdende, durchaus nach Wohlstand aussehende Siedlung in einem eigentlich eher sozial schwachen Stadtteil Kassels. Dort praktizierte man alternative Methoden des Zusammenlebens, es gab ein Geburts- und Sterbehaus, manche Leute kamen tatsächlich dahin, um ihre letzten Tage zu verbringen. Es gab Gemeinschaftseinrichtungen, Kinderbetreuung, sie war noch nie da gewesen, und ihr Sinn für alternative Lebensgestaltung war eigentlich überschaubar ausgeprägt. Aber sie hatte viel Positives vom Zusammenleben der Generationen dort gehört und wusste auch, dass diese Siedlung, in der mittlerweile hunderte Menschen lebten, den Stadtteil belebte und aufwertete. Sie rief den Beamten an der Pforte an, informierte Stengel und Plassek, man wollte Wollzeck unbedingt gleich in der großen Runde sehen. Anke Dankelmann schaute auf die Uhr: halb zwölf. Sie schaltete den Fernseher an,

zappte durch die Programme – nichts zu sehen von den Bluttaten in Kassel. In den Videotextangeboten der Sender aber war das Ganze die Topmeldung. Als von Wollzeck eintraf, ging die Kommissarin die Treppen hinunter und nahm ihn in Empfang. Der Professor entpuppte sich als ein kleiner, rundlicher Mann mit langen vollen, grauen Haaren, die ihm wallend um den Kopf wehten. Es war November, und er trug Birkenstock-Sandalen mit groben Wollsocken darin. Wahrscheinlich hatte er vergessen, sich richtiges Schuhwerk anzuziehen und das auch bis jetzt nicht bemerkt. Unter einem Cord-Sakko sah sie einen farblich überhaupt nicht abgestimmten Pullunder oder Pullover, darunter offensichtlich so etwas wie ein T-Shirt. Die Jeans war abgetragen. »Ich habe mich nicht mehr umgezogen, ich habe gerade in der Kantine geholfen«, sagte von Wollzeck, als er ihren kritischen Blick bemerkte. »Kein Problem«, sagte Anke Dankelmann und schob den Experten in das große Besprechungszimmer. Richard Plassek, Bernd Stengel, Albert Menzel, Sabine Mockelmann und Volker Wenzel, den alle wegen seiner Initialen nur Käfer nannten, waren aus dem K 11 ebenfalls da. Nach der Vorstellung übernahm Anke Dankelmann sofort die Gesprächsführung. Abgesprochen war das nicht – aber es war ja schließlich ihre Idee und ihre Initiative gewesen.

»Herr Professor, können Sie sich vorstellen, warum irgendjemand diese Handschriften stiehlt und dabei auch noch vier Menschen tötet?« »Ehrlich gesagt, fallen mir nur zwei Dinge ein. Entweder handelt es sich um Verrückte, Geisteskranke. Oder aber da will jemand ganz gezielt großes Geld machen. Die dritte Variante habe ich vergessen: Kann sein, dass es sich um Geisteskranke handelt, die Kasse machen wollen.« »Aber wie kann man denn mit, sagen wir: dem Hildebrandslied Geld verdienen?« »Zunächst einmal: Ich habe immer in Kontakt gestanden zu meinem wissenschaftlichen Kollegen Leber. Gott sei seiner Seele gnädig. Deshalb weiß ich auch, dass er selbst bei der Inventarisierung den Wert dieses unendlich wichtigen Dokumentes mit 25 Millionen Euro angegeben hat. Mit Verlaub: Das ist reiner Unfug, so etwas überhaupt geld-

wert zu inventarisieren. Das sind ja nur geschätzte Werte. Herr Leber hatte sich damals wohl im Internet orientiert. Da tauchen ja gelegentlich solche Dinge aus irgendwelchen Beständen auf, die verkauft werden sollen. Eigentlich alles legal, glaube ich zumindest. Aber da gehen Handschriften aus dem 10., 11. Jahrhundert auch schon mal für höhere Beträge weg. Wer so etwas kauft, ist absolut verrückt. Aber für diese Personen sind diese Dokumente genauso wichtig und wertvoll, wie es ein Rembrandt für Sammler alter Meister ist. Weiß man denn mittlerweile, was alles gestohlen ist?« »Das Hildebrandslied ist definitiv verschwunden, im Augenblick versucht Herr Graf, den Sie dann ja wahrscheinlich ebenfalls kennen, sich einen Überblick zu verschaffen. In knapp einer Stunde wissen wir mehr. Der Willehalm von Wolfram von Eschenbach und das Lautenbuch der Elisabeth scheinen ebenfalls weg zu sein.« Von Wollzeck nickte. »Ich sage Ihnen mal was: Wenn da noch mehr dazu kommt, dann sind heute Nacht Gegenstände im Wert von über hundert Millionen Euro gestohlen worden. Sie müssen so schnell wie möglich ihre Internet-Experten dransetzen und versuchen, mögliche Verkaufsaktivitäten aufzuspüren.«
»Ich habe da eine andere Theorie«, sagte Anke Dankelmann, stand auf und wanderte herum. Plassek und die Kollegen schauten sie erstaunt an. »Ich glaube, dass dieser freie Verkauf im Internet viel zu riskant ist. Ich tippe eher auf eine Auftragsarbeit. Da haben ein paar Sammler oder auch nur einer ihre Kaufwünsche geäußert, und dieses Team hat heute Nacht zugeschlagen. Das kann eigentlich auch nur etwas zu tun haben mit einer riesigen Geldsumme, die gezahlt wird, sonst bringt man doch so brutal nicht diese Leute um.« »Einverstanden, Anke«, sagte Plassek. »Ein Punkt macht mich aber extrem stutzig. Wenn ich jemanden umbringen will, dann gibt es einfachere Methoden als mit diesen riesigen Speeren. Das klingt schon ziemlich nach einem hohen Grad an Gestörtheit.« Plassek hatte Recht, dachte Anke Dankelmann. Sie mussten dringend die ersten Ergebnisse der Spurensicherung auf dem Tisch haben. Der Professor erklärte sich bereit, ihnen als Experte

zur Verfügung zu stehen und ihnen etwas zu der Bedeutung des Diebesguts zu sagen, wenn Grafs Liste vorlag. Es blieben noch ein paar Minuten, von Wollzeck bekam einen Tee und verharrte im Besprechungsraum. Dort lief der Fernseher, eine Nachrichtensendung des HR brachte gerade Bilder von der Murhardschen Bibliothek und zeigte die Privathäuser von Nordmann und Leber. Eingeblendet wurden Porträtfotos der beiden Männer, von den Frauen gab es wohl noch nichts optisch Verwertbares. Sie schaute kurz auf ihr Handy, Willimowski hatte versucht, sie zu erreichen. Der musste jetzt warten. Sie brauchte jetzt Ruhe, der Staatsanwalt würde zwar, wenn es keine Antwort gab, wieder und wieder anklingeln und eine SMS nach der anderen schreiben – aber da musste der Mann jetzt durch.

## 22

Graf erschien kurz vor 13 Uhr, pünktlich zur ersten großen Lagebesprechung. Insgesamt waren acht Handschriften verschwunden, die wichtigsten und wertvollsten aus den Beständen der Bibliothek. Hildebrandslied, Willehalm und das Lautenbuch, das eigentlich nur eine Leihgabe war, waren dabei. Der reine Inventarwert belief sich auf 80 Millionen Euro, das hatte Graf aus den Büchern ermittelt. Als der Bibliothekar weg war, fragte Plassek den Professor: »Können Sie aus der Liste des Diebesgutes irgendeine Systematik erkennen?« »Nein, beim besten Willen nicht. Das Lautenbuch ist aus dem 16. Jahrhundert, zwei andere Handschriften aus dem 14. ... Das einzige, was nach Systematik aussieht, ist die Tatsache, dass es die teuersten Gegenstände aus den Sammlungen sind.«
Von Wollzeck sicherte zu, für die Polizei kontinuierlich erreichbar zu sein und verließ dann den Raum. Den Vortrag über die ersten Erkenntnisse zu den Morden wollte er sich ersparen. Es war einiges, was sie zusammentragen konnten. Die beiden Frauen waren offensichtlich zur selben Zeit gestorben – was den Verdacht erhärtete, dass die Mörder in getrennten Gruppen vorgegangen waren.

Denn dass mindestens zwei Personen pro Haus aktiv gewesen waren, lag auf der Hand. Einer allein hätte nicht den Mann entführen und die Frau fesseln können. Die beiden Frauen waren, wie erwartet, verblutet. »Es waren aber keine Fachleute«, sagte Dr. Hartmut Pianka, der Mediziner. »Am rechten Handgelenk von Frau Nordmann findet man drei Schnitte. Offensichtlich hat der Täter zweimal daneben geschnitten, bis er die Pulsadern getroffen hat. Die beiden Männer sind von den Speeren durchbohrt worden. Bei Nordmann hat die Speerspitze wohl das Herz getroffen, lasst mich erst einmal in Ruhe die Leichen untersuchen.« Spuren gab es kaum an den Tatorten. Fußabdrücke auf dem Dielenboden im Haus der Nordmanns – aber die halfen ihnen nicht besonders weiter. Der Dreck stammte garantiert aus dem Garten, möglicherweise ließen sich Schuhgröße, Sohlenart und Schuhsorte bestimmen. Massenware, mit Sicherheit. Im Ausstellungstresor der Bibliothek suchten die Polizisten im Augenblick jeden Millimeter ab. Irgendein Haar, irgend eine Hautschuppe, irgend etwas würden sie finden – aber das dauerte Stunden, wenn nicht noch Tage. Es gab heutzutage praktisch keine Tatorte in Gebäuden mehr, an denen Täter nicht irgend etwas zurückließen. An den Speeren gab es keine Fingerabdrücke, auch keine Textilreste oder Hinweise auf Lederhandschuhe, die die Täter möglicherweise getragen hatten. Offensichtlich hatte man die Speere vor der Tat ordentlich gereinigt und dann bei den Morden Plastikhandschuhe getragen. Oder die Speere nach der Tat noch einmal behandelt. Sie stocherten im Nebel – aber das war ja beinahe bei jeder Tat so. Nur schaute diesmal eine unendlich große Öffentlichkeit auf das K 11. Anke Dankelmann wusste, dass Plassek dieser Gedanke gar nicht angenehm war. Sie selbst fand das eher prickelnd.

## 23

Gerald Mannteufel hatte den Unterricht souverän absolviert. Er war wegen der kurzen Nacht und der Schlafmittel zwar etwas angeschlagen, aber die Schüler, glaubte er, hatten davon nichts mitbekommen. Nun schaute er sich die Nachrichten im Fernsehen an, er hatte sich zwei Brote geschmiert und sich dann auf dem Sofa niedergelassen – Brot in der einen, Fernbedienung in der anderen Hand. Sie berichteten gerade von dem Raub der Dokumente und den Morden. Der Reporter hatte sich vor der Landesbibliothek aufgebaut und sprach mit hoher, offensichtlich erregter Stimme. Dann erschien neben ihm jemand, den der eingeblendete Text als Pit Vogel, Pressesprecher der Polizei vorstellte. Vogel wich den Fragen aus, Mannteufel sah den Beitrag bis zum Ende. An der Murhardschen war ein gigantisches Medienaufgebot zu sehen. Ihm wurde jetzt noch klarer, was ihnen den Rest ihres Lebens bevorstand: Sie würden gejagt werden, überall auf der Welt. Er hatte eigentlich damit gerechnet. Aber er hatte nicht vorempfinden können, welches Gefühl man dann hatte, wenn es soweit war. Er fühlte sich erregt. Angst hatte er nicht. Aber schließlich war er ja auch noch nicht am Ende seines Weges angekommen.
Jetzt ging es, so war der Ablauf beschlossen, zunächst einmal ums Materielle. Die vier Männer hatten vor dieser Nacht über die Verteilung der anstehenden Beute gesprochen. Das Hildebrandslied würde im Besitz ihres Anführers bleiben. Es war sein Plan gewesen, seine Organisation, seine Initiative, er hatte alle Kontakte zu den potentiellen Käufern geknüpft. Dass er ein dickes Stück vom Kuchen mehr bekam als die anderen drei, war eigentlich gleichgültig, weil sie alle im Geld schwimmen würden.
Vier Sammler hatte er als Auftraggeber – und hatte sie monatelang überprüft, um nicht in eine Falle zu laufen. Aber diese Nische im Sammlermarkt war so klein, da war das Risiko ohnehin vergleichsweise niedrig. Mannteufel hatte keine Ahnung, wie alles im Detail abgelaufen war. Aber er wusste, dass nach Lieferung insgesamt drei

bis vier Millionen Euro fällig waren, mehr war – ohne das Hildebrandslied – nicht zu erlösen. Er hatte auch davon gelesen, dass das Hildebrandslied auf 25 Millionen geschätzt worden war – aber für die anderen Handschriften war halt weniger geboten worden. Der Friese hatte ihnen die E-Mails gezeigt, er würde sie nicht betrügen. Für jeden vier Millionen, eine für jede Leiche dachte er und freute sich, dass sein Zynismus wieder zurückgekehrt war. Ein gutes Zeichen, dachte er sich. Nein, psychisch würde ihn diese Situation garantiert nicht weiter belasten. Da hatte er anderes hinter sich.

## 24

»Sag mal Bernd, wie ist so was eigentlich versichert?« Anke Dankelmann hatte sich im Büro den x-ten Kaffee des Tages gegönnt. »Tja, gute Frage.« Bernd Stengel kam eben herein und schaute seine Kollegin überrascht an. »Aber ist dieser Punkt relevant? Ich meine – das ist doch alles, wenn ich das recht verstanden habe, im Landesbesitz. Wenn also die Versicherung zahlen muss – dann kriegt das Land Geld. Ein einzelner kann sich nicht bereichern. Und es ist kaum anzunehmen, dass Roland Koch oder Minister Corts die Schriften vertickern, um den Haushalt zu sanieren.« Stengel grinste. »Deshalb habe ich nicht gefragt. Das wäre natürlich Quatsch. Es interessiert mich einfach. Sozusagen als Steuerzahlerin. Wie hoch sind die Versicherungspolicen? Das müssen doch riesige Summen sein, wenn das alles so wertvoll ist. Na ja, für den Augenblick auch egal.« Sie ging ins Internet und googelte nach dem Hildebrandslied. Wenig später war sie komplett versunken in der Übersetzung dieses Textes. »Ik gihorta dat seggen.«
Anke Dankelmann hatte sich in ihrer Schulzeit wenig mit der germanischen Sagenwelt beschäftigt. Sie hatte »Ein Kampf um Rom« gelesen. Kannte die gotischen Könige, Theoderich, Totila, Teja. Aber Hildebrand hatte ihr bis heute nichts gesagt. Beim Lesen der ganzen Erläuterungen zu dem Thema auf Wikipedia ging es ihr, wie so häufig bei diesen geschichtlichen Themen: Sie saugte die

Informationen auf, verband aber gleichzeitig ein Bild, eine Szene damit. Sah die handelnden Personen, entwickelte gedanklich eine eigene Dramaturgie. Sie hatte Willimowski mal davon erzählt, und der hatte das alles nicht so richtig ernstgenommen. »Du bist ja wie Rosamunde Pilcher«, hatte er lachend gesagt und sich gewundert, dass sie ihm, zum ersten und einzigen Mal in ihrer Beziehung, ein Glas Bier ins Gesicht geschüttet hatte. Er war danach außerordentlich nachdenklich geworden, denn Anke Dankelmann vergeudete niemals auch nur einen Tropfen Gerstensaft. Diese Bemerkung musste also sehr daneben gelegen haben. Nun also dieser Hildebrand und sie beschloss, dieses Thema mit Willimowski nicht zu besprechen. Ein phantasieloser Mensch war dieser Staatsanwalt, doch bevor sie sich aufregen konnte, hatte sie die Sage wieder gefangengenommen.

»Das ist das erste Mal, seit wir zusammenarbeiten, dass du mindestens eine Stunde nichts gesagt hast.« Stengel lächelte sie an. Anke Dankelmann war hochgeschreckt, sie war tief in Hildebrands Sagenwelt eingedrungen, fasziniert aber auch von der Sprache. »Das ist irre, Bernd. Ich meine, wir ermitteln hier wegen vierfachen Mordes und wegen des Diebstahls wichtiger und wertvoller Handschriften – und von uns hat sich niemand damit beschäftigt, was das für Schriften waren. Ich meine, die sind über tausend Jahre alt. Tausend Jahre!« »Ist ja gut, Brauner, ist ja gut. Ist das denn wichtig für den Fall?« »Keine Ahnung. Aber interessant auf jeden Fall. Und was anderes, als auf Ergebnisse der Befragungen und der Spurensicherung zu warten, können wir doch eh kaum tun. Weißt du, worum es im Hildebrandslied geht?« Stengel schüttelte den Kopf, atmete tief durch – ein Signal an seine Kollegin, dass ihn genau dieser Punkt überhaupt nicht interessierte. Doch die Kommissarin war nicht zu bremsen. »Hildebrand war der Waffenmeister von Dietrich von Bern.« »Und der hat ein Lied über sich geschrieben?« »Nun halt doch mal die Klappe. Du hast dich heute schon mal als Kultur-Flitzpiepe ersten Grades erwiesen, und jetzt kannst du mal was lernen. Hättest ja selbst mal gucken können, ob du im

Internet was findest zu dem Thema. Aber du glaubst ja immer noch, Internet sei eine Einkaufskette in der DDR gewesen.«
»Gut, Frau Lehrerin, dann starten Sie bitte den Unterricht. Worum geht es in diesem Lied? Hat Roy Black es wenigstens noch einmal vertont?« Anke Dankelmann kullerte mit den Augen und warf mit einer energischen Kopfbewegung ihre Haare über die Schultern. »Es geht hier nicht um Hildebrand, sondern um Hilde Brandt, die Erfinderin des Zwiebacks«, kalauerte sie zurück. Sah Stengel etwas entgeistert gucken und grinste. »1:1 okay? Und jetzt hörst du zu. Also: Dieser Dietrich von Bern kämpfte der Sage nach mit seinen Mannen viele, viele Jahre in Norditalien. Hildebrand immer an seiner Seite. Der hatte seine Frau und seinen Sohn zurückgelassen, den kleinen Hadubrand. Als sie nach unendlich vielen Jahren zurückkamen, wurde Hildebrand mit seinen Leuten in der Heimat von einem fremden Heer mit einem jungen Heerführer gestellt. Es waren zwar Landsleute – dennoch waren die misstrauisch den alten Männern gegenüber. Hildebrand bekam heraus, dass der Anführer sein Sohn war, eben dieser Hadubrand. Der Sohn bestand auf einem Kampf.« »Und wie ging der aus?« Stengels Interesse war längst geweckt.
»Tja, in dem Hildebrandslied, das geklaut wurde, steht das nicht drin. Dieses Hildebrandslied war auch nur eine Schreibübung von Fuldaer Mönchen, die vier freie Innenseiten eines Buches mit dem Text beschrieben hatten und dann war für den Rest wohl kein Platz mehr.« »Dolle Sache. Jetzt wird es spannend – und das Ende fehlt. Ich habe in den achtziger Jahren mal ein Wimbledon-Finale im Fernsehen gesehen, mit Björn Borg, glaube ich. Da haben die am Ende des fünften Satzes, vor Spielende, in den öffentlich-rechtlichen Programmen einfach weggeschaltet, weil da irgendwelche Hulla-Vorabendserien liefen. So klingt das hier auch.« »Langsam, langsam, werter Herr. Wusste gar nicht, dass ihr so früh schon einen Fernseher daheim hattet. Das war ja immerhin im vergangenen Jahrtausend. Also: Es gibt auch noch ein anderes Hildebrandslied, das ist komplett erhalten und daraus geht das Ende

hervor. Hildebrand erschlägt seinen eigenen Sohn. Und halt dich fest: Er wird mit einem Eschenholzspeer umgebracht.« Anke Dankelmann sah Stengel an. Der runzelte die Stirn: »Warum soll ich mich bei dieser Mitteilung festhalten?« »Wissen wir denn beispielsweise, aus welchem Material unsere Speere von heute Nacht sind?« Stengel schüttelte mit dem Kopf. »Also, Anke, komm. Das ist aber ein bisschen weithergeholt, findest du nicht?« »Nur so zum Spaß: Frag doch mal bei der Spurensicherung nach.« Stengel atmete theatralisch tief durch, machte noch eine Kunstpause, in der er seiner Kollegin einen du-machst-mich-wahnsinnig-Blick zuwarf, griff zum Telefon und redete kurz mit Markus Wimmel, dem Chef der Spurensicherung. »Warum uns das interessiert? Ja, ehrlich gesagt: Mich interessiert das gar nicht. Aber diese gelegentlich charmante Erscheinung mir gegenüber ist mal wieder der Meinung, sie habe die Spürnase von Kommissar Rex. Wisst ihr also, aus welchem Holz die Dinger sind?« Stengel machte eine kurze Pause, hörte zu, sagte »Danke, Markus!« und legte auf. Er schüttelte den Kopf. »Ich weiß nicht, was du damit beweisen willst. Aber die Speere sind aus Eschenholz.« Anke Dankelmann grinste. »Weiß ich auch noch nicht. Ist aber in jedem Fall interessant, oder? Also weiter im Text. Das Hildebrandslied wurde nach dem Zweiten Weltkrieg in Kassel schon einmal geklaut. Ein amerikanischer Soldat hat die Blätter, ohne deren möglichen Wert zu kennen, mit über den Teich genommen. Dort hat er sie versucht zu verkaufen, ist aufgeflogen und musste das Lied wieder rausrücken. So kam es wieder nach Kassel. Spannend ist diese Geschichte auf jeden Fall.« Stengel nickte und sah zur Uhr. »Lass uns noch einmal zur Murhardschen fahren. Vielleicht hat die Spurensicherung da neue Erkenntnisse.« »Mach mal alleine. Ich verdrücke mich. Alle neuen Erkenntnisse kriegen wir ja gesammelt morgen früh. Heute passiert nix mehr, das weißt du doch. Außerdem habe ich nachher noch meine Doppelkopfrunde. Bis morgen also.« Sie packte sich ihren Kunstledermantel mit dem flauschigen Kragen und ging durch den Flur davon. Und wusste genau, dass sie heute Abend beim monatlichen Doko bei Lohmann von ihren Mitspielern tausend Fragen gestellt bekommen würde. Hoffentlich kommen wir auch zum Spielen, dachte sie.

## 25

Lutz Kretschmer hatte den Tag wie jeden zweiten Donnerstag verbracht. Er hatte seine Tochter von der Grundschule Im Krauthof in Harleshausen abgeholt. Vanessa war jetzt acht Jahre alt, ein putzmunteres Mädchen, Produkt aus einer kurzen Beziehung mit einer Kaufhof-Verkäuferin. Sie hatten nie zusammen gelebt, seine Freundin wollte das Kind aber unbedingt austragen, und Kretschmer hatte sich gewundert, dass er auch nichts dagegen hatte. Er war jetzt 42 und stolz, Vater eines Kindes zu sein. Vanessa war seine ganze Liebe, sein ganzer Lebensinhalt. Er kümmerte sich intensiv um sie und machte sich Gedanken um ihre Zukunft, seine Tochter war eine der Haupttriebfedern gewesen, dass er bei dieser Sache heute Nacht mitgemacht hatte. Er hielt den so genannten Anführer für einen kranken Spinner, der mit seinen germanischen Riten, seinen Träumereien und seiner Ahnenforschung. Ihm ging es um das Geld, er wollte für Vanessas Zukunft für immer vorsorgen. Vanessa liebte ihren Vater, die Nachmittage, wenn sie gemeinsam Schularbeiten machten und er ihr die Rechenaufgaben erklärte, ein Eis essen gingen, im Kleintierzoo am Rammelsberg, Vanessas Lieblingstier, den Puma mit seinem unerträglichen Gestank besuchten. Einmal im Monat waren sie ein ganzes Wochenende zusammen – und Kretschmer brach es jedes Mal das Herz, wenn er den blonden Sausebraus wieder bei der Mutter ablieferte. Er verstand sich mit Petra gut, es kam zu keinen Auseinandersetzungen wegen des Kindes, und ihr neuer Lebensgefährte war zum Glück klug genug, um diese Vater-Tochter-Beziehung zu fördern und nicht eifersüchtig zu beschädigen.
Abends war Kretschmer mit Vanessa noch zu McDonalds gefahren. Die Mutter sah das eigentlich nicht so gern, Vanessa wusste

das. Kretschmer hatte seiner Tochter erklärt, das sei das große Geheimnis zwischen ihnen beiden der Mutter gegenüber, eine Art Geheimbund. Was die Tochter regelmäßig begeisterte. Kretschmer hatte Petra aber eingeweiht, denn ein Besuch bei McDonalds ließ sich wegen des Geruchs danach aus Mund und Kleidung gar nicht vertuschen.
Nun bereitete er sich für die Fahrt ins Kloster Haydau vor, wo sie sich abends treffen würden, um ihr Ritual zu erledigen und über alles Weitere zu reden. Sie waren in diesen im Dunkeln unheimlichen Mauern als VHS-Kurs »Mittelhochdeutsche Literatur« angemeldet. Sie waren nur zu viert – der Friese hatte aber zwölf Teilnehmer bei der VHS des Schwalm-Eder-Kreises angemeldet, die Teilnehmergebühren bezahlte er aus eigener Tasche. Das war die ideale Tarnung. In idealen Räumlichkeiten. In idealer Umgebung. Und doch war ab heute alles anders.

## 26

Ralf Runge hatte einen mehr als schlechten Tag hinter sich. Bei der Arbeit war alles normal gelaufen, es war ein leichter Arbeitstag gewesen. Diese Sache machte ihm einfach zu schaffen. Er sah immer wieder vor seinem geistigen Auge die beiden toten Körper der Bibliotheksleute vor sich und dachte daran, wie wohl die beiden Frauen ihr Ende erlebt hatten. Daheim machte er den Fernseher nicht an, er wollte nichts hören und nichts sehen. Und eigentlich hatte er überhaupt keine Lust auf eine Fortsetzung des Ganzen. Selbst das Geld, das er demnächst haben würde, stimmte seine Laune nicht besser. Er war schon bei den ganzen Vorgesprächen immer der Haupt-Bedenkenträger gewesen. Er hatte im Lauf des Tages sogar schon überlegt, zur Polizei zu gehen. Aber diese Tat war so gespenstisch grausam, er würde so oder so bis in die Ewigkeit eingebuchtet werden. Und ein schlechtes Gewissen hätte er auch im Knast. Er zog seine schwarze Kappe auf, ging auf die Straße, setzte sich in sein Auto und fuhr in dic Dunkelheit hinaus.

## 27

Er hatte alle Utensilien eingepackt. Besonders wichtig war der Met, den er im Keller selbst herstellte. Er bestand darauf, dass sie bei ihren Treffen davon tranken. Er hatte dieses Rezept im Internet ausgegraben. Es war hunderte Jahre alt, und der Gedanke erregte ihn, dass seine Vorfahren ähnliche Getränke abends am Feuer zu sich genommen hatten. Alles erregte ihn heute, er würde nach dem Treffen in Haydau einem verschwiegenen kleinen Etablissement in Bettenhausen noch einen Besuch abstatten. Dort gab es eine blonde Prostituierte, die Irina hieß, die er aber Germania nannte. Sie trieben es auf dem Boden, auf einem Fell. Für ihn war es der geilste Sex, den er jemals gehabt hatte. Der Gedanke daran und die Vorfreude bescherten ihm eine Erektion. Er steckte eine Hand in die Tasche und befummelte sich ein wenig. Langsam lenkte er dann seinen Wagen von der Wilhelmshöher Allee auf die Schönfelder Straße in Richtung Autobahnzubringer. In knapp einer halben Stunde würde er an der Abfahrt Malsfeld die Autobahn verlassen und die paar Kilometer Landstraße nach Morschen fahren. Die Erektion hatte er immer noch.

## 28

Es war 21 Uhr. Die Kneipe Lohmann im Königstor war brechend voll, Anke Dankelmann und ihre Doppelkopfrunde saßen um einen runden Tisch und droschen Karten. Peter Dietrich, der Kampfsporttrainer, Ralf Mußmann, Bio-Lehrer am Wilhelmsgymnasium in Kassel, Jürgen Weckesser, der Friseur aus dem Stadtteil Fasanenhof, gehörten zur Stammrunde. Sie hatten seit ein paar Monaten einen fünften Mann dabei, falls mal jemand ausfiel, konnten sie dennoch spielen. Fred Kolbe, ein Tankstellenbesitzer aus Waldau, war auf Empfehlung von Mußmann dazugekommen. Die anderen mochten den hemdsärmeligen Typ, dessen Hände immer leicht ölverschmiert waren und der ein wacher Kopf und ein

exzellenter Kartenspieler war. Doppelkopf, das würde Willimowski leider nie begreifen, war das absolute Kartenspiel.
Skat war für Kleingartenbesitzer, das war zumindest die Ansicht von Anke Dankelmann. Rommé war etwas für Beerdigungsunternehmer, Canasta hatte sie nie begriffen und siedelte das bei Ehefrauen Pleite gegangener Konditoren an. Bridge, da war sie hundertprozentig sicher, war etwas für Schönheitschirurgen und deren Patientinnen. Doppelkopf war etwas für gesellige, kluge Biertrinker. Im Augenblick hatte sie gerade ein Traumblatt auf der Hand. Zwei Herz-Zehnen, zwei Kreuz-Damen, eine Karo-Flöte vom Feinsten, zwei weitere Damen, drei Buben – und keine Fehlfarbe. Sie rechnete durch. Würde sie ein »Re« wegen ihrer Kreuzdamen ansagen, kriegte sie heftig Gegenwind, weil die anderen drei wüssten, gegen wen sie spielen mussten. Mit den beiden Kreuz-Damen konnte sie sich einen Partner suchen – möglicherweise war es der Schwächste der drei anderen. Ein stilles Solo ohne Ansage würde keine Punkte bringen – also entschied sie sich zur Partnersuche. »Hochzeit«, sagte sie und erschrak, als ausgerechnet der Neue fünf Neunen auf den Tisch knallte. Das bedeutete neu geben – mit einem angesagten Solo hätte sie trotzdem spielen können.
Zeit für einen Ramazzotti, dachte sie und wusste, dass es der einzige heute bleiben würde. Sie musste morgen fit sein. Dieser Fall war der Fall ihres bisherigen Lebens. Und während die Kollegen sich offensichtlich auf eine lange Ermittlung einstellten – eine Einschätzung, die sie eigentlich teilte, hatte sie so dieses gewisse Bauchgefühl. Als könnte sich wegen des heutigen Tages irgend etwas entwickeln. Dem Kartenpech im einen Spiel folgte ein langes Glück in den nächsten Spielen. Irgendwann winkte Kolbe ab, griff zum Telefon und sagte: »Ich lasse mich jetzt abholen. Wollen wir nicht irgendwann mal freitags spielen? Da können wir wenigstens ordnungsgemäß einen nehmen, ohne am nächsten Tag so früh raus zu müssen?« Anke Dankelmann donnerte ihren Bierhumpen auf den Tisch. »Wieso ist eigentlich noch keiner von

uns auf diese Idee gekommen? Wir treffen uns seit ewigen Zeiten donnerstags, weil das von den Arbeitszeiten früher immer am besten passte. Eigentlich stinkt mir das auch. Peter?« Sie rief nach der Bedienung. »Habt ihr freitags diesen Tisch noch frei?« »Ich schaue nach, Moment.« Eine Minute später kam der untersetzte Mann zurück. »Jau. Wollt ihr umswitchen?« Die Runde schaute sich an, alle nickten. »Alsdenn, beschlossen!« grinste Kolbe.

Manchmal sind die einfachsten Dinge vor deinen Augen und man sieht sie nicht, dachte Anke Dankelmann auf dem Heimweg. Sie schaltete ihr Handy wieder ein. Auch nach Minuten zeigte sich kein Anruf, keine SMS von Willimowski. Blödkopp, dachte sie, als sie ins Bett stieg. Aber ein lieber Blödkopp, dachte sie, nachdem sie um 3 Uhr von einer SMS geweckt wurde. »Du bist doof«, hatte er geschrieben. Das musste richtige Liebe sein, dachte sie und schlief mit einem Lächeln wieder ein.

## 29

In Haydau, in den alten Klostermauern, hatten sie bei Kerzenlicht gesessen. Ralf Runge hatte von seinen Gefühlen berichtet. Er konnte nicht anders, es musste raus aus ihm. Er hatte Angst vor der nächsten Nacht, vor der Tat war er nicht in der Lage gewesen sich auszumalen, wie große der innere Druck werden würde. Vom äußeren durch die Medien ganz zu schweigen. Er hatte Angst vor dem nächsten Arbeitstag, er glaubte, Menschen nicht mehr in die Augen sehen zu können, weil er annahm, sie wüssten, dass er eines dieser Monster war. Manchmal zitterten ihm beim Erzählen die Hände. Die anderen hatten ihm schweigend zugehört und an ihrem Met genippt. Das Zeug stank entsetzlich und hatte einen höchstprozentigen Inhalt. Alle waren mit dem Auto da und gingen vorsichtig damit um. Nur der Anführer hatte beherzter zugegriffen. Er hatte das Hildebrandslied dabei, es lag in der Mitte des Tisches, und sie hatten zu Beginn gemeinsam den Text leise raunend aufgesagt. Sie hatten auch, wie bei einer Seance, sich mit den seit-

lichen Enden der Hände berührt. Selbst Mannteufel musste sagen, dass dieser Mann ein Händchen oder auch einen besonderen Sinn für solche Inszenierungen hatte. Selbst er hatte eine Gänsehaut bekommen. Aber das Problem wurde damit nicht gelöst.
Die Runde hatte keinen Rat für Runge. Er musste da durch. Zum Schluss waren sich aber alle drei anderen unsicher, ob der Mann die Nervenstärke haben würde, den Stress der nächsten Tage auszuhalten. Runge ging als Erster, es war 23 Uhr 15. Die drei anderen Männer verständigten sich kurz. Mannteufel rief Runge noch einmal auf dem Handy an, er war gerade auf der Auffahrt zur Autobahn. Runge wohnte in Kassel in der Nähe des Aschrottparks, einem kleinen Wäldchen im Vorderen Westen. Sie verabredeten sich an der Apostelkapelle, einer kleinen Kirche am Rand des Parks. Noch in dieser Nacht. Runge war, zum Erstaunen aller, nicht überrascht gewesen. Er hatte schon früher großes Vertrauen zu Mannteufel gehabt, der für ihn so eine Art privater Ratgeber geworden war. Runge glaubte sicher, Mannteufel sei sein Freund. Mannteufel aber wusste, dass er niemandes Freund sein konnte – und auch niemals werden würde.
Eigentlich gab es nur einen Menschen in Kassel, den er in seine Nähe ließ: Kurt Junkers, den Wirt der Kneipe Kognito Inn in Wilhelmshöhe. Im gleichen Alter wie Mannteufel, im Nachbarhaus aufgewachsen, nach der Schule hatten sie sich ein wenig aus den Augen verloren. Aber es gab zwischen ihnen eine gewisse Vertrautheit, die ihm erstaunlicherweise gar nicht so unangenehm war. Junkers würde niemals privateste Details von ihm erfahren – umgekehrt aber erzählte ihm der Kneipier häufig genug die irrsinnigsten Geschichten, die er am Tresen mit seinen Gästen, mehr oder weniger betrunken allesamt, erlebt hatte.
Es war kurz nach Mitternacht, als Runge und Mannteufel sich an der Kapelle trafen. Die Nacht war kalt, auch der letzte Spaziergänger war mittlerweile nach Hause gegangen. Sie schlenderten durch den Park. Meistens wortlos, manchmal redete Mannteufel auf Runge ein. Manchmal hörte man auch die weinerliche Stimme

des Mannes von den Städtischen Werken. Als die kurze Runde beendet war, kamen sie an der Rückseite der Kapelle vorbei. Aus dem Schatten trat der große, kräftige Mann lautlos mit einer Schlinge, die müde Gestalt von Runge zeigte kaum Widerstand. Im Tiefdunkel hinter dem Gotteshaus war die Tat schnell vollbracht. Kretschmer schaute zu. Das Ganze behagte ihm nicht, er wusste aber auch, dass es wohl tatsächlich die einzige Chance war, ans Ziel zu gelangen. Sie trugen nun alle Plastikhandschuhe, schleppten den Leichnam in einen dunklen Winkel des Mauerwerks und gingen dann in unterschiedliche Richtungen davon. Schuhe und Kleidung würden sie noch am Abend vernichten, genau wie in der Nacht zuvor. Langsam brauche ich neue Schuhe, dachte Mannteufel. Am Samstag würde er in die Stadt gehen. Er dachte nur eine Sekunde an Runge. Er hatte ihn nie leiden können. Mitgefühl brachte sein Hirn nicht auf.
Die Nacht war für einen aber noch nicht beendet. Während die anderen in ihre weit entfernt geparkten Autos stiegen, holte ein großer Mann aus seinem Wagen ein kleines, längliches Paket. Er schlich zurück zur Apostelkapelle, packte einen seiner Speere aus und rammte ihn seinem toten Gefährten tief in die Brust. Er war voller Verachtung für diesen Weichling. Dies war alles mit den Kumpanen nicht abgesprochen. Er ahnte auch, dass jeder irgendeine Verbindung würde herstellen können zwischen der Nacht zuvor und dieser Bluttat, es war ihm gleich, er wollte seine Inszenierung. Schließlich war er der Chef. Er nahm das Päckchen, verschloss es, und ging zurück.
Er setzte sich ins Auto und fuhr nach Bettenhausen. Er klingelte, dieser Salon hatte die ganze Nacht geöffnet. Seine Germania stand an der Theke und rauchte eine Zigarette. Zum Glück hat sie keinen Kunden, dachte er, und erinnerte sich an eine Situation, als er sie sozusagen aus dem Job herausgekauft hatte. Teuer war das geworden, er hatte Frau und Freier bezahlen müssen. Als sich ihre Blicke trafen, war der Ausdruck der Augen unterschiedlich. Seine waren erfüllt von glühender Geilheit. Sie hätte sich gern einen an-

deren Kunden gewünscht. Aber dieser Kerl zahlte gut. Sie gingen ins Zimmer, der Mann begrabschte die Frau sofort. Die zog ihm das Kondom über, und wenige Sekunden später hatte er alles hinter sich. Er zahlte und ging wortlos hinaus. Germania rückte das Fell zurecht, machte das Fenster auf, kassierte die 200 Euro und ging unter die Dusche. Dieser Mann war ihr unheimlich. Wie kam ein normaler Mensch auf die Idee, eine Hure »Germania« und sich selbst »Hadubrand« zu nennen beim Geschlechtsverkehr? Sie hatte nicht die leiseste Ahnung, wer Hadubrand war. Und wollte es auch nicht wissen. Irina ging nach unten, setzte sich an die Bar. Nach zwei Zigaretten kam ein Mann auf sie zu und fragte nach dem Preis.

## 30

Klaus Füllner war Frührentner. Er hatte über 30 Jahre bei der Bahn gearbeitet und es irgendwie geschafft, so eine Art Angst-Syndrom aufzubauen, es zu verinnerlichen und alle Gutachter zu überzeugen. Als er mit 55 in Rente ging, da hatte er noch jubiliert. Keine Verpflichtungen mehr, jeden Tag so leben, wie man ihn wollte. Das Problem waren die 1243 Euro Pension, die ihm als Beamten zustanden. Er lebte in einer Wohnung der Bahn, beinahe zum Nulltarif. Dennoch reichte das Geld vorn und hinten nicht. Deshalb hatte er irgendwann angefangen, Zeitungen auszutragen. Er hatte einen Bezirk an der Wilhelmshöher Allee. Durchaus lukrativ, die Haushaltsabdeckung der HNA war hier relativ hoch – und außerdem trug er sonntags und mittwochs noch das Anzeigenblatt Extra Tip aus.

An diesem Tag, er war sehr früh dran, gönnte er sich eine kleine Zigarettenpause und schaute sich um. Manchmal kamen die Nachtschwärmer aus den Kneipen im Vorderen Westen auf dem Heimweg vorbei, meistens völlig besoffen. Noch nie hatte ihn jemand blöd angequatscht, manchmal wollte jemand die Zeitung haben. Er liebte diese Stunde, in der die Stadt sozusagen in den Start-

löchern hockte. Auf der einen Seite sah man das müde Ende des vergangenen Tages auf dem Heimweg – und gleichzeitig fuhren die ersten Straßenbahnen, ging im Sommer die Sonne auf, wurde die Stadt um diese Zeit allmählich fit für den Tag.
Füllner hatte diese Minuten oft versucht in irgendeinen Begriff zu fassen. Langsam, ganz langsam, gab es mehr Autos auf den Straßen. Die Straßenbahnen wurden von Zug zu Zug voller. In den Wohnungen gingen die ersten Lichter an – und die letzten aus. Er hatte den Begriff gefunden: Die Stadt, sie gähnte ein letztes Mal, gleichzeitig streckte und reckte sie sich. Es konnte wieder beginnen. An diesem Morgen, er saß auf der obersten Treppenstufe in einem Hauseingang, sah er langsam einen Wagen in einen Hinterhof fahren. Der Fahrer, ein Mann, stieg aus und holte durch die Heckklappe ein längliches Paket. Sah aus wie ein Ikea-Karton für Billy-Regale. Der Mann schleppte das Paket zum Hauseingang und verschwand. Füllner schaute noch einen Moment auf die Haustür. Manche Leute, dachte er sich, haben verwunderlichste Gewohnheiten. Wieso schleppte ein normaler Mensch um diese Uhrzeit Regale durch die Gegend? Er nahm die Kippe und warf sie am Straßenrand durch einen Gullydeckel nach unten. Füllner war Beamter gewesen, alles musste seine Ordnung haben. Saubere Straßen zählten dazu. Er ging in die Ludwig-Mohr-Straße, dieses kleine Sträßchen war das letzte in seinem Zustellbezirk. Irgendwann nahm er sich die Zeit und schaute aufs Titelblatt der Zeitung. In Kassel redeten alle noch von den Morden in der Landesbibliothek. Ist schon merkwürdig, dachte sich Füllner, da trage ich hier jeden Morgen Dutzende Zeitungen aus und weiß eigentlich gar nicht, was drin steht.

## 31

Der Mann aus Friesland hatte seine Wohnung betreten. Niemand kannte seinen wahren Namen, am Klingelschild an der Eingangstür stand Popinga. Da er seinen friesischen Zungenschlag nicht verbergen konnte, schien ihm dieser friesische Name die perfekte Tarnung zu sein. Seine Mitstreiter riefen ihn Onno, diesen Vornamen hatte er ihnen gesagt. Es war auch sein richtiger. Er verriegelte die Tür zu seiner Wohnung, die außer ihm nur seine drei Weggefährten kannten. Von denen nun nur noch zwei übriggeblieben waren. Der Mann, den sie Onno nannten, duschte und ging ins Bett. Er schlief traumlos.

## 32

Anke Dankelmann träumte fast jede Nacht. In dieser Nacht hatte sie den Traum, dass sie todmüde ins Bett gefallen war und, kaum eingeschlafen, von einem dauernden unangenehmen Telefongebimmel geweckt werden sollte. Sie ärgerte sich im Schlaf darüber, machte Willimowski, Stengel, ihre Eltern, ihren Bruder und alle gemeinsam dafür verantwortlich. Das Bimmeln wurde lauter und unerträglich.

Als Anke Dankelmann die Augen aufmachte merkte sie, dass das Klingeln des Telefons bittere Realität war. Ihr Festnetzanschluss im Wohnzimmer gab keine Ruhe, und sie wusste, dass dies tatsächlich nur ein Ernstfall in der Familie oder ein Kollege sein konnte. Niemand sonst, außer noch Willimowski, der für sie aber irgendwie zur Familie zählte, kannte diese Nummer. Sie schaute auf die Uhr, es war stockfinstere Nacht, der Wecker zeigte 6 Uhr 10.

Sie quälte sich aus den Federn, tapste im Dunkeln ins Wohnzimmer und fluchte, weil sie an den Füßen fror. Sie hasste Teppiche und liebte ihr Parkett – aber an Novembertagen war selbiges barfuss nicht zu ertragen. »Hallo?« meldete sie sich fragend. »Na endlich, hier ist Bernd. Ich klingele seit Minuten. Wir haben einen neuen Mord, komm, so schnell es geht.« »Ein paar kurze Infos bitte, wer, wo, was – kannst du dazu was sagen?« »An der Apostelkapelle. Der Mann heißt Ralf Runge – zumindest steht das in seinem Ausweis. Er wurde erwürgt. Und danach – das solltest du dir anschauen, auf die Reaktion bin ich gespannt.« »Okay. Aber

wo bitte ist die Apostelkapelle?« »Am Aschrottpark. Fahr die Friedrich-Ebert-Straße westlich bis zum Ende durch. Da siehst du die Einsatzfahrzeuge. Die Kollegen weisen dich ein.«
Einweisen, dachte sie sich, als sie das Telefonat beendet hatte. Einweisen würde sie gern den einen oder anderen Menschen in ihrer Umgebung. Aber in irgendwelche Anstalten. Sie stand vor dem Spiegel und betrachtete ihre unausgeschlafene Gestalt. Sie hasste es, im Winter früh aufzustehen. Warum konnten vernünftige Mörder nicht im Sommer ihre Mitmenschen meucheln? Da zwitscherten um diese Zeit die Vögel, es fiel einem doch alles leichter, wenn die Sonne schien und es warm war. Sie würde das mit Willimowski besprechen und freute jetzt schon auf sein verständnisloses Gesicht. Wenige Minuten später war sie am Aschrottpark. Die Kollegen begrüßten sie mit leisen Stimmen, man wollte sicher nicht zu viel Lärm machen, um so wenig Schaulustige wie möglich anzulocken. Sie ging den kurzen Weg zur Kapelle – in diesem Park, an diesem Kirchlein war sie noch nie gewesen. Sie schaute sich kurz um und wunderte sich, dass mitten in der Stadt so versteckt eine so schön angelegte Parklandschaft zu finden war. Als sie um die Ecke bog, sah sie zunächst Stengel – und dann zwei ausgestreckte Beine aus einer Nische herausschauen. Stengel winkte sie herbei. Sie schaut in die Nische und erschrak. Da lag der Tote und in seiner Brust steckte ein Speer. Die Morde in der Landesbibliothek kamen ihr sofort in den Sinn.
»Und? Was denkst du?« fragte Stengel. »Dasselbe wie du, nehme ich an. Déjà vu – zumindest, was die Sache mit dem Speer betrifft. Hattest du nicht gesagt, er sei erwürgt worden?« »Ja, zumindest hat Pianka diese Vermutung angestellt. Komm ihm nicht zu nahe und vor allem nicht mit offener Flamme. Er stinkt wie eine Schnapsfabrik.« »Irgendwann muss mal einer mit ihm reden. Das geht doch eigentlich gar nicht.« Das Alkoholproblem des Polizeimediziners war seit Jahren bekannt, er hatte bessere und schlechtere Phasen – dies schien eine seiner schlechteren Phasen zu sein. Die Spurensicherung war rund um den Fundort der Leiche aktiv,

deshalb ging Anke Dankelmann nicht näher an den Körper ran. »Wer hat ihn denn gefunden?« Sie schaute Stengel an. »Angesichts der Tatsache, dass die Sache mit dem Speer ein Riesenecho auslösen würde, haben wir wahrscheinlich richtig Glück gehabt. Ein Kollege hat ihn gefunden, der joggt hier jeden Morgen lang.«
»Wieso Glück gehabt?« Anke Dankelmann legte die Stirn fragend in Falten.
»Na ja, im Augenblick wissen nur wir etwas von diesem Detail. Möglicherweise erleichtert es uns die Fahndung, wenn wir diesen Fakt in der Öffentlichkeit nicht benennen. Nach Speeren fahnden wir ja schon in der anderen Sache. Und hier können wir behaupten, dass es ein komplett anderer Fall ist.« »Bernie, mein kleiner Einstein, ich bin stolz auf dich. Das ist eine richtig gute Idee. Da sage noch mal einer, man könne im hohen Beamtenalter nicht noch dazu lernen. Im Ernst mal: das hat was. Hast du das schon mit Richard besprochen?« Stengel nickte. Er findet die Idee auch okay, will in dem Fall aber tatsächlich auch mit dem PP reden. »PP« stand für Polizeipräsident, Dr. Arndt Clüver war ein kluger Mann, Anke Dankelmann hatte keinerlei Zweifel, dass er das Spiel mitmachen würde.
Die Kommissarin ging noch einmal näher an den Toten heran. Der hatte die Augen geschlossen und sah beinahe zufrieden aus. Sie hatte schon einige Menschen gesehen, die erwürgt worden waren. Meist hatten sie völlig verrenkte Gliedmaßen, weil sie sich gegen den Tod mit aller Kraft gewehrt hatten. Dieser Mann hatte sich nicht gewehrt. Entweder war er betäubt gewesen, oder er hatte sein eigenes Ableben geradezu gewollt und unterstützt.
Pianka schloss seinen Koffer und kam auf die beiden Kommissare zu. Mit der rechten Hand fingerte er in der Jackentasche und stopfte sich etwas Pillenartiges in den Mund. Fisherman`s Friend, das wussten Stengel und Dankelmann, er roch häufig nach dieser Mischung aus Hochprozentigem und Erfrischungsbonbons. Was alles eigentlich nur noch viel schlimmer machte, zumindest vom Mundgeruch her.

»Das wird Sie vorab interessieren«, nuschelte Pianka. »Der Mann wurde erwürgt, keine Frage. Der Speer wurde später – aber nicht viel später – angebracht.« »Es sieht so aus, als hätte der sich gar nicht gewehrt. Stand der unter Drogen«, fragte Anke Dankelmann. »Kann ich jetzt noch nicht sagen«, nuschelte der Arzt erneut und strich sich über den Schädel. Dabei verzog er das Gesicht, er schien Kopfschmerzen zu haben. »Aber in dem anderen Punkt haben Sie wahrscheinlich Recht. Ich habe mal grob nach Spuren geschaut, die bei Kampfhandlungen immer vorhanden sind. Da scheint nichts zu sein. Nichts unter den Fingernägeln. Aber – abwarten bis nach der genauen Untersuchung. Wenn der nicht unter Drogen stand, dann war das so etwas wie ein Selbstmord durch Hinrichtung. Habe ich noch nie erlebt.« Pianka schüttelte den Kopf und schlich vondannen.

Armer Kerl, dachte Dankelmann. Über sein Privatleben wusste man im Präsidium so gut wie nichts. Er war seit ewigen Zeiten geschieden, lebte allein, hatte keine Kinder, und sie stellte sich vor, dass der Mann jeden Abend mit irgendeiner Pulle in tiefster Einsamkeit verbrachte und tagsüber an toten Menschen rumschnippelte und an dem, was er an Ergebnissen sah, verzweifeln musste. Möglicherweise hatte sich der Mann schon verschiedentlich gefragt, was mit seinem Leben passiert wäre, wenn er Augenarzt geworden wäre. Sie schaute ihm nachdenklich hinterher und fragte sich, ob man ihm helfen könne, ob er sich wohl helfen lassen wollte. »Nun komm, du kannst nicht jeden Menschen auf dieser Welt retten. Das muss jemand anders machen, Anke. Mir tut er auch Leid. Also auf gehts, wir müssen los und in die Wohnung von diesem Burschen hier, ein Team der Spurensicherung ist bereits vor Ort.« Sie hasste diesen Begriff »vor Ort«. Das war Bergarbeitersprache – und seit dem Grubenunglück in Borken, ihrer Heimatstadt, bei dem ihr Onkel umgekommen war, hatte sie ein ziemlich sensibles Verhältnis zu allem, was mit Bergbau zu tun hatte.

## 33

Dieser Morgen war ein typischer Novembermorgen. Man wusste eigentlich von der inneren Uhr her, dass es längst hell sein müsste. Und der Tag kroch ins Leben der Stadt, als müsse er ununterbrochen heftigste Widerstände brechen. Die Gesichter der Menschen, die jetzt unterwegs waren, spiegelten genau diese Situation wider. Sie wussten, dass der November erst der erste der dunklen Monate sein würde. Und dass alles noch viel schlimmer werden würde. November, der Depri-Monat. Anke Dankelmann hätte jetzt gern einen heißen Sonnenstrahl auf der Haut verspürt. Sie dachte an Willimowski, seufzte lautlos und rief ihn an. Der Staatsanwalt war aus den Federn, auf dem Weg zur Arbeit und kurz angebunden. Was war bloß los? Fragte sie sich nach dem kurzen Gespräch. Sie hatten kürzlich erst gefeiert, sich verstanden, sich geliebt – und irgendwie war eine Barriere aufgetaucht, die sie genau an diesem Morgen überhaupt nicht gebrauchen konnte. Wie schaltet man das Privatleben aus den Sinnen aus, wenn man fünf Morde aufklären musste, bei denen drei Tote eine Lanze in der Brust stecken hatten? Die Antwort konnte sie sich ersparen, sie war hinter Stengel hergefahren, und sie waren jetzt bei der Wohnung des Toten. Es war nur ein kurzer Weg gewesen, sie hätten eigentlich laufen können. Das Hochhaus, in dem Runge wohnte, stand direkt am Rand des Aschrottparks, gegenüber der Heinrich-Schütz-Schule. Sie hätten 400 Meter Luftlinie zu laufen gehabt – und waren mehr als einen Kilometer gefahren.
Egal, dachte Dankelmann, auf dem Rückweg hätte es vielleicht geregnet, und dann hätte sie geflucht, dass man nicht daran gedacht hatte, die paar Meter zu fahren. Runges Wohnung war im 6. Stock. Nach Norden, garantiert ohne irgendeine Sonneneinstrahlung, zu jeder Tageszeit. Man schaute auf den kleinen Hügel des Parks. Wie konnte man nur solche Wohnungen anbieten? Und wie bescheuert oder in Not musste man sein, um ein solches Loch anzumieten, fragte sich die Kommissarin.

Die Wohnungstür war mit einem Band abgesperrt, ein Kollege sicherte den Eingang. Sie gingen in die Wohnung, wo sie Iris Blaul, eine Kollegin der Spurensicherung, antrafen. Es gab eigentlich keinen Grund, warum sich die Spurensicherung sofort diese Wohnung vornehmen musste – aber die müde wirkende Kollegin hatte wohl zumindest mal einen Blick in das Appartement werfen wollen. »Das ist eine furchtbare Höhle«, sagte die kleingewachsene Beamtin und strich sich mit einer eher kraftlosen Bewegung eine Haarsträhne aus dem Gesicht. »Auf den ersten Blick würde ich sagen, dass hier außer dem Inhaber der Wohnung nie jemand drin war. Eine Sorte Fingerabdrücke, eine Putzfrau gab es, so wie die Räume aussehen, auch nicht. Ihr könnt bald rein. Wisst ihr schon, wonach ihr sucht?« Dankelmann zuckte mit den Schultern. »Keine Ahnung«, sagte Stengel. »Vielleicht finden wir in irgendwelchen Unterlagen Hinweise auf etwas.« »Was hat der Bursche denn beruflich gemacht?« fragte Blaul. »Nach dem, was der Computer im Präsidium ausgespuckt hat, war der wohl bei den Städtischen Werken beschäftigt. Da schauen wir nachher auch noch vorbei.« Anke Dankelmann sah auf die Uhr und blickte in das deprimierend graue Treppenhaus zurück, das von einer Neonfunzel geradezu eklig künstlich beleuchtet war. Es würde ein langer Tag werden. Und zwar ein solcher, an dem sie, was selten vorkam, überhaupt keine Lust auf ihre Arbeit hatte.

## 34

Dr. Gerald Mannteufel hatte erst zur dritten Stunde Unterricht, war aber seit 8 Uhr im Lehrerzimmer. Er wollte die Gespräche mitbekommen, denn zweifellos würde man sich über die Morde in der Murhardschen unterhalten. In der Lokalzeitung HNA nahm das Thema drei Seiten ein. Er hatte alle Artikel gelesen und sich über das leicht nervöse Kribbeln in seinem Innern gewundert. Hier saß er, war am größten kriminellen Coup der Stadt seit Menschengedenken beteiligt, und keiner seiner Kollegen ahnte etwas. Er saß

betont lässig an einem Tisch, vor sich die aufgeschlagene Zeitung. Doris Vollgraf, Lehrerin für Kunsterziehung und Religion, echauffierte sich gerade über das Blatt. Drei Seiten nur für die Morde, die HNA sei doch genauso niveaulos wie die Bild-Zeitung, stänkerte sie. »Und, du hast doch bestimmt jeden Artikel gelesen, oder?« fragte Mannteufel genervt. »Du kannst davon ausgehen, dass das mehr Menschen interessiert als die Vernissage zu deiner Ausstellung, zu der du 150 Leute eingeladen hast und fünf gekommen sind.« Vollgraf wurde puterrot im Gesicht. Und hielt die Klappe. Einhellige Meinung der Experten im Lehrerzimmer war, dass man es hier mit einer brutalen Gang, möglicherweise der Russen-Mafia, zu tun hatte. Und es wurde spekuliert, welchen Wert denn das Hildebrandslied habe. Mannteufel beteiligte sich an den Diskussionen nicht. Als die Klingel zur ersten großen Pause bimmelte, füllte sich das Lehrerzimmer schnell. Mannteufel ließ die Zeitung liegen und ging an die frische Luft.
Seine Gedanken wanderten zurück in die letzte Nacht. Er hatte kein schlechtes Gewissen wegen Runge, immer noch nicht. Aber er musste jetzt schnell handeln, bevor der Friese das Hildebrandslied fortschaffte. Und er war sich heute Morgen über den nächsten Schritt noch nicht klar. Mannteufels Interesse an dem Geld war minimal. Er wollte den Schatz der Familie retten. Denn das Hildebrandslied, da herrschte in seiner Familie Einigkeit, gehörte ihnen. Er holte seine Brieftasche aus dem Jackett, öffnete sie und nahm ein altes Bild heraus. Es zeigte einen amerikanischen Soldaten mit leicht schiefsitzendem Barrett. »I love you, Dad«, murmelte er und wie immer in diesen Augenblicken wurden seine Augen feucht. Mannteufel wusste, dass es eigentlich eine geradezu peinlich-romantische Situation war, reif für den billigsten Hollywood-Streifen. Denn Mannteufel hatte seinen Vater nie gesehen, und als er ihn endlich ausfindig gemacht hatte und sie einen Besuch verabredet hatten, war er nach einem Herzinfarkt gestorben. Mannteufel war zur Beerdigung in die Staaten gereist. Hatte dort Halbgeschwister kennengelernt. Häufig im Urlaub dort gelebt und die

Geschichte seines Vaters in allen Details gehört. Und seine eigene erzählt. Mannteufel war das Produkt einer Romanze seines Vaters, der das Kriegsende in Kassel gelebt hatte, mit einer deutschen Frau, die, nachdem der Vater, ohne von seinem Nachwuchs zu wissen, in die USA zurückgekehrt war, einen deutschen Heimkehrer geheiratet hatte. Mannteufel war dann adoptiert worden, dass er einen US-Soldaten als Vater hatte, war nie bekannt geworden. Seine Mutter hatte nie darüber gesprochen. Die Ehe war kinderlos geblieben, sie hatte ihm auch erst spät von den wahren Verhältnissen erzählt. Aber erst nachdem sein Adoptivvater, in dem er immer seinen leiblichen Papa gesehen hatte, bei einem Autounfall ums Leben gekommen war. Mannteufel hatte sich gewundert, wie schnell die Tatsache, dass sein Papa nicht sein Vater war, in seinem Innern dazu geführt hatte, den Mann zu vergessen und sich auf die Suche nach dem geheimnisvollen Mann in den Vereinigten Staaten zu machen. Damals hatte er noch keine Ahnung gehabt, was da an Schicksal auf ihn zutaumelte.

Er hatte eine enge Beziehung zu seinen Halbgeschwistern entwickelt. Vor allem zu Edwin, mit dem er viele Neigungen teilte.

Mannteufel steckte das Bild zurück und fühlte sich unglaublich gut. Er hatte diese ganze Nummer bisher perfekt gespielt. Jetzt war es Zeit, alles zu Ende zu bringen.

## 35

Lutz Kretschmer hatte Mittelschicht bei VW. Er schlief aus, freute sich über eine SMS seiner Tochter. »Hab dich lieb, Daddy«, hatte sie ihm gesmst.

Hoffentlich ging das alles gut. Er wollte nicht, dass der wichtigste Mensch in seinem Leben irgendwann erfuhr, dass er ein Gewaltverbrecher war. Er ging in den Hausflur, wo sein Nachbar ihm die HNA auf die Fußmatte gelegt hatte. Sie teilten sich das Abo, bei Kretschmers unregelmäßigen Arbeitszeiten lohnte sich ein eigenes Abonnement der Zeitung nicht. Eigentlich war er vor allem am lokalen Sport interessiert, heute aber prangte der Kern seines Interesses auf der Titelseite und auf drei Seiten im Lokalteil. Er schaute auf die Uhr: 10 Uhr 30, den Todesfall im Aschrottpark würde man, wenn überhaupt, nur im Internet finden können. Er las alle Berichte durch, hatte ein mulmiges Gefühl im Magen und machte sich sein Frühstück. Ein wenig Schokomüsli, Milch, eine Tasse Kaffee. Er fuhr seinen Computer hoch und sah auf der Homepage des Blattes den neuesten Mord in Kassel als Meldung. Sie mussten jetzt unbedingt auf Tauchstation gehen, dachte er. Und hatte regelrecht Angst vor dem Friesen. Der neigte zu unüberlegten Handlungen, geradezu größenwahnsinnig. Er konnte sie alle reich machen – aber er konnte sie auch alle ins Verderben schicken. Er beschloss, mit Mannteufel zu reden. Sie mussten ihn unter Kontrolle behalten. Doch der war jetzt in der Schule, danach musste er arbeiten – sie würden frühestens am Abend telefonieren können.

## 36

Der Mann, der sich Popinga nannte, kam mit zufriedener Miene aus der Hauptstelle der Kasseler Sparkasse. Er hatte das Hildebrandslied in seinem Schließfach abgelegt, zusammen mit den anderen Schriftstücken. Eines hatte er behalten, er brauchte es für das Treffen mit einem Käufer. Und das war ein Problem. Auf der einen Seite hätte er gern ein paar Wochen ins Land gehen lassen, bis Ruhe eingekehrt war in der Öffentlichkeit. Andererseits musste er mit Rücksicht auf den Zustand des Papiers bald handeln, denn richtig fachgerecht untergebracht war der Willehalm nicht.
Er ging zu einem öffentlichen Telefon, was in diesen Zeiten gar nicht so einfach zu finden war. Heutzutage hatte jedermann ein Handy, und es gab kaum noch öffentliche Telefone. Er zog seine Wollhandschuhe an, warf ein paar Münzen ein und wählte eine lange Nummer. Sie verabredeten sich für den nächsten Abend. Genau hier, genau an der Telefonzelle. Der andere würde das Flug-

zeug nehmen, das mittags in Frankfurt landete und dann mit Mietwagen oder Zug nach Kassel kommen. Sie kannten sich nicht. Aber sie würden sich erkennen.
Der Friese war bester Laune und ging runter zur Neuen Fahrt. Er bog mit Schwung in die Königs-Galerie ein und fuhr mit der Rolltreppe runter ins Erdgeschoss, lief eine weitere Treppe hinunter und hockte sich an Marco`s Bar auf einen Hocker. Er bestellte einen Espresso und holte die Zeitung hervor. Er war noch nicht oft hier gewesen, aber auch oft genug, dass Toni, der Wirt, ihn erkannte. Und nicht oft genug, dass er ein Gespräch mit ihm anfangen würde. Das war die Form der Beziehung, die er liebte. Man wusste, dass es ihn gab. Aber wer er war, das würde in dieser Stadt kaum jemand sagen können. Eine halbe Stunde und einen Espresso später verließ er die Galerie, stieg in die Straßenbahn und fuhr mit der Linie eins bis zur Ingenieurschule, einem Teil der Uni Kassel. Zwei Minuten später war er in seiner Wohnung. Bei Tageslicht merkte man erst, wie karg diese eingerichtet war. Eher für einen, der auf Durchreise war und nur wenige Wochen bleiben wollte. Und so war es auch, dachte er. Auf Durchreise. Aber das war er eigentlich meist gewesen. Er warf sich auf das Bett, trank einige große Schlucke aus der Flasche mit Met und schloss die Augen. Er musste warten. Wenige Minuten später war er eingeschlafen und träumte wieder diesen Traum. Als wenn er mit Fernbedienung ein Traumthema wählen konnte, dachte er manchmal. Dieser Traum war sein erstes Programm, sein Premiere-Dauerabo, sein Privatkino, mit immer demselben Film.

## 37

*Die Welt, in die er eintauchte, lag über 1000 Jahre zurück. Er sah germanische Truppen, entkräftet, frierend, verdreckt und hungrig, nach einem langen Marsch über die Alpen langsam flacheres Gelände erreichen. Der Anführer war ein weißhaariger, alter Mann – dem man aber immer noch ansah, dass er ein guter Kämpfer sein musste.*

*Sie marschierten langsam, viele dachten an all die Weggefährten, die man bei den Schlachten in Italien und nun auch noch beim langen Zug durch die Alpen verloren hatte. Ihnen waren nicht mehr allzu viele Pferde geblieben, und sie sehnten sich nach einer warmen Unterkunft in der Heimat. Der Anführer, den alle Hildebrand nannten, hatte neben seinem Schwert einen kurzen Speer dabei, der an einer Seite seines Pferdes baumelte. Sie erreichten ein kleines Wäldchen und stoppten. Einige Krieger schwärmten aus, um das Gelände zu erkunden. Das Letzte, was sie gebrauchen konnten, war so kurz vor der Heimat ein Überfall – möglicherweise noch durch die eigenen Leute. Aber die Luft war rein, signalisierten die Späher kurze Zeit später. Sie durchquerten das Wäldchen und marschierten an einem kleinen Fluss entlang. Als sie um eine scharfe Biegung kamen, blieb die Spitze des Trupps abrupt stehen. Am Ende einer Wiese wurden die Anhebungen links und rechts des Flussbettes steiler, kaum zu erklimmen. Und genau dort hatte sich eine große Streitmacht aufgebaut, die offensichtlich auf sie gewartet hatte. Ihr Anführer stand einige Meter vor der ersten Linie seiner Männer, hatte sich auf den Sattel gestützt. Hildebrand gab das Zeichen zum Anhalten, nahm zwei seiner Krieger und ritt langsam auf den anderen zu. Der kam ebenfalls mit Begleitung langsam näher, in der Mitte zwischen den beiden kleinen Armeen trafen sie sich.*

*»Wer seid ihr und was macht ihr in unserem Land?« Der Anführer war ein junger Mann, wallendes blondes Haar, er hatte die Hand am Schwert, Hildebrand sah, dass die Bogenschützen der Gegner in Position gegangen waren. Er musterte den jungen Mann, der eine tiefe Stimme hatte und überaus muskulös gebaut war.*

*»Ich bin Hildebrand, der Waffenmeister von Dietrich von Bern. Wir waren viele Jahre im Kampf und wollen nun endlich nach Hause: Ich ließ Frau und Sohn zurück. Ähnlich erging es meinen Kameraden. Wir sind nach langem Marsch erschöpft und erbitten Eure Gastfreundschaft. Wir haben genug gekämpft.« Hildebrand schaute den anderen an. Der betrachtete ihn einen Moment.*

*»Du lügst.« Sagte er dann. »Hildebrand lebt nicht mehr. Boten brachten uns vor Jahren die Kunde. Er fiel in einer Schlacht bei Ravenna.*

*Wegen seiner Verdienste wurde er in der Nähe Theoderichs in Ravenna beigesetzt. Hildebrand war ein Held und wäre nicht als zerlumpter Anführers eines Haufens von Bettlern zurückgekehrt.«*
*»Wie kann ich dir beweisen, dass du dich irrst?« fragte Hildebrand mit ruhiger Stimme. »Wie heißt du, wer bist du?« »Mein Name ist Hadubrand«, sagte der andere mit stolzer fester Stimme. »Einen Sohn dieses Namens ließ ich zurück«, entgegnete Hildebrand, der innerlich plötzlich aufgewühlt war. »Er müsste jetzt in deinem Alter sein. Wer ist dein Vater?« Der junge Mann schaute ihn feindselig an. »Was soll das hier werden? Wollen wir tratschen, wie es die Weiber tun? Du bist ein Lügner, dennoch erkenne ich an, dass ihr Germanen seid. Ihr bekommt freies Geleit – aber ihr müsst es euch erkämpfen. Du bist der Lügner, du musst antreten. Gegen mich. Und lass dir gesagt sein: ich bin mit Schwert und Speer noch nie besiegt worden. Nimm deine Waffen und kämpfe, alter Mann!« Hadubrand schwang sich aus dem Sattel, ergriff seine Waffen und ging ein par Schritte zur Seite auf die Wiese. »Hör zu«, sagte Hildebrand. »Ich habe genug gekämpft. Eventuell müsste ich dich töten – und weiß noch nicht einmal, wer du bist. Wer ist dein Vater?«*
*Der andere schnaubte vor Erregung. »Steig ab und kämpf endlich. Sonst werden wir deinen lahmen Haufen komplett niedermetzeln«, schrie Hadubrand. Der alte Mann schüttelte leicht den Kopf, schaute seine Gefährten an und stieg langsam ab. Der Gedanke in seinem Kopf wurde immer stärker. Was, wenn dies sein Sohn Hadubrand, sein einziges Kind war? Sollte es sein Schicksal sein, sein Kind zu töten? Er wollte lieber selbst fallen. »Was ist, wenn du mich tötest?« fragte er den jungen Mann. »Dann werdet ihr uns all Eure Habe überlassen und könnt als Bettler weiterziehen.« Hildebrand nickte. Er musste kämpfen, in einer Schlacht hätte seine ausgelaugte Truppe trotz all ihrer Erfahrung keine Chance gegen diese jungen, begeisterungsfähigen und sicher gut ausgebildeten Krieger. Er nahm den Speer vom Sattel und ging ebenfalls ein paar Schritte Richtung Wiese. Es dauerte nur ein paar Augenblicke, dann stürzte Hadubrand sich auf den Alten. Nicht ungestüm und unüberlegt, nein, das war ein erfahrener, aggressiver und dennoch umsichtiger Kämpfer. Hildebrand hatte alle Mühe, die Attacken mit Schwert und Speer zu*

*parieren, ein Hieb verletzte ihn am Oberarm, einer am linken Oberschenkel. Er musste handeln, denn er war ohnehin geschwächt, und die beiden Wunden ließen seine Kräfte rapide schwinden. Als er einen Blick in Hadubrands Augen erhaschte, sah er die Wut, die Gier, die Mordlust und keine Spur von Angst oder Zweifel an der eigenen Überlegenheit. Hadubrand traktierte ihn mit Schlägen, der Alte wusste, dass er diesem Hagel von Hieben nicht allzu lange würde standhalten können. Er war von der Reise geschwächt und außerdem viele, viele Jahre älter als sein Gegner. Auch Hadubrand keuchte mittlerweile vor Anstrengung, schien aber keine Pause zu benötigen. Hildebrand ahnte, dass dies dem Gegner zum Verhängnis werden könnte. Irgendwann würde der Kräftemangel die Konzentration schwächen. Und eine schwache Konzentration hieß, dass man unvorsichtig wurde.*

*Hadubrand streute zwischendurch die eine oder andere Finte mit dem kurzen Kampfspeer ein. Hildebrand parierte und wartete auf die Chance. Hadubrand kämpfte nur im Vorwärtsgang, Hildebrand täuschte ein Straucheln vor, Hadubrand holte dann plötzlich, wie er glaubte, zum entscheidenden Schlag aus, etwas weiter, etwas ungeschützter als sonst. In diesem Sekundenbruchteil bohrte sich Hildebrands Speer durch die ungeschützte Flanke am Oberkörper tief in die Brust. Hadubrand erstarrte und sackte danach wie vom Blitz getroffen lautlos zusammen. Seine Waffen hatte er aus der Hand fallen lassen: Hildebrands Männer stimmten im Hintergrund Jubelgeschrei an. Hildebrand kniete sich neben den jungen Mann, der noch lebte, aber an seiner Verletzung sterben würde. Er nahm dessen Kopf und hob ihn an. »Wer ist dein Vater?« Der Mann sah ihn mit matten Augen an. »Hildebrand« , flüsterte er, die Augen brachen, der Kopf sackte zur Seite, Hadubrand war tot.*

*Hildebrand streichelte über die blonde Mähne. Die Augen des alten Kämpfers füllten sich mit Wasser. Noch nie hatte ihn einer seiner Kameraden weinen gesehen. Aber in diesem Augenblick fühlte er sich restlos unnütz auf dieser blutrünstigen Welt, die er selbst jahrzehntelang mit dem Blut seiner Gegner gedüngt hatte. Am Ende seiner langen Reise durch die Jahrzehnte, durch ungezählte Kriege und Gefechte hatte er seinen eigenen Sohn töten müssen. Gab es eine schlimmere Strafe der*

*Götter für alles Unrecht, was begangen worden war? Die Krieger hatten gemerkt, dass etwas Ungewöhnliches passiert war. Beide Gruppen kamen näher zum Schauplatz des Kampfes.*
*Hildebrands Männer dachten, ihr Anführer sei verletzt. Doch der kauerte neben dem Leichnam seines Sohnes und vergoss bittere Tränen. In abgehackten Sätzen, immer wieder von Schluchzen unterbrochen, erzählte er mit leiser Stimme den Hintergrund dieser Tragödie. Die Männer waren ergriffen. Keiner sagte ein Wort. Welche Sprache, welche Redewendung, welche Weisheit hätte in diesem Moment auch Trost spenden können?*

## 38

Der Friese erwachte. Es fühlte sich an, als habe er einen dicken Knoten in der Brust. Diese Geschichte nahm ihn immer mit, auch im Traum. Es war, als hätte er mitgekämpft – in Wahrheit, dachte er, hätte ich Hildebrand sein müssen. Denn schließlich habe ich überlebt.
Diese germanische Sage, das war seine Geschichte. Er hatte sie als junger Mann zum ersten Mal gelesen, und sie hatte ihn fasziniert. Nein, mehr als das. Er hatte von Anfang an ein besonderes Gefühl gehabt, als ob eine innere Stimme ihm einen Tipp geben wollte. Er hatte mit seinem Vater darüber gesprochen, und der hatte vom Dachboden eine Rolle geholt und sie auf seinem Schreibtisch ausgebreitet. Es war der Stammbaum der Familie, den er über Jahrhunderte akribisch aufgezeichnet hatte. In bunten Farben, verschnörkelt, ein Kunstwerk. Sein Vater hatte vorher nie ein Wort darüber verloren. Und erklärte ihm nun, dass, obwohl es ja eigentlich hieß, das Hildebrandslied sei nur eine Sage, möglicherweise die Familie auf irgendeinen germanischen Ahnen zurückgehen könne. Er holte Bücher vom Dachboden, Aktenordner mit Unterlagen und erklärte seinem Sohn die Zusammenhänge, wie er sie sah. Der Friese hatte das zunächst für Unsinn gehalten – und irgendwann, Jahre später, mit den eigenen Nachforschungen

begonnen. Er hatte hunderte von wissenschaftlichen Arbeiten gelesen, Bücher gewälzt, Kirchenarchive ausgewertet, tausende von Stunden hatte er damit verbracht. Die Ergebnisse der Forschungen seines Vaters mit seinen eigenen verglichen, die Daten ergänzt, interpretiert, wo es keine Fakten gab – und die Lücken im System waren nur gering. Bis er eines Tages sicher war, dass einer seiner Vorfahren Hadubrands Sohn, Hildebrands Enkel gewesen war. Einmal hatte er öffentlich bei einem Vortrag über das Hildebrandslied davon erzählt – und war ausgelacht worden. »Wenn Sie mit Hildebrand, einer Sagengestalt, verwandt sind, dann bin ich der Enkel von Schneewittchen«, hatte einer unter dem Gelächter des Publikums gesagt. Er war gegangen damals. Und war sich sicherer als zuvor. Und nun hatte er das Lied in seinem Besitz. Die Opfer waren ihm völlig gleichgültig. Es war sein Krieg gegen die Gesellschaft, die ihn verhöhnt hatte. Den Rest des Tages würde er gammeln. Met trinken. Er konnte gut gammeln, abhängen, Nichtstun. Und abends, wenn es ihn packte, würde er noch einmal zu dieser faszinierenden Frau gehen. Er bestand, zumindest glaubte er das, nur aus Trieben.

## 39

Im Polizei-Präsidium herrschte auf allen Etagen eine unglaubliche Aufregung. Sie hatten den neuesten Mord an die Medien weitergegeben – zum Glück ohne den Hinweis auf den Speer, der im Brustkorb des Mannes gesteckt hatte. Sie hatten gleich eine Lagebesprechung und machten sich auf eine lange Sitzung gefasst. Anke Dankelmann hatte sich durch die Meldungen der letzten 48 Stunden durchgekämpft, von der letzten eingegangenen rückwärts und war jetzt in der Nacht, in der die Murhardsche ausgeraubt worden war. Es war unglaublich, wegen welcher Dinge die Leute mitten in der Nacht bei der Polizei anriefen. Ruhestörung, vermisste Personen – aber auch zu schnelle Autos mit Kennzeichen wurden durchgegeben. Die Stadt bestand nur aus Zeugen und Hilfspolizisten.

In der Nacht, in der es vier Tote gegeben hatte, war ein Anruf eingegangen, der meldete, dass zwei Fahrzeuge der Städtischen Werke am Grimm-Platz im Halteverbot standen. Wer um alles in der Welt, fragte sich Anke Dankelmann, regte sich nachts um 1 Uhr darüber auf, wenn irgend jemand im Halteverbot stand? Sie las die nächsten Meldungen, Stengel signalisierte ihr mit dem Zeigefinger, der auf seine Armbanduhr deutete, dass es Zeit war, zur Besprechung zu gehen. Sie stand auf – und setzte sich wieder hin. Holte einen Stadtplan aus dem Schreibtisch und suchte den Brüder-Grimm-Platz. Als sie ihn gefunden hatte, hielt sie den Atem an. Am Brüder-Grimm-Platz stand, in diesem schönen alten majestätischen Gebäude, die Murhardsche Bibliothek. Sie druckte die Meldung des Anrufers aus und eilte in die Lagezentrale. Volltreffer, dachte sie. Haben wir jetzt einen Zeugen? fragte sie sich. Wohl nicht, befand ihr Hirn. Wenn es einen Zeugen geben würde, dann würde der mehr gemeldet haben als ein Parken im Halteverbot. Sie mussten in dieser Stunde erst einmal alles zusammentragen, was an Informationen über die ersten vier Morde zusammengekommen war. Die beiden Frauen, meinte Pianka, seien eindeutig verblutet, beide Männer an den Speerstichen gestorben. Es gab so gut wie keine Hinweise auf irgend etwas. Keine Spuren in den Häusern – Dreck auf dem Fußboden, der nicht von den Grundstücken stammte. Die Täter waren auch in der Murhardschen absolut sauber vorgegangen. Die Ermittler hatten Plastikfetzen an der Treppe gefunden, offensichtlich hatten die Mörder tatsächlich Plastik-Überschuhe getragen. An den Speeren keine Hinweise, es war ein trostloses Ermitteln. Mittlerweile hatte es jede Menge Hinweise aus der Bevölkerung gegeben, die auch alle geprüft wurden. Die meisten waren reine Zeitverschwendung. Eine große Gruppe von Polizeischülern hatte die Nachbarschaft abgegrast und nach Zeugen gesucht. Die meisten Häuser aber beherbergten Behörden oder Anwaltskanzleien – da war nachts natürlich niemand. Diese gigantische Aktion in der Murhardschen war nicht nur lautlos abgelaufen, sondern offensichtlich auch unsichtbar.

»Ich hab da möglicherweise etwas«, sagte Anke Dankelmann, die dem Vortrag ihres Chefs ungeduldig zugehört hatte. Stengel schaute sie stirnrunzelnd an: »Ist mir eben eine Minute vor der Lage aufgefallen, konnte ich dir noch nicht erzählen, Bernd,« sagte sie entschuldigend in die Richtung ihres Kollegen. »Ich habe die Meldungen der letzten 48 Stunden noch einmal durchgesehen. Ohne einen konkreten Verdacht. Und da ist mir eine, eigentlich erst im zweiten Moment, aufgefallen. Da hat sich ein Anrufer in der Tatnacht darüber aufgeregt, dass am Brüder-Grimm-Platz zwei Wagen der Städtischen Werke im Halteverbot standen.«
Sie schaute in die Runde und wunderte sich über die fehlenden Reaktionen. »Das ist der Platz, an dem die Murhardsche Bibliothek steht. Und wenn ich mich recht erinnere, dann war unser Kumpel Runge, den es heute Nacht erwischt hat, Leiter des Fuhrparks.« Kurze Pause. »Mit anderen Worten: Vielleicht sind die Täter mit diesen Fahrzeugen, über deren Erscheinen sich niemand nachts aufregen würde, schon gar nicht in dieser Jahreszeit, unterwegs gewesen.« Das Gemurmel in der Runde war eines, das eine Mischung aus Anerkennung, Aufregung und Erleichterung darstellte.
Erleichterung, weil man möglicherweise das Ende eines losen Fadens in den Ermittlungen gefunden hatte. Jede Fahndung verlief so, wenn sie zunächst einmal nicht mehr war wie als stocherte man im Nebel. Meist gab es Anhaltspunkte, Motive, Fundstücke, Zeugenaussagen, Ergebnisse der Spurensuche, klare Hinweise durch die Obduktion. Doch hier hatten sie bisher so gut wie gar nichts. Bis jetzt. »Nicht schlecht, Anke!« sagte Richard Plassek. Der Leiter der Mordkommission nickte und schaute in die Runde. »Ich denke mal, wir sollten schleunigst die Befragung in der Nachbarschaft noch einmal durchziehen. Wir hatten da ja etliche Lücken, weil die Kollegen nicht alle angetroffen haben, und der Mann, der angerufen hat und die Wagen im Halteverbot petzen wollte – den haben sie ja offenbar auch nicht erwischt. Wissen wir, wer es ist?« Plassek schaute in Dankelmanns Richtung. Die wog den Kopf hin und her. »Ja und nein. Er hat sich gemeldet mit Wülfel. So einen

Namen gibt es aber in ganz Kassel nicht, da wette ich drauf. Ich höre mir mal die Aufzeichnung an, und dann schauen wir weiter. Ich würde mit Bernd auch gern die Ermittlungen bei den Städtischen Werken machen, okay?« Sie lächelte in Plasseks Richtung, der nickte. Die beiden waren sein bestes Team. Manchmal schwierig, vor allem wegen Anke Dankelmann, deren ungezügelter nordhessischer Charme, unüberlegt in Worte umgesetzt, schon so manchen Beteiligten bei Ermittlungen zum Wutausbruch getrieben hatte. Aber hier war man nicht beim Benimmunterricht in der Tanzstunde, hier ging es um Mord – beziehungsweise um die Aufklärung eines solchen.
Anke Dankelmann hörte dem Rest der Vorträge etwas unkonzentriert zu, dass Runge erst erwürgt worden war, hatte sie schon am Tatort erfahren. Markus Wimmel aber hatte noch eine Kleinigkeit: es hatte Fußspuren gegeben an der Apostelkapelle. Der Boden war aufgeweicht, und ein paar klare Fußabdrücke gab es. Darunter einen riesigen rechten Fuß, Schuhgröße 49. Wunderschön in allen Details erhalten. Das zweite Ende eines losen Fadens. Alle ahnten, dass jetzt Bewegung in die Sache kam. Aber sie hatten alle zusammen auch schon Ermittlungen erlebt, da hatten sie Dutzende von losen Fäden in der Hand und nichts passte zusammen. Aber immerhin.

## 40

Stengel war vor Dankelmann im Büro, hockte an deren Schreibtisch und guckte die Liste der Meldungen durch. »Wieso ist da keiner früher drauf gekommen?« fragte Stengel. »Stimmt so nicht. Angeblich haben das die Kollegen Wuttke und Schevallje schon getan.« Zwei junge Polizisten, noch nicht allzu lange beim K 11. »Und wieso ist denen nichts aufgefallen?« »Ich denke mal, die haben die genaue Adresse nicht gekannt. Ich mache da keinen Vorwurf, normalerweise denkt man doch, der Grimm-Platz müsse am Grimm-Museum sein. Aber das weiß ich nun zufälligerweise ziemlich genau, dass das nicht der Fall ist.« Stengel und Dankelmann erinnerten sich nur zu gut an den Fall, als Anke Dankelmann allein nachts im Grimm-Museum an der Schönen Aussicht hinter einem Verdächtigen her war – ein unverzeihlicher Fehler, so ein Alleingang. Aber es war gerade noch einmal gutgegangen. Aber der Fall hatte in mehrfacher Hinsicht Spuren in ihrer Psyche hinterlassen. Die Suche nach dem Verdächtigen im Tunnelsystem unter dem Museum, anschließend der Versuch des Täters, auf sie zu schießen – und genau darum ging es ja jetzt in dem Prozess. Manchmal hatte sie nachts ängstliche Gedanken. Einerseits schlecht für den Job, andererseits auch gut. Denn zu übermütig würde sie nie mehr werden.

»Na gut, dann hören wir uns die Aufnahme einmal an.« Stengel hantierte am PC. Sie spulten wieder und wieder an den Anfang zurück. Mit schnarrender Stimme meldete sich der Anrufer, nach beider Ansicht ein älterer, womöglich sehr alter Mann und berichtete empört von den Falschparkern und forderte das Eingreifen der Polizei. Anke Dankelmann griff zum Telefon und informierte den Leiter des Trupps Polizeischüler, dass diese besonders auf die nun bekannten stimmlichen Merkmale achten sollten, wenn sie ihre Runde in der Nachbarschaft machten. Stengel hatte unterdessen bei den Städtischen Werken angerufen und einen Termin in der Vorstandsetage ausgemacht. An der Stimmlage ihres Kollegen konnte sie erkennen, dass das Sekretariat des Vorstands eben gerade eine ziemlich nachhaltige Belehrung in der Frage erlebt hatte, wie wichtig im Zweifel Polizei genommen werden musste.

Zwischendurch hatte Anke Dankelmann ihr Handy gecheckt. Eine SMS von Willimowski. »Was ist los? Warum reden wir nicht miteinander? Habe ich dir was getan?«

Anke Dankelmann ging auf die 40 zu und hatte die eine oder andere Beziehung hinter sich. Sie ahnte, dass diese merkwürdige Kommunikation mit Willimowski in den letzten Tagen nicht gut war. Sie drifteten auf eine Klippe hin – und das ohne Grund. Sie mussten sich dringend treffen und die Sprachlosigkeit beseitigen.

Und dann wie immer die blöde Frage: Wer machte den ersten Schritt? Sie konnte ein echter nordhessischer Dickkopf sein, hatte aber auch genug Grips in demselben, um zu wissen, wann der Kopf störrisch sein durfte und wann nicht. Sie rief Willimowski kurz an, und sie verabredeten sich für denselben Abend im Brauhaus zum Rammelsberg. Sie hatte den Ort vorgeschlagen, es war der Treffpunkt ihres ersten Rendezvous gewesen. Willimowski hatte erleichtert geklungen, als er ihre Stimme gehört hatte. Anke Dankelmann schmunzelte, denn offenbar war der Staatsanwalt beunruhigt gewesen. Und das konnte im Umkehrschluss ja nur bedeuten, dass er sie mochte. Oder liebte. Oder verehrte. Am besten alles drei, dachte sie und wendete sich mit ihren Gedanken wieder dem grausamen Alltag zu.

Sie beschlossen, dem Vorstand der Werke den angekündigten Besuch abzustatten und informierten Plassek. Stengel erzählte noch von der zickigen Sekretärin, Plassek ahnte, warum er dies tat. In einer Stadt wie Kassel, groß genug, um echte Großstadt zu sein und doch immer noch klein genug, dass es ein Netzwerk von Politik und politikbestimmten Unternehmen wie der stadteigenen Werke gab, in denen die Handelnden immer der Ansicht waren, ein wenig mehr Bedeutung zu haben als andere, da kam es gelegentlich schon auf den Ton an. Wer sich darin vergriff, der hatte Beschwerden am Hals, die bis zum Polizeipräsidenten durchgereicht wurden. Den interessierte das alles zwar herzlich wenig, und er schützte seine Mitarbeiter, solange sie sich im Rahmen verhielten – dennoch hielten solche Querelen die Polizei von der Arbeit ab. Sie waren lästig, brachten nichts – außer dem Ego der Beschwerdeführer – und kosteten nur Zeit.

Bernd Stengel und Anke Dankelmann hatten für die meisten politisch Aktiven wenig übrig. Vor Jahren waren einmal die Stadtverordneten im neuen Polizeipräsidium zu Besuch gewesen. Die Polizisten hatten sich des Eindrucks nicht erwehren können, dass ein Teil des Stadtparlaments eher in eine Selbsthilfegruppe für Lebensuntüchtige gehört hätte. Die Politik als Auffangbecken für jene, die in beruflichen Sackgassen steckten. Nicht alle, aber bei manchen hatten sich die beiden Beamten schon ziemlich erschrocken. Plassek klopfte Stengel auf die Schulter, was so viel bedeutete wie: Wir müssen fünf Morde aufklären und können auf Befindlichkeiten keine Rücksicht nehmen. Dankelmann grinste in Richtung ihres Chefs. Der grinste zurück und hob allerdings warnend den Finger. Denk nach, bevor du den Mund aufmachst – das in etwa hatte die Geste zu bedeuten. Die beiden trotteten davon. Ihr Auto stand im Innenhof – doch die beiden beschlossen, die zehn Minuten Fußweg in Kauf zu nehmen. Schon deshalb, weil sie unterwegs eine Kleinigkeit essen konnten. Vor dem Bahnhof, der dem Präsidium gegenüberlag, stand auf dem Platz eine hässliche Pommesbude – die aber hervorragende Brat- und Currywurst produzierte und zudem an manchen Tagen leckere belegte Brötchen anbot. Anke Dankelmann nahm ein Brötchen und ein paar Landjäger, beide kauten gierig auf dem Essen herum. Wieder einmal hatten sie während der Arbeit nicht an sich gedacht. Polizisten lebten tatsächlich gelegentlich ungesund.

## 41

Valerie Kruppek hieß die Sekretärin des Vorstandschefs. Sie war groß, schlank, trug eine Brille mit dickem, dunklen Rand und war eine herbe Schönheit. Sie war ausgesprochen höflich. Anke Dankelmann wunderte sich, warum Stengel der Dame gegenüber so bestimmend aufgetreten war. »Sie hatten vorhin mit einer Aushilfe zu tun, ich hatte einen dringenden Zahnarzttermin. Wenn ich jetzt noch ein wenig nuschele, dann liegt es daran, dass die Betäubung noch sehr intensiv ist.« Kruppek lächelte, und da merkte man beim genauen Hinsehen, dass der rechte untere Mundwinkel aus betäubungstechnischen Gründen beim Lächeln nicht mitmachen konnte. »Schebbes Mull« – das sagte man in Nordhessen zu einem solchen Phänomen, schiefer Mund. Kruppek klopfte an die Tür neben ihrem Schreibtisch, öffnete und ihnen entgegen kam

Dr. Dieter Fellgruber, der neue Vorstandsvorsitzende der Städtischen Werke AG, gleichzeitig auch zuständig für die Nahverkehrsbetriebe. Dankelmann kannte das Bild aus der Zeitung, in der Wirklichkeit wirkte Fellgruber feister im Gesicht. Er bot Kaffee an und kam ohne Umschweife zur Sache.
Die beiden Polizisten erklärten die Zusammenhänge, Fellgruber schwieg einen Moment. »Ich bin ja noch nicht so lange im Amt, kenne deshalb Herrn Runge nur oberflächlich. Kannte ihn – so muss es ja jetzt heißen. Sein Stellvertreter ist heute extra länger geblieben, dachte mir ja schon, dass wir möglicherweise seinen Rat und seine Hilfe brauchen könnten. Soll ich ihn holen?« Stengel nickte. »Wie ist denn die Nachricht vom Tod Herrn Runges im Unternehmen aufgenommen worden?« fragte Anke Dankelmann, als Fellgruber aufgelegt hatte. »Schlimme Botschaft das«, sagte der und zuckte mit den Schultern. »Da wird einer ermordet und das einen Tag nach diesen blutigen Ereignissen. Da wird viel spekuliert, ein Gerücht jagt das nächste.« Dankelmann hätte ihn gern gefragt, ob er Runge eine Beteiligung an der Mordserie zutrauen würde – doch der Mann kannte seinen Mitarbeiter offensichtlich noch viel zu wenig. Verständlich im Hinblick darauf, dass er erst knappe acht Wochen im Amt und Chef von einigen hundert Mitarbeitern an unterschiedlichsten Standorten war. Man würde das Runges Stellvertreter fragen müssen.
Der kam genau in diesem Augenblick zur Tür herein. Ein Kerl wie ein Baum, missmutig dreinblickend, offensichtlich genervt, dass er am späten Freitagnachmittag noch etwas für seinen Brötchengeber tun musste. »Das ist Wolfgang Renner«, stellte ihn Fellgruber vor. Renner bekam einen Kaffee, und Fellgruber öffnete die Arme in Richtung der beiden Beamten. »The floor is yours«, meinte er, und Anke Dankelmann rollte mit den Augen. Warum dieser Kerl ausgerechnet jetzt seine mühselig angelernte Welterfahrenheit demonstrieren musste – der Mensch an sich blieb ihr immer wieder ein Rätsel. Doch sie würde ihn schmerzhaft bremsen können. »Können wir mit Herrn Renner allein sprechen?« fragte sie

zurück. Fellgruber erstarrte – er war noch nie aus seinem eigenen Büro hinauskomplimentiert worden. »Äh, natürlich«, sagte er und verschwand. Anke Dankelmann freute sich über die kleinen Siege, die es dank ihrer Position als Obrigkeit immer wieder gab.
Als sich die Tür schloss, schien Renner erleichtert zu sein. Er nahm ein Glas und goss sich ein wenig Mineralwasser ein. Sein Chef hatte ihm nichts angeboten. Die Polizisten nippten an ihren Kaffees. »Sagen Sie mal, Herr Renner, sie waren ja eben fix hier oben. Tut mir Leid, dass wir Ihnen den Feierabend verderben müssen.« Renner winkte ab. »Schon gut. Der Chef hatte mir ja gar nicht gesagt, dass es um die Sache mit Ralf ging. Ich dachte, ich müsste wegen irgendwas anderem länger da bleiben – und wenn man einen neuen Chef hat, dann weiß man ja nie. Ich war einfach nervös. Frau Kruppek hat mich dann kurz informiert, als ich hoch kam. Wie ist denn das jetzt alles passiert mit Ralf? Es gibt unendlich viele Gerüchte.« »Welche denn, zum Beispiel?« hakte Stengel nach. »Dass er sich umgebracht hat, weil er mit dem Neuen nicht klar kommt. Weil er angeblich Schulden hat. Andere sagen, er sei auf dem Schwulenstrich ermordet worden. So Sachen halt ...« Renner trank einen Schluck. »Alles daneben.«
Anke Dankelmann schaute Stengel an. Eine unausgesprochene Frage: Wieviel soll ich ihm sagen? Stengel nickte. Dies hier war ihre vielversprechendste Spur. »Ich sage Ihnen einmal, was passiert ist. Der Öffentlichkeit sind diese Details nicht bekannt. Wenn Sie das ausplaudern, dann werden wir Sie vor Gericht stellen. Behinderung der Ermittlungen und so weiter. Sie werden ihren Job los und hier so schnell auch keinen mehr finden.«
Anke Dankelmann bluffte. Natürlich konnten sie dem armen Mann so gut wie nichts anhaben, wenn er am Wochenende nach fünf Weizenbieren in seiner Stammkneipe irgend etwas erzählte. Aber sie hatte den Eindruck, dass er mit Blick auf den neuen Vorstandsvorsitzenden ungeheure Angst hatte, seinen Job zu verlieren. Renner schaute sie entsprechend ängstlich an. »Da müssen Sie nichts befürchten. Ich habe drei Kinder aus drei Ehen, ich zahle

mich dumm und dusselig mit Unterhalt, sollte ich jetzt Ralfs Job bekommen, könnte ich endlich mal ein wenig durchatmen, zumal eine Frau jetzt wieder voll berufstätig ist.« Sie checkten kurz die Person ab: Renner war seit knapp 25 Jahren bei den Werken, er war jetzt 51 Jahre alt, hatte vorher acht Jahre Bundeswehr abgerissen; geboren in Kassel, war beim Bund ein bisschen im Land herumgereicht worden, dann aber voller Heimweh zurück »ins ahle Nest«, wie die Kasseler ihre Stadt spöttisch-liebevoll nannten.

»Ralf Runge«, begann Anke Dankelmann, »wurde heute Nacht im Aschrottpark ermordet. Er wurde erwürgt. Es gibt praktisch keine Spuren. Nichts in seiner Wohnung, nichts am Tatort. Aber es gibt einen deutlichen Hinweis darauf, dass er möglicherweise mit den Morden beziehungsweise dem Raub in der Murhardschen zu tun haben könnte.« Sie ließ die Worte wirken. Renner schaute sie entsetzt an. »Ralf? Neee, unmöglich. Das traue ich dem nicht zu.«

»Langsam, Herr Renner. Eins nach dem anderen. Hatte er eigentlich Zugang zu allen Fahrzeugen aus dem Fuhrpark?« »Ja klar, habe ich auch. Wir kommen an die Schlüssel und demzufolge auch an die Autos. Wird aber alles ordentlichst verbucht, wir haben für jedes Fahrzeug ein Buch, in dem eingetragen wird, wer den Wagen fährt, wohin, wie lange, wann er ausgeliehen und wieder abgegeben wird. Wir kontrollieren das auch alles.« »Wir wissen aber, dass in der Nacht, in der das alles passierte, zwei Wagen der Städtischen Werke im Halteverbot am Grimm-Platz standen. Genau neben der Murhardschen. Genau in der Zeit, in der sich die Tat ereignet haben muss.« »Zwei Fahrzeuge? Das muss ich überprüfen. Die sind natürlich nicht alle hier, vor Montag kriege ich die komplette Kontrolle nicht hin. Aber hier hat gestern Morgen nichts gefehlt. Ich war ja ab 6 Uhr hier. Aber noch mal: Zwei Fahrzeuge? Das ist mehr als ungewöhnlich. Das passiert sonst nur, wenn irgendwo was Größeres vorgefallen ist.« »Naja, ist es ja auch, im weitesten Sinne«, meinte die Kommissarin. »Könnten wir denn die Überprüfung gleich vornehmen?« fragte Stengel. »Klar«, sagte Renner. »Wir müssten allerdings nach Bettenhausen fahren. Aber ich frage besser den Chef. Der ist wahrscheinlich angefressen, weil Sie ihn aus seinem Büro geschmissen haben. Da mache ich mal lieber auf gut Wetter.« »Lassen Sie mal«, Stengel legte ihm die Hand auf die Schulter. »Das machen wir besser. Warten Sie im Sekretariat bei Frau Kruppek? Und Herrn Dr. Fellgruber müssen wir natürlich auch noch mal sprechen.«

Stengel begleitete Renner hinaus. Anke Dankelmann trank einen weiteren Schluck Kaffee und sah sich im Büro um. Nichts Auffälliges, in der Ecke stand noch ein Umzugskarton, was ihr Fellgruber gleich wieder sympathisch machte. Wahrscheinlich ein paar persönliche Sachen und die hatte er noch nicht ausgepackt. Übermäßig eitel schien er nicht zu sein.

Als er hereinkam, schäumte er innerlich zwar vor Wut, hatte sich aber unter Kontrolle. Stengel hatte ihn, weil die Sekretärin schon ins Wochenende abgedüst und Renner in sein Büro vorausgegangen war, bereits grob informiert. Jetzt hatten sie noch eine Chance, ihn zum Komplizen zu machen. Sie mussten ihm die Sache mit dem Speer erzählen. Als Stengel die Geschichte beendet hatte, sah Fellgruber nachdenklich auf den Boden. Sein Zorn war, wie erwartet, verflogen. »Natürlich sichere ich Ihnen Diskretion zu. Danke übrigens für die Offenheit. Das macht den Rausschmiss aus meinem Büro mehr als wett.« Er lächelte die Polizisten an. »Finde ich übrigens prima, dass Sie die Öffentlichkeit nicht mit diesen Details versorgt haben. Das wäre wahrscheinlich eine mediale Katastrophe erster Güte. Kompliment. Sie haben meine volle Unterstützung. Darf ich Sie ins Büro des Fuhrparks begleiten?« »Wüsste absolut nichts, was dagegen spräche«, meinte Stengel, und das Trio marschierte durch das Treppenhaus, das eine typische Bauweise aus den 50er oder 60er Jahren war, hinunter.

Vor dem Ausgang Richtung Innenhof blieb Anke Dankelmann stehen und blickte zurück Richtung Königstor. Auf der anderen Seite der Straße war Lohmann, die Kneipe, in der sie Doppelkopf gespielt hatte. »Was ist?« Stengel schaute sie an. »Mensch Bernd, eine Nacht, bevor das passierte, saß ich hier auf der anderen

Straßenseite in der Kneipe und habe Karten gekloppt. Das ist doch unfassbar, oder?« »Nun mach mal nicht die Betroffene. Da lagen 24 Stunden dazwischen, wir wissen gar nicht, ob die hier vorbeigefahren sind und wie ich dich beim Doppelkopf kenne, hättest du sowieso nur mitbekommen, dass ein Bierfass geklaut wird.« »Einspruch. Nur bei einem speziellen Fass, die anderen sind mir egal.« »Ich weiß, ich weiß. Naturtrüb. Entspricht deinem Naturell, oder?« Stengel grinste. »Und wegen deiner Geistesblitze stehst du ja auch so auf Küstennebel«, sagte Anke Dankelmann, puffte ihn in die Rippen, und die beiden gingen hinein.
Eigentlich war alles ganz einfach – oder auch nicht. In den Büchern war tatsächlich lückenlos dokumentiert, wann wer welches Auto in Besitz hatte, wohin man zu welchen Aufträgen beziehungsweise Einsätzen gefahren war und wann die Autos zurückgegeben worden waren. Allein hier aber hatte man mindestens 50 Fahrzeuge im Einsatz – und sie wussten ja noch nicht einmal irgendein Kennzeichen. »Okay«, sagte Anke Dankelmann, »da müssen wir jetzt durch. Wird ja ein Weilchen dauern. Ich muss mal kurz `ne SMS schreiben.« Stengel holte sein Handy raus, die Familie kannte das, und zum Glück hatten sie heute nichts gemeinsam geplant. Fellgruber griff ebenfalls zum Telefon, nur Renner zuckte mit den Schultern. »Auf mich wartet niemand«, sagte er. Und wirkte dabei sogar sehr fröhlich.
Anke Dankelmann informierte Willimowski über dessen Mailbox kurz über die Verzögerung und lud ihn zum Frühstück am nächsten Morgen in die Markthalle ein. Das würde ihn besänftigen, garantiert. Als Fellgruber als Letzter sein Handy zugeklappt hatte, griff er in sein Jackett, holte eine Lesebrille und sagte: »Wenn wir uns hier schon den Abend um die Ohren hauen: Ich lade Sie auf eine Pizza oder so was ein. Wollen wir uns was kommen lassen?« Dankelmann und Stengel schauten sich irritiert an. Renner konnte es sowieso nicht glauben.
Man einigte sich auf Joey`s Pizza Service, Anke Dankelmann nahm eine Pizza Rustica, Stengel eine mit Meeresfrüchten, die beiden

Herren von den Werken teilten sich ein Wagenrad mit allen Varianten. »Wenn unser Zeuge sagt, dass es ein Einsatzfahrzeug war, also ein Lieferwagen oder so, dann fallen ja Pkw und schwereres Gerät aus, oder?« Stengel hoffte auf eine Reduzierung der Arbeit.
Renner nickte. »Ja. Aber schweres Gerät haben wir sowieso nicht und orange Pkw auch nicht. Das Ding war doch orange, oder?«
Anke Dankelmann nickte. »Hat der Mann am Telefon so gesagt.«
»Okay, dann legen wir mal los.«
Nach einer Stunde kam die Pizza. Das Problem war nicht das Durchsehen der Bücher, vielmehr war es die Gegenprobe: Ob die in den Büchern registrierten Einsätze mit tatsächlich erteilten Aufträgen übereinstimmten. Die ersten 30 Fahrzeuge hatten den Check bestanden, auch Nummer 31 war sauber, 32, 33, 34, – es war mittlerweile kurz vor 22 Uhr. Die Müdigkeit der Körper und vor allem der Köpfe war beinahe greifbar im Raum.
»Hmm«, sagte Renner. »Hier scheint was nicht zu stimmen.« Die anderen drei gruppierten sich um ihn herum. »Schauen Sie: Der Wagen wurde um 21 Uhr 30 abgeholt, angeblich gab es einen Auftrag wegen eines Defekts in einer Trafoanlage in Wilhelmshöhe, Schloßteichstraße.« »Das ist in Mulang«, sagte Anke Dankelmann halblaut. »Aber ich finde keinen Auftrag. Weder für die Zeit noch für den Ort. Und was mich am meisten irritiert: Das ist die Handschrift von Ralf.« Renner blickte sie der Reihe nach an. »Der hat so ein komisches S, so schnörkelig, sehen Sie hier, bei Schloßteichstraße sieht man das genau.« »Welches Fahrzeug ist das?« fragte Stengel. »Ist es auf dem Hof?« Renner blickte kurz in die Unterlagen und nickte. »Müsste da sein.« »Nichts wie her mit der Spurensicherung«, sagte Dankelmann und griff zum Telefon. Sie wusste, dass dies der schlechteste Zeitpunkt war, den Kollegen, die am Wochenende in Bereitschaft waren, den Freitagabend zu vermiesen. Andererseits hatten sie alle einen ungeheuren Ehrgeiz entwickelt, diesen Fall so schnell wie möglich aufzuklären.
Als sie fertig war, winkte Stengel ihr zu. »Wir haben den zweiten gefunden, hatte einen Einsatz in der Neuen Mühle, also bei der

Dennhäuser Straße. Passt wieder. Dieselbe Schrift und wieder kein offizieller Auftrag. Herr Renner«, wandte er sich wieder an den Mann vom Fuhrpark, »absolut einmalige Arbeit, Danke. Sie müssten aber bitte noch den Rest der Unterlagen überprüfen, nicht, dass wir etwas übersehen. Und Montag auch die restlichen Standorte in Angriff nehmen.« Renner nickte. »Toller Job, Herr Renner.« Fellgruber nickte seinem Mitarbeiter zu. »Kommen Sie doch bitte am Montagmorgen so gegen 8 Uhr gleich in mein Büro. Wir sollten uns gemeinsam Gedanken machen über die Nachfolge von Herrn Runge. Inoffiziell und nicht öffentlich – wir sollten mit der offiziellen Regelung natürlich pietätvoll warten, bis Herr Runge zumindest beerdigt ist. Aber ihre Arbeit heute hat mich sehr beeindruckt.«

Als Fellgruber wenig später gegangen war, grinste Renner die Beamten an. »Irgendwann schmeiße ich mal eine Runde, okay?« »Einverstanden«, sagte Anke Dankelmann, »mein Kollege trinkt seine Buttermilch aber nur lauwarm.« Stengel verdrehte die Augen, wollte etwas sagen – aber in dem Augenblick rollte das Fahrzeug der Kollegen auf den Hof. Renner führte die Beamten zu den beiden Fahrzeugen. Beide waren an den vergangenen Tagen nur wenig beansprucht gewesen, so dass eine leise Resthoffnung bestand, noch irgend etwas zu entdecken. Dankelmann und Stengel gingen kurze Zeit später, Renner wollte so lange bleiben, bis er den Hof wieder abschließen konnte.

Als Anke Dankelmann langsam nach Hause fuhr, spürte sie allmählich die bleierne Müdigkeit im Innern. Daheim trank sie einen Schluck Leitungswasser, schminkte sich ab, putzte die Zähne, stieg in ihren Schlafanzug und kuschelte sich unter ihre warme Decke. Ihr Handy lag neben dem Bett. Sie löschte das Licht und war wenige Minuten später eingeschlafen.

## 42

Bernd Stengel erwischte seine Familie daheim gemeinsam vor dem Fernseher. Sie schauten sich irgendeine DVD an, irgendein Spielfilm, über den sie ständig lachten. »Komm rein, Bernd, setz dich zu uns. Dieser Film ist unglaublich. »My big fat greek wedding«, du kommst ganz schnell in die Handlung rein.« Stengel holte sich ein Glas Zitronenlimo und setzte sich dazu. Es dauerte einige Zeit, bis er genug abgeschaltet hatte. Nun ließ er sich berieseln von dieser Story. Mitlachen konnte er erst einmal nicht, aber er genoss die Minuten mit Frau, Sohn und Tochter. Mit der linken Hand hielt er das Glas, mit der rechten kraulte er den Hund, der sich neben den Sessel gelegt hatte und ihn erwartungsvoll anschaute. Langsam entfernten sich die Gedanken vom Arbeitstag. Was würde ich jetzt eigentlich machen, wenn ich etwas anderes geworden wäre? fragte er sich. Na ja, wahrscheinlich wäre er dann seit 16 Uhr zuhause, hätte irgendwas erledigt und würde nun vor dem Fernseher sitzen und einen Film gucken. Also, Bernd, was willst du eigentlich? Du hast doch einen ganz normalen Beruf, bei dem die Arbeitswoche endet wie bei jedem anderen.

## 43

Lutz Kretschmer ließ sich einfach volllaufen. Er hatte seine Schicht tauschen können, hatte am Wochenende frei und saß, wie immer, wenn er sich einfach die Kante gab, in dieser Bierkneipe in Wilhelmshöhe. Kognito Inn hieß der Schuppen, der auch ganz ordentliches Essen servierte. Sah insgesamt aber durch einen mit Glasscheiben abgetrennten Raucherraum einfach komisch aus, und den Rauch konnte man natürlich überall riechen. Was viele störte – aber die Raucher natürlich nicht. Es ging auf 23 Uhr zu, und immer dann, wenn er seine Sauf-Attacken hatte, zechte er nicht allein. Henny Böhm, ein Mädchen, das er schon aus Schulzeiten kannte, leistete ihm Gesellschaft.

Henny hatte ein Immobilienbüro und auch keinen festen Lebenspartner. Seit Jahren, seit Jahrzehnten ging das nun schon mit ihnen beiden. Mal hörten sie lange nichts voneinander, mal hatte der eine Weltschmerz und rief den anderen an – man traf sich, um einen zu trinken und landete anschließend im Bett. Ein im bestimmten Sinn perfektes Arrangement und Henny hatte heute keinen Moment gezögert, als er sie angerufen hatte. »Ich habe Durst und meine Tage sind gerade vorbei«, hatte sie höchst sachlich erklärt. Mittlerweile waren sie beim x-ten Bier angekommen, und der eine oder andere Kurze hatte ebenfalls dran glauben müssen.
Kretschmer packte eine neue Packung Zigaretten aus, Henny zuliebe besorgte er immer Reyno Lights, aber mit Menthol satt. Er konnte natürlich nicht über die Sache reden und hatte Henny irgendwas erzählt, das seine Tochter ihm so fehle und so weiter. Die hatte genickt – ihm aber angesehen und angemerkt, dass da mehr war. Trübsinnig starrte er in sein halb leeres Bier. »Lutz, irgendwas ist doch, ich kenne dich doch viel zu gut. Was bedrückt dich?« »Mensch Henny, das weiß ich selber nicht. Hänge halt seit ein paar Tagen durch, ist vielleicht so was wie Midlife-Crisis. Keine Ahnung.« Er hob sein Glas und trank es aus. »Stress im Job?« »Ne, hab ich nicht, haste außerdem schon mal gefragt.«
Kretschmers Zunge wurde allmählich schwer, die Zischlaute bekamen die Oberhand. Henny Böhm, die mit richtigem Vornamen eigentlich Henriette hieß, seit der Schule aber von allen Henny gerufen wurde, beschloss, den nächsten Versuch im Bett zu wagen. Heute Nacht oder morgen früh. Mal sehen, was mit Kretschmer noch anzustellen war. »Zahlen!« Rief sie. »Und noch eine Runde!« ergänzte Kretschmer. Morgen früh wird der bessere Zeitpunkt sein, seufzte Henny Böhm.

## 44

Der Friese hatte es nicht mehr gewagt, in das Etablissement nach Bettenhausen zu fahren. Der Met hatte ihm den Tag versüßt, aber die Birne komplett zugedröhnt, außerdem war ihm von dem Zeug schlecht. Dabei musste er morgen fit sein. Nachmittags oder abends wäre der Mann in Kassel. Es hing viel Geld daran. Er hatte noch keinen Gedanken daran verschwendet, die anderen Mitstreiter auszubremsen oder übers Ohr zu hauen. Geld war zweitrangig, sollten sich die anderen an ihrem Teil erfreuen. Er hatte sein Lied, das Lied seiner Familie erbeutet.
Wenn der Handel abgewickelt war, würde er von hier verschwinden. Ein Ziel hatte er noch nicht. Er würde irgendwann bei seinen Meditationen und bei seinen langen Met-getränkten Spaziergängen in die Vergangenheit einen Anhaltspunkt finden. Er ging zum Schrank mit den restlichen Speeren und nahm den Umschlag mit dem Willehalm heraus. Er öffnete den Verschluss und roch ins Innern. Nichts Besonderes, dachte er, wie so altes Papier eben riecht. Er legte alles sorgfältig zurück, schaltete das Licht aus und blickte noch einmal auf die Straße. Ein Gedanke trieb ihn seit heute um und jetzt, im Dunkeln, wurde er stärker. Er hatte das Lied – aber hatte er damit auch seine Rache? Er merkte, durchaus mit Befriedigung, dass ihn die Mordlust gepackt hatte. Wie seine Vorfahren, dachte er. Töten macht mächtig – und er hatte noch jede Menge Speere. Er brauchte nur wenige Sekunden um einzuschlafen. Die Stadt war eine friedliche in der Dunkelheit, dachte er noch. Und sie ahnt nicht, dass die Grausamkeit in ihr neu geboren wurde. Er fühlte sich stark.

## 45

Gerald Mannteufel hatte den ganzen Abend Deutscharbeiten korrigiert. Er war zufrieden mit den Leistungen seiner Schüler. Wenn sie gute Arbeiten schrieben und er nur wenige, möglichst gar keine

schlechten Zensuren zu vergeben hatte, dann war er glücklich und wertete dies als Ergebnis eines Unterrichts, der die Jungen und Mädchen interessierte, sie packte und mitriss.
Er schaute auf die Uhr. Es war 22 Uhr 30, in Atlanta, wo sein Halbbruder Edwin lebte, war es jetzt 16 Uhr 30. Edwin würde bereits zuhause sein, er arbeitete bei der Stadt im Steueramt. Und auf der anderen Seite des großen Teichs war es um die Öffnungszeiten der Verwaltung am Freitag auch nicht besser bestellt als in Deutschland. Edwin war der einzige, den Mannteufel eingeweiht hatte in den Plan, in Wahrheit stammte er sogar von seinem Bruder. Der war beinahe noch versessener darauf, das Hildebrandslied wieder in den Besitz der Familie zu bringen als er selbst. Er klingelte an, und Edwin meldete sich schnell. Sie redeten Englisch, Edwin sprach außer »Prost« und »Tschüss« kein Wort Deutsch. »Hi Edwin, it´s me, Gerry.« Den Namen hatte ihm die Familie von Anfang an verpasst. »Wie geht's, was hat sich getan seit Sonntag?« Das war das letzte Mal gewesen, dass sie vor der Tat miteinander telefoniert hatten. »Wir haben das Lied.« »Super, hast du es?« »Nein, der Boss der Operation hat es, ich habe einen Plan, wie ich drankomme.« »Brauchst du Hilfe?« »Du kannst doch eh nicht weg, oder?« fragte Mannteufel. »Nein, kann ich nicht. Aber ich habe Freunde.« »Die können wir nicht gebrauchen, Ed. Das ist unsere Sache, das ist reine Familienangelegenheit. Dad würde es so wollen.« Schweigen am anderen Ende. »Ed, was ist los?« »Nichts, ich muss mich immer noch ein wenig dran gewöhnen, dass du das Wort Dad benutzt. du hast ihn ja nie kennengelernt. Aber es stimmt ja, er ist dein Dad. Unser Dad.« »Ich denke mal, dass ich bis Mitte nächster Woche mehr weiß und hoffentlich auch mehr habe. Ich rufe dich wieder an.« »Gerry, eines muss ich dir noch sagen, nicht dass du das eben falsch verstanden hast: Ich mag dich sehr. Wie man einen Bruder halt mag.« Mannteufel lächelte versonnen. »Danke, Ed. Das tut mir sehr gut. Ich liebe dich auch. Bis nächste Woche. Drück mir die Daumen.« Er schaute auf die Uhr, zu spät, um beim Friesen noch anzurufen. Der würde wahrschein-

lich im Metrausch selig schlafen, Mannteufel kannte die Gepflogenheiten des Chefs, dennoch setzte er eine SMS ab. »12 Uhr?« stand darin. Man würde sich nicht treffen, aber miteinander reden. Er musste irgendwie herausbekommen, wo das Hildebrandslied war und wie er an die Blätter herankam. Und sie mussten etwas mit Kretschmer anstellen, es war immer noch einer zu viel an Bord, einer, der zu labil war, einer, der gefährlich werden könnte, sollten die Bullen ihnen zu nah kommen.

Er zappte durchs Programm, blieb bei Arte hängen, die Wagners Götterdämmerung zeigten. Wie passend, dachte er, sah ein paar Minuten zu und ging dann ins Bett. Mit diesem pompösen Wagner-Werk hatte er weder inhaltlich noch musikalisch je etwas anfangen können. Und das Hildebrandslied interessierte ihn ohnehin nicht als Zeitdokument oder wegen seines Wertes. Es gehörte seiner Familie. Basta.

## 46

Anke Dankelmann erwachte früh, drehte eine Walking-Runde durch den Vorderen Westen und erledigte dann die Hausarbeit. Wäsche waschen, ab in den Trockner, zwischendurch ein bisschen Hausputz, Küche aufräumen, Spülmaschine entleeren, nach zwei Stunden war ihre Bude wieder vorzeigbar. Das ist das Schicksal der Singles, die sich keine Putzfrau leisten können, dachte sie und wusste, dass es von ihrer Sorte tausende in dieser Stadt gab. Dann noch ein kurzer Besuch im Rewe – auch so ein Problem. Sie konnte immer nur kleine Einheiten einkaufen, wenn sie vermeiden wollte, dass die Vorräte schlecht wurden. Ein paar Mal abends einen Happen daheim essen – mehr war außer Frühstück nicht drin. Und das bestand aus Müsli und H-Milch – auch der Einfachheit wegen, weil Brot irgendwann trocken und schimmelig wurde und sie keine Lust hatte, jeden Morgen zum Bäcker zu gehen und Brötchen zu holen. Danach stieg sie in ihren roten Golf, steuerte Richtung Waschanlage und bog dann doch Richtung Markthalle ab. Waschanlage im

November – einfach Quatsch, hatte sie entschieden. Man kommt mit dem sauberen Auto aus der Waschstraße und ärgert sich, dass die Karre nach 30 Minuten schon wieder aussieht, als hätte ein Güllelaster seinen Inhalt gerade drübergekippt.
Sie trafen sich beim Käsestand im ersten Stock der Markthalle. Anke Dankelmann war froh, Valentin Willimowski zu sehen. Egal, welche unausgesprochenen Schwierigkeiten die letzten Tage dominiert hatten in ihrer Beziehung – sie schloss ihn fest in die Arme, merkte, wie kräftig er sie drückte und spürte ein seliges Kribbeln im Bauch. Sie küssten sich kurz und hatten beide das Gefühl, dass alles in Ordnung sei. Der Rest würde sich ergeben, man würde das besprechen können.
Sie holten sich zwei Käseplatten und einen Prosecco – wer hier am Samstag einen Kaffee trank, galt als Asozialer. Im Grunde klärten sich ihre Kommunikationsprobleme schnell auf. Willimowski hatte mal wieder Stress mit seinem Leitenden Oberstaatsanwalt gehabt, dem eine persönliche Beziehung zwischen Staatsanwaltschaft und Polizei absolut ein Dorn im Auge war. Sie zogen zwar eigentlich an der gleichen Strippe – aber eben nur eigentlich. Bei jedem Fall die gleichen Machtspielchen seitens der Staatsanwaltschaft, bei jeder Ermittlung die Versuche, mit lückenhafter Informationspolitik von Polizei in Richtung Staatsanwaltschaft ein bisschen mehr Handlungsfreiheit zu erhalten. Das führte zu ständigen Reibereien und Feindseligkeiten – und dann dieses Pärchen.
Auch Anke Dankelmann hatte im Präsidium so manchen Kommentar gehört. Und was die letzten Tage im Berufsleben der Kommissarin bedeutet hatten, konnte Willimowski nur erahnen. Sie beschlossen, das Ganze zu vergessen und für die Zukunft zu beschließen, das, was sie im Job belastete, nicht in ihre Beziehung reichen zu lassen. Sie schlenderten Hand in Hand durch die Markthalle, Willimowski hatte entschieden, abends zu kochen. Er wusste, dass Anke Dankelmann in Bereitschaft sein musste – aber konnte es das Schicksal nicht mal einen Samstag gut mit ihnen meinen?
Die Antwort bestand aus Anke Dankelmanns Handy-Klingelton.

Sie hatte sich die Titelmelodie von Wolfgang Petersens Film »Das Boot« heruntergeladen, diese mächtige, schicksalsschwangeren, eigentlich bedrohlichen Klänge. Als sie diesmal ihr Handy hörte, beschloss sie, sich etwas Fröhlicheres zu besorgen. Es war Markus Wimmel, der Chef der Spurensicherung.
»Sorry, Anke. Es ist dringend. Wir haben in einem Auto Stoffreste gefunden, die zur Kleidung von Andrea Leber passen. Und im anderen Auto, das offenbar seitdem im Laderaum nicht mehr benutzt wurde, einen Schuhabdruck, der mit dem am Aschrottpark über-einstimmt. Volltreffer. Gratuliere!« »Na ja. Und nun?« fragte die Kommissarin. »Haben wir, wie immer, ein erstes Puzzleteilchen. Wir sollen heute Nachmittag noch mal zusammenkommen. Die Ergebnisse der Befragungen wegen Runges Privatleben liegen vor, bis dahin hat auch die Internet-Gruppe einen ersten Bericht angekündigt. 14 Uhr!« »Okay, ich komme.« Sie drückte den roten Knopf und schaute Willimowski an. »Halb so wild. Lagebesprechung um 14 Uhr, danach Wochenende. Du kochst für mich, klar? Was gibt es denn eigentlich?« »Dann lass dich überraschen, ich kaufe später ein. 19 Uhr bei mir?« Sie nahm ihn fest in den Arm und war einen Moment lang einfach nur glücklich. Es gehörte schon etwas dazu, mit einer Polizistin eine Beziehung einzugehen. Da brauchte man einen Partner, der Verständnis hatte. Und am meisten hatten die, die vom Fach waren. Aber das war Willimowski ohnehin in mehrfacher Hinsicht.

## 47

Die Einsatzzentrale im Polizeipräsidium war voller Menschen. Am Anfang machte Pivi Vogel, der Pressesprecher, mit einem groben Überblick über die Berichterstattung in den Medien aufs neue deutlich, welche Dimension dieser Fall hatte.
»Das Lied der Deutschen gestohlen!« hatte die Bild-Zeitung getitelt. Schon komisch, 1200 Jahre hatte sich kein Mensch für das Hildebrandslied interessiert, nun war es plötzlich das Lied der

Deutschen. Einerseits standen sie wegen der Berichterstattung unter zusätzlichem Druck, andererseits würde nach spätestens einer Woche das Interesse abebben. Wenn sie in Ruhe arbeiten wollten, dann wäre es beinahe hilfreich, auf Zeit zu spielen. Wenn nichts dazwischen kam – aber Zeit hatten sie aus einem anderen Grund nicht. Sie wussten nicht, was mit den gestohlenen Stücken passieren würde. Wenn sie außer Landes geschafft werden sollten, dann wären sie vermutlich schon weg, zumindest der Transport über die Grenzen in eines der Schengen-Länder wäre unproblematisch. Und damit wären Hildebrandslied, Willehalm und die anderen Schätze wohl erst einmal weg. Vogel beendete seine Medienschau, und Anke Dankelmann, die nicht so richtig zugehört hatte, kam aus ihrer Gedankenwelt wieder ans Tageslicht der Realität.
Plassek trug die Zusammenfassung vor, außerordentlich detailliert. Jeder in der Mordkommission machte sich seine Notizen, je nachdem, was an Fakten in sein Revier zuzuordnen war. Sie hatten alles, was sie an Spuren an den vier Tatorten gefunden hatten, wieder und wieder gesiebt. Neu war nur, dass am Haus der Nordmanns ebenfalls ein großer Fußabdruck auf dem Rasen vor der Terrasse entdeckt worden war. Ein Bereich, den sie bei Tageslicht erneut unter die Lupe genommen hatten. »Kann sein, dass einer der Täter die Schuhgröße 49 hat. Dieser Fußabdruck findet sich in allen vier Fällen: an der Apostelkapelle, im Garten und im Haus der Nordmanns, da passt sogar der Dreck zur Fundstelle des Fußabdrucks im Garten. Und im Fahrzeug der Städtischen Werke. Merkwürdigerweise dreimal der linke Fuß, aber das wird Zufall sein. Die Befragungen der Nachbarschaft haben erneut nichts ergeben, rund um die Murhardsche gab es auch nichts Neues. Hinweise aus der Bevölkerung jede Menge, aber nichts dabei, was uns helfen würde. Ihr kennt das ja: Wenn man nachfragt, werden die Angaben immer diffuser. Der einzig hilfreiche Hinweis war der Anrufer, der uns auf die Spur der Einsatzfahrzeuge der Städtischen Werke gebracht hat. Die Autos haben wir auf den Kopf gestellt: Außer Plastikteilen und dem Fußabdruck haben wir nichts gefun-

den. Den klar erkennbaren Fußabdruck auch nur, weil da eine dicke Staubschicht hinter einem Werkzeugschrank war, da ist der Täter wohl einmal reingetreten. Nach meiner Ansicht bedeutet das: Einer ist gefahren und mindestens einer war im Laderaum, in beiden Fällen. Wir gehen also nun so gut wie sicher von vier Tätern aus, mindestens. Runge zählen wir mal dazu, ohne konkrete Beweise zu haben. Dann fehlen uns noch drei. Noch etwas zu den Verletzungen von Andrea Leber und Frau Nordmann: die Schnitte, wie bekannt, nicht fachmännisch ausgeführt. Bleibt die Frage, warum man die hat verbluten lassen. Das Risiko, dass die sich in Todesangst befreien, war doch ziemlich groß.« »Das glaube ich kaum«, Albert Menzel, ein Kollege aus dem K 11, erhob Einspruch. »Die waren so fest verschnürt, da hätte schon jemand die beiden Frauen losschneiden müssen.« »Außerdem«, schob Anke Dankelmann ein, »könnte das doch Taktik der Täter gewesen sein.« »Wie meinst du das?« fragte Plassek. »Na ja. Die mussten ja Leber und Nordmann überzeugen, mit ihnen zur Murhardschen zu fahren, um die Sicherheitsvorkehrungen zu überwinden. Was rede ich eigentlich für ein gestelztes Deutsch? Egal, ihr wisst, was ich meine. Also, die mussten die beiden doch motivieren, mit ihnen mitzukommen, in die Murhardsche, und ihnen noch die Schriften rauszusuchen. Das geht doch nur, wenn für beide viel auf dem Spiel steht. Hätten die die beiden Frauen umgebracht – dann wäre die Gefahr groß gewesen, dass zumindest einer sich weigert zu kooperieren. So haben sie vielleicht absichtlich die Schnitte klein gemacht – wenn sie denn klein waren, muss der Doc sagen. Und sie haben ihnen womöglich erzählt: Wenn ihr uns schnell helft, rettet ihr eure Frauen.« Die Runde schwieg. Es war eine etwas abenteuerliche These, aber es war auch ein abenteuerliches Verbrechen. »Frau Dankelmann hat durchaus Recht«, sagte Dr. Pianka. »Die Schnitte waren nicht sehr groß. Man hätte bis zu zwei Stunden sicherlich noch etwas machen können, um die Frauen zu retten.« »Okay, aber das hilft uns für den Moment nicht weiter, weil wir so keine Spur zu den Tätern haben.« »Oder doch«,

widersprach die Kommissarin. »Da die Schnitte nicht fachmännisch ausgeübt wurden, waren wohl keine Mediziner, Krankenpfleger oder ähnliche Experten am Werk. Als Laie weiß man aber nicht, wie tief und wo und wie lang so ein Schnitt ausgeführt werden muss. Ich beispielsweise habe keine Ahnung. Also werden die Täter sich schlau gemacht haben. Wir müssen einfach mal bei Ärzten recherchieren, ob da in der jüngeren Vergangenheit irgend jemand beiläufig gefragt hat, wie es sich denn mit einem Pulsaderschnitt verhält. Und im Zweifel, da wir ja nicht alle Ärzte in der Umgebung anfragen können, sollten wir das öffentlich machen.«
»Puh, Anke, insgesamt hat das was, keine Frage.« »Und noch was: Wo kriegt man eigentlich Skalpelle her? Die gibt es doch nicht im Sanitätshaus, oder?« schob Menzel nach.
Plassek dachte nach und nickte dann. »Okay, Pivi, bereite mal was für die Montagsausgabe der Zeitungen vor. Wir suchen einen Arzt, bei dem sich in der Vergangenheit jemand wegen eines solchen Pulsaderschnitts schlaugemacht hat. Oder eine Krankenschwester. Oder jemanden, der sich auskennt und der befragt worden ist. Wichtig ist vor allem: Hat jemand gefragt, wie lang muss ein Schnitt sein, um zwei Stunden zu überleben? Und die Frage bezüglich des Skalpells klärt Kollege Schevallje.« Plassek schaute in die Runde. »Noch Fragen?« »Okay, dann also weiter. Wir haben also jetzt jede Menge Spuren gesichert, können aber nichts damit anfangen, weil uns die Gegenstücke fehlen. Die Recherchen im persönlichen Umfeld der beiden Ehepaare laufen noch. Nordmanns sind kinderlos, Lebers haben einen Sohn, der in Australien ein Auslandssemester einlegt – wir haben ihn noch nicht erreicht. Finanziell sind die stinknormale Bürger, keine Engpässe, alles sauber. Wir tappen außerdem völlig im Dunkeln, was die Motive angeht. Aber damit sind wir eigentlich schon beim Thema Internet.«
Er unterbrach kurz und wendete sich an einen blassen, dürren Mann, der vor seinem Laptop kauerte. Anke Dankelmann hatte ihn schon häufiger gesehen, wusste, dass er für die Internet-Abteilung der Polizei zuständig war. »Ich stelle euch hier, zumindest denen,

die ihn nicht mit Namen kennen, Marcel Windisch vor. Er hat in den vergangenen drei Tagen mit ein paar Kollegen recherchiert, was im Internet unterwegs ist in Sachen Handel mit alten Handschriften, beziehungsweise hat er mal zusammengestellt, was da diskutiert wird.«

»Danke, Herr Plassek. Aber zunächst einmal haben wir die Computer der beiden, Nordmann und Leber, sowohl im Büro als auch daheim überprüft. Da gibt es weder im E-Mail-Verkehr noch hinsichtlich der Websites irgendwelche Anhaltspunkte, die den Verdacht nahe legen, dass die selbst in den Fall verwickelt sind. Lediglich Herr Nordmann hat im Büro gelegentlich eine Website besucht, die Kasselladies.de heißt. Da findet man ein großes Angebot von Nutten mit Bildern und, was das Besondere ist, auch von Einträgen der Kunden. Die geben da echt Bewertungen ab, unglaublich. Ich weiß nicht, ob das von Bedeutung sein kann, ich erwähne es der Vollständigkeit halber. Nordmann hat übrigens selbst keine Bewertungen geschrieben.«

Er hatte zwischenzeitlich seinen eigenen Laptop an den Beamer angeschlossen, hochgefahren, und als erstes erschien ein Bild von einer stinknormal aussehenden Homepage. »Wir haben unendlich viele Stunden im Netz recherchiert, um herauszufinden, ob es da irgendwelche Ansätze für einen Handel mit alten Schriften gibt. Was Sie hier sehen, ist eine legale Plattform, betrieben von einer Firma aus Rom. Die Firma stellt Kontakte her, nicht nur in Sachen Handschriften, auch für Bilder, alten Schmuck, Skulpturen – alles Mögliche halt. Absolut vertraulich, die Firma wird dann prozentual am Kaufpreis beteiligt. Das nutzen viele Privatleute, die keine Auktion wünschen und die dennoch den höchstmöglichen Preis erzielen wollen. In den vergangenen zwei Jahren wurden so zwei alte Handschriften verkauft, eine aus dem 11., eine aus dem 12. Jahrhundert. Beides Bibelabschriften, Verkaufserlös jeweils knapp eine Million Euro.«

Ein leises Raunen ging durch den Raum. »Ansonsten ist das Ganze schwer zu fassen. Offensichtlich ist die Szene der Sammler auch

relativ klein, außerdem scheinen die meisten Sachen in staatlichem Besitz und auch zum großen Teil im öffentlichen Eigentum zu sein. Dennoch gibt es Hinweise. Wir haben entdeckt, dass über diese Internet-Plattform eine Kaufanfrage einging für das Lautenbuch der Elisabeth. Der Moderator der Internet-Plattform von der Firma hat zügig eingegriffen und darauf hingewiesen, dass dies im staatlichen Eigentum in Deutschland sei. Dennoch war die Anfrage, inklusive einer E-Mail-Adresse, auf dem Markt. Mithilfe von Interpol haben wir auch ermittelt, von wo die Anfrage kam. Aus einem Internet-Café in Shanghai. Und da man heute praktisch keinen festen Standpunkt mehr braucht für E-Mail-Verkehr, können wir geografisch praktisch nichts mehr zuordnen. Fakt ist aber: Es gibt eine Kaufanfrage für das Lautenbuch und – man höre und staune – wenige Tage später auch für den Willehalm. Aus einem Internet-Café in Rothenburg ob der Tauber. Wir gehen wegen gewisser Auffälligkeiten in der Sprache davon aus, dass beide Anfragen von einer Person stammen.« Er zeigte die beiden Anfragen, nicht im Original, aber wortwörtlich nachgestellt. Beide kurzen Texte waren auf Englisch, und sie waren in der Tat, abgesehen vom Kaufobjekt, identisch. »Das ist alles, was wir haben.«
»Immerhin«, sagte Plassek, »jetzt hätten wir zumindest ein mögliches Motiv. Für zwei der geklauten Gegenstände gibt es ein Kaufersuchen. Und obwohl die beiden Anfragen ja schnell gelöscht wurden – ein Kontakt kann allemal zustandegekommen sein. Und wie das weitergeht, das entzieht sich ja nun erst einmal unserer Kenntnis und unserem Zugriff, oder?« Windisch nickte. »Die werden garantiert nicht mehr über diese Homepage kommunizieren, jetzt nach dem Diebstahl. Eine weitere Seite haben wir bisher nicht entdeckt. Wir haben mit größtmöglichem Aufwand mit speziellen Such-Algorithmen hunderte von Millionen Seiten durchwühlt. Keine Spur.«
Kurze darauf beendeten sie die Runde. Dafür, dass man eigentlich nichts in der Hand hatte, war man doch schon viel schlauer als vorher, dachte Anke Dankelmann. In ihrem Büro investierte sie noch

viel Zeit darin, die Untersuchungsprotokolle zu studieren, manche mittlerweile zum dritten oder vierten Mal.
Noch immer hatten sie den Augenzeugen, der die Fahrzeuge der Städtischen Werke nachts gemeldet hatte, nicht erreicht. Sie speicherte die Nummer in ihrem Handy, sie würde es am Wochenende immer wieder probieren. Die Leichen der beiden Ehepaare waren mittlerweile für eine Bestattung freigegeben, Nordmanns hatten kein Testament, der nächste Verwandte war ein Neffe, der Sohn von Frau Nordmanns Schwester. Er hatte zugesagt, sich um alles zu kümmern, die Schwester war vor Jahren bei einem Unfall im Haushalt gestorben. Wie um alles in der Welt stellte man denn so etwas an, fragte sich die Kommissarin und blätterte nach. Die Frau war beim Fensterputzen gestrauchelt, aus dem Fenster im zweiten Stock gefallen und von den Spitzen eines dicht am Haus stehenden schmiedeeisernen Zaunes aufgespießt worden. Anke Dankelmann schüttelte sich. Das kam ihr bekannt vor – war nicht auch der Sohn von Romy Schneider auf diese grausige Weise ums Leben gekommen?
Um den Sohn der Lebers – der sinnigerweise André hieß, konsequente namentliche Fortsetzung von Vater Andreas und Mutter Andrea – wollte sich Stengel kümmern, auch hier hatten die nächsten Verwandten zugesagt, sich um die Formalitäten zu kümmern. Eine Beerdigung konnte aber erst stattfinden, wenn der Sohn informiert war. Anke Dankelmann klappte den letzten Aktenordner zu. Mehr war nun heute nicht zu machen, und sie hoffte, dass das Verbrechen nun eine Pause einlegte, zumindest für sie. Sie nahm ihre Sachen und verließ das Präsidium. Es war irgendwie eine typische Phase in den Ermittlungen, sie hatte das oft erlebt. Sie und ihre Kollegen mussten jetzt abwarten, auf neue Zeugen hoffen und darauf, dass die Täter Fehler machten oder einfach nur aus der Deckung kamen.

## 48

Der Friese hatte einen furchtbaren Morgen hinter sich. Die Kernfrage, die er sich stellte, lautete: Wie konnten die alten Germanen eigentlich Met trinkenl, ohne Kopfschmerztabletten zu haben? Er bekämpfte seinen Kater mit einem großen Glas des Gesöffs. Den Teufel mit dem Beelzebub austreiben – und es klappte. Die Kopfschmerzen verschwanden.
Er packte den Willehalm in seine alte Aktentasche und machte danach einen Spaziergang durch den Vorderen Westen. Man merkte, dass Samstag war. Es war jede Menge los – aber eben nicht so geschäftig wie werktags. Es war Mittag, und manche Leute saßen in den Cafés und frühstückten. Sein Handy summte. »18 Uhr, Bahnhof«, lautete die SMS. Absender unbekannt. Aber er wusste: Das war sein Mann.

## 49

Gerald Mannteufel brütete den gesamten Vormittag an einem Plan. Er musste sich mit dem Friesen treffen und den überzeugen, dass Kretschmer beseitigt werden musste. Und er musste ihn dazu kriegen, ihm zu verraten, wo das Hildebrandslied war. Das ging wahrscheinlich nur über einen langen Abend mit viel Met – aber das war dann halt der Preis.
Sein Festnetz-Anschluss klingelte. Kurt Junkers, der Wirt vom Kognito Inn, meldete sich, wie häufig samstags. Und erzählte ihm von einem Stammgast namens Lutz Kretschmer, der sich gestern Abend habe volllaufen lassen und dabei unentwegt von seiner Partnerin bequasselt wurde, ihm doch endlich mal zu erzählen, was ihn so bedrücke. »Ich hätte ihm am liebsten dabei geholfen, so fertig sah der aus«, sagte Junkers. Mannteufel lächelte. Manchmal servierte das Schicksal die besten Lösungen auf einem silbernen Tablett. Er hörte sich noch eine Weile die Geschichten an und versprach Junkers, eventuell am Abend auf ein Bier reinzuschauen.

Nach dem Gespräch dachte er einen Moment nach. Jetzt musste er den Friesen erwischen. Er griff zum Telefon – im Augenblick war er aufgeregter als in der Murhardschen.

## 50

Henny Böhm hatte weder am Abend noch am Morgen irgend etwas Verwertbares von Kretschmer erfahren. Der Mann stand unter der Dusche, sie hatte einen dicken Kopf und ein paar blaue Flecken am Körper, weil Kretschmer sie beim Sex ziemlich hart angefasst hatte. Es machte ihr nichts aus – im Gegenteil. Dennoch trieb sie die Frage um, was dieser Mensch mit sich spazieren trug. Er war anders gewesen, den gesamten Abend, auch im Bett. Bevor er ging, verabredeten sie sich erneut für den Abend. Diesmal aber nur zum Essen, sagte er zum Abschluss. Sie glaubte ihm kein Wort.

## 51

Der Friese klappte sein Handy zu und setzte sich auf eine Parkbank in der Goetheanlage. Mannteufel hatte ihm eben gesagt, dass er zu Kretschmer kein Vertrauen habe. Der sei in einigen Punkten ausgesprochen labil und wenig widerstandsfähig, weniger, als man gemeinsam angenommen habe: Zum einen lasse er für seine Tochter alles liegen und stehen – eigentlich eine gute Eigenschaft für einen Vater. Aber das mache ihn erpressbar, und zum anderen wäre er für die Polizei, falls es wirklich mal zu einer Konfrontation komme, angesichts dieses Hintergrundes keine echte Prüfung. Und, viel wichtiger: der Wirt des Kognito Inn, ein guter Freund von ihm, habe gestern Kretschmer im Gespräch mit seiner Freundin belauscht. Die habe ihn unter Druck gesetzt um herauszufinden, was ihn belaste, man spüre ihm ja förmlich an, dass etwas tonnenschwer auf seiner Seele balanciere. Er sei sicher, Kretschmer halte dem Druck nicht mehr lange stand. »Und, was schlägst du vor?« hatte er Mannteufel gefragt. »Nicht am Telefon. Lass uns am Sonntag an der Löwenburg treffen, 20 Uhr, okay?« Dem großen Mann war mulmig zumute. Diese Truppe bröselte zu schnell auseinander, das war nicht gut. Er würde sich auch bei Mannteufel vorsehen müssen. Andererseits bot sich ihm hier eine neue Chance, sein grausiges Spielchen fortzusetzen. Kretschmer oder Mannteufel – und mit ihm als demjenigen, der alle überlebte? Er verhakte die Finger der beiden Hände ineinander und bog sie auseinander, bis die Gelenke knackten. So laut, dass zwei Tauben, die sich seiner Bank genähert hatten, erschrocken wegflogen. Er schaute auf die Uhr: Höchste Zeit, zum Bahnhof aufzubrechen. Er ging in seine Wohnung zurück und holte die Aktentasche.

## 52

Valentin Willimowskis Wohnung in diesem Apartmenthaus in der Baunsbergstraße war schöner, als es der Anblick des Gebäudes von außen ahnen ließ. Ein Betonklotz neben dem Schwimmbad, die wenigen Balkonpflanzen, die sich einige der Bewohner leisteten, wirkten beinahe deplatziert. So viel Grün konnte man gar nicht auf die Balkons packen, um dem Ganzen ein ansprechendes Äußeres zu verpassen. Am Eingang kam sie sich immer komisch vor. So ein Fischauge in der Gegensprechanlage – man hatte als Mieter den Rundumblick von der eigenen Wohnungstür. »Wohin des Weges, schöne Frau?« hatte er von oben geflötet, als sie geklingelt hatte. »Hier soll irgendein Typ heute Fritten brutzeln, das will ich sehen«, hatte sie geantwortet. Und dann hatte er sie in seinem kleinen eigenen Laubengang, der zur eigentlichen Wohnungstür führte, lange in den Arm genommen. »Schön, dass du da bist«, hatte er ihr ins Ohr geflüstert. »Finde ich auch , hatte sie etwas unromantisch geantwortet und »was gibt es denn zu essen?« hinterhergeschoben. »Stimmt, du kommst ja aus dem Büro und musst riesigen Hunger haben.«
Er bugsierte sie in die Wohnung, wo im Essbereich der Tisch perfekt eingedeckt war. Verschiedene Gläser für roten und weißen

Wein, auch ein eigenes Glas für Wasser. Aber nur ein kleines, stellte Anke Dankelmann zufrieden fest. »Also, Madame, mein Vorschlag für heute: vorweg ein kleiner Salat mit kalter Entenbrust – die habe ich schon vorhin gemacht. Danach gibt es ein Zitronensorbet – allerdings nicht selbst gemacht, so ein Maschinchen habe ich noch nicht. Und danach: Malteser Lendchen mit grünen Bandnudeln.« »Und als Dessert?« »Das Dessert bin ich.« »Aha. Und was bin dann ich?« »Die Vorspeise?« »Ist denn noch so viel Zeit?« »Der Salat ist eh kalt. Für die Lendchen ist alles vorbereitet, die müssen noch in die Pfanne, die Nudeln dann ins Wasser und schon geht es los.« »Darf ich Ihnen die Vorspeise im Separee servieren?« »Unbedingt, Madame. Die Zubereitung soll ja unser Geheimnis bleiben, oder?«

Als sie eine Stunde später beschlossen, nun doch etwas zu essen, sagte Anke Dankelmann, die auf der Bettkante saß und sich ihre Jeans anzog: »Weißt du, jetzt weiß ich endlich, was Wachteln im eigenen Nest sind.« »Du bist halt ein Gourmet«, gab Willimowski zurück und lachte.

Das Essen schmeckte vorzüglich. Irgendwann hatte er ihr, die eigentlich gern deftig oder auch gern scharf aß, diese Art Lenden zubereiten. Schweinelenden in Medaillons geschnitten, in Mehl mit Paprikapulver und Salz gewälzt, in der Pfanne angebraten und mit Malteser Schnaps flambiert, dann Erbsen und Paprikastreifen dazugegeben und alles mit Schmand und viel Zucker abgerundet. Das konnte dann fröhlich bei niedrigster Temperatur vor sich hin köcheln, und wenn die Nudeln fertig waren, wurde alles serviert. Und schmeckte deftig und lecker. So auch diesmal.

Nach dem Essen schaute Willimowski die Kommissarin an und sagte: »Nun erzähl mal. Ich habe die Aktenlage natürlich schon studiert. Da passt ja vorn und hinten gar nichts zusammen, wenn man mal von der Sache mit dem Speer in Runges Brust absieht.« Dankelmann nickte. »Fünf Tote in zwei Tagen, ein Millionenraub – das erscheint mir wie ein schlechter Hollywood-Streifen. Das Blöde ist, dass wir diesen möglichen Markt für das Verramschen

dieser Handschriften nicht in den Griff bekommen, noch nicht einmal in den Blick. Und nirgendwo taucht eine Kaufanfrage fürs Hildebrandslied auf. Als wenn das einer für sich geklaut hätte, legt es in die Schreibtischschublade und schaut es immer andächtig an, wenn er Wagner hört oder so.« Willimowski überlegte kurz. »Was hältst du davon, wenn wir Vitali mal in die Sache einbeziehen?«
Er wusste, dass dies ein sensibler Punkt war. Vitali Schewtsow war sein Schulfreund und auch heute noch sein bester Kumpel. Aber die Sache hatte einen Haken: Schewtsow war mit ziemlicher Sicherheit in dunkle Geschäfte verwickelt. Offiziell war er Besitzer eines Nightclubs in Göttingen, zahlte pünktlich seine Steuern und Abgaben, offiziell lief alles astrein ab.
Vitali hatte ihnen schon einmal geholfen, in diesem Jahr hatten Anke Dankelmann und der Deutschrusse sich kennengelernt, genau bei den Ermittlungen in dem Fall, der jetzt zur Gerichtsverhandlung für den Doppelmörder geführt hatte. Jener, der die Kommissarin beinahe umgebracht hätte. Schewtsow hatte ihnen einen wichtigen Tipp gegeben – und sowohl Willimowski wie auch Anke Dankelmann war klar, dass der Mann ihnen nur helfen würde, wenn er selbst irgend etwas davon hatte. Nein, nicht dass die Polizei ein Auge zudrückte. Er würde nur Menschen ans Messer liefern, die ihm selbst im Weg standen. Und dass irgendein verrückter Handschriftensammler ausgerechnet dem Nightclubbesitzer im Weg stehen würde – das konnte sich Anke Dankelmann nicht vorstellen. Andererseits wusste ja niemand, mit was Vitali Schewtsow sonst so sein Geld verdiente. Den Versuch war es allemal wert, und Anke Dankelmann mochte den charmanten, smarten Typ. Und, es lebe das Vorurteil, dachte sie sich: Sie hatten es hier mit einer unglaublich brutalen Vorgehensweise der Täter zu tun. Die Russenmafia hatte in Kassel zwar noch nicht zugeschlagen, aber irgendwie passte das alles in das gängige Schema dieser Verbrechensorganisation.
Sie nickte. »Warum nicht? Außerdem würde ich ihn gern mal wiedersehen.« » Er wird wieder ungehemmt mit dir flirten.« »Soll er

ruhig. Aber ich bin Nordhesse. Ich liebe Kochkäse, habe folgerichtig einen Klebehintern und bleibe bei dem, der zu mir gehört.«
Willimowski stand auf, nahm die Teller, gab ihr im Vorbeigehen einen leichten Kuss aufs Haar und holte eine Flasche Ramazzotti. »Igitt« , sagte die Kommissarin. »Das waren Malteser Lendchen. Darauf trinkt man auch einen Malteser. Mit Ramazzotti würden die anders heißen, gegelte Schweinelendchen italienische Art an einer Farce von Koch oder so.« Willimowski hob resignierend die Arme und drehte um. Ob er nach dem Schnaps noch als Dessert taugen würde, war derzeit nicht sicher.

## 53

Auf dem Bahnhof Wilhelmshöhe hatte sich der Mann aus Friesland hinter den Info-Schalter der Bahn postiert. Der Zug aus Frankfurt kam um 17.53 Uhr an und hatte nach den aktuellen Angaben wohl keine Verspätung. Er hatte keine Ahnung, wie der andere aussah. Sie würden sich erkennen. Im Zweifel würde man telefonieren. Er holte sein Billig-Handy hervor, das per Prepaid-Karte funktionierte und das er, nachdem der Rest des Guthabens abtelefoniert war, wegwerfen würde, um bloß nicht wegen eines Telefons aufzufliegen. Er ging sicher, dass es eingeschaltet war.
Als der Zug in Kassel angekommen war, strömten die Reisenden ganz langsam die Treppe oder die große Rampe in den Bahnhofsbereich hinauf. Kassel-Wilhelmshöhe war wohl einer der ungewöhnlichsten Großstadt-Bahnhöfe, die es in Deutschland gab. Tausende von Menschen stiegen hier täglich ein, aus oder um – und die Bahnhofshalle war nicht mehr als eine Mini-Ladenpassage. Buchladen, McDonald's, ein Discounter, Bäckerei und Imbissladen – mehr gab es in diesem Teil nicht. In den Außenbereichen noch ein Blumen- und ein Fahrradladen – für diese wenigen Geschäfte musste doch eigentlich der Umsatz und auch der Gewinn eine garantierte Größe sein, dachte der Mann aus dem Norden. Verlaufen, so viel war sicher, konnte man sich in diesem Bahnhof

nicht. Dann sah er den Fahrgast, der sich äußerlich von den anderen abhob. Dezent, aber nobel gekleidet, das Gesicht mit leicht asiatischen Zügen, ein Geschäftsmann durch und durch. Der Friese wusste, dass er einen langen Weg hinter sich hatte. Aber man sah es ihm nicht an. Das graue Haar war perfekt frisiert, die leicht getönte Brille war offensichtlich ein teures Modell.
Der Mann war Anwalt in Moskau und vertrat die Interessen von einigen reichen Leuten in ehemaligen GUS-Staaten wie Aserbaidschan, Kasachstan, Usbekistan. Wo die Menschen immer noch in armseligen Verhältnissen lebten, aber einige wenige richtig gutes Geld verdienten. Womit auch immer, der Deutsche wollte das alles gar nicht wissen. Er ging direkt auf den Mann zu, sie hatten eine Begrüßungsformel vereinbart. »Entschuldigen Sie, sind Sie Dr. Halm?« Der andere nickte. »Mein Name ist Wille. Herzlich willkommen in Kassel.« Sie gingen auf dem Bahnhof in die Kneipe, in der eine Handvoll Menschen, die entweder auf ihren Zug warteten oder einfach immer hier saßen, stier vor sich hin glotzten und sich an ihrem Getränk festhielten. In der hintersten Ecke war ein Tisch frei, der Friese holte zwei Kaffee. Sie kamen schnell zur Sache. Der Fremde sprach ausgezeichnet Deutsch, nach wenigen Minuten holte der Deutsche eine Zeitung aus der Ledertasche und breitete sie vor der Nase des Mannes aus.
Es hatte für die anderen Menschen im Raum den Eindruck, als wolle er ihm etwas aus der aktuellen Tageszeitung zeigen. Im Mittelfalz aber war der Willehalm verborgen, der Russe hatte sich eine Lesebrille aufgezogen und begutachtete das Stück. Nach wenigen Augenblicken nickte er. »Machen wir es kurz«, sagte er. »Ich nehme das mit, im Gegenzug kriegen sie ein Viertel der vereinbarten Summe. Wir werden das heute Nacht überprüfen, morgen liefern sie den Rest und kriegen den Rest des Geldes. Sollte dies ein Plagiat sein – dann werden ihre Geschäftsbeziehungen, wie soll ich sagen, zu jedem Menschen auf dieser Welt beendet sein. Sie werden seit unserem Telefonat rund um die Uhr überwacht. Wir haben Verbündete, auch hier in Kassel. Also, ich drücke Ihnen die

Daumen, dass Sie kein falsches Spiel mit uns treiben. Jetzt packen Sie die Zeitung zusammen und legen Sie auf den Tisch. Wenn Sie rausgehen, wird Sie jemand ansprechen. Er wird so tun, als sei er ein alter Bekannter. Er wird Sie fragen, ob Sie ihn mit in die Stadt nehmen können. Dann holt er aus einem Schließfach eine Reisetasche. Sie fahren zusammen mit einem Taxi in die Stadt. Sie werden ihn dann ein Stück entfernt von ihrem Haus absetzen. Die Reisetasche, in der das Geld ist, bleibt im Taxi. Ich melde mich morgen.« »Aber«, hob der Deutsche an. »Kein Aber, Herr Wille«, fuhr der andere, leise aber bestimmt dazwischen. »Sie müssen sich auf mich verlassen. Wir haben bei solchen Geschäften einfach mehr Erfahrung. Sie sind doch ein blutiger Laie. Ohne unsere Hilfe hätte doch die ganze Aktion nicht geklappt. Wollen Sie sich freundlicherweise daran erinnern? Wir machen es so und nicht anders.« »Dennoch gibt es ein Problem. Ich komme erst am Montag wieder an die restliche Ware, sie verstehen – die Banköffnungszeiten ...« Der Russe überlegte kurz, nickte und sagte: »Montag, 10 Uhr, genau hier.« Dann nahm er die Zeitung, packte sie in seine Tasche, gab dem anderen die Hand und verschwand.

Der Friese blieb noch einen Moment sitzen. Er hatte ein ungutes Gefühl. Den Kaffee hatte er schon an der Theke bezahlt, er verließ den Laden und wurde wenige Schritte weiter von einem unscheinbaren Mann angesprochen. »Wille, Mensch, dass ich dich hier treffe, lange nicht gesehen. Wie geht es dir?« Er erhielt einen Klaps auf die Schulter. »Sag mal, fährst du in die Stadt, kannst du mich mitnehmen?« Der Friese nickte. 20 Minuten später saß er in seiner Wohnung und machte die Reisetasche auf. Unter einigen Kleidungsstücken stapelten sich Bündel von 100- und 50-Euro-Scheinen. Das Geld ließ ihn kalt, ein kalter Schauer nach dem anderen jagte durch seinen Körper. Er stand unter Beobachtung – und hatte den Eindruck, dass er die Sache nicht mehr im Griff hatte.

## 54

Im Kognito Inn saßen Kurt Junkers und Gerald Mannteufel an einem Ecktisch und redeten über dies und das, erzählten von Menschen aus grauer Vergangenheit, von denen man etwas Neues wusste und tranken in gemäßigtem Tempo Bier. Als Lutz Kretschmer gegen 21 Uhr mit Henny Böhm hereinkam und sofort den Raucherraum ansteuerte, zuckte Mannteufel zusammen. Er wollte hier eigentlich nicht von einem Komplizen und schon gar nicht mit einem Komplizen gesehen werden. Andererseits: Es ließ sich ja nicht vermeiden, dass man sich in einer Stadt wie Kassel mal über den Weg lief. Aber Kretschmer setzte sich mit dem Rücken in Richtung Mannteufel, so dass der sehr gut beobachten konnte, wie der Mann von VW sich verhielt. Mannteufel hörte zwar weiter seinem alten Freund Junkers zu, hatte aber gleichzeitig Kretschmer im Blick. Und der redete wie ein Wasserfall, trank unentwegt Bier und Korn, und nach einer guten Stunde schien er zu weinen, versenkte seinen Kopf auf die Arme auf dem Tisch. Die Frau, die ihn begleitete, streichelte ihm sanft über die Haare. Er sah, wie Kretschmer zu seinem Portemonnaie griff und ein Bild herausholte. Wahrscheinlich das seiner Tochter. Mannteufel war sich nicht sicher, was der Mann da eben alles erzählt hatte. Doch wenn er von den Taten berichtet hätte, dann wäre die Frau nicht so ruhig geblieben. Aber eines war klar – Kretschmer musste weg. So oder so. Aus Gründen der Sicherheit und natürlich weil er ihm grundsätzlich im Weg stand. Er würde den Friesen morgen schon überzeugen. »Sag mal«, unterbrach er Junkers, »ich bin todmüde. Heute zahle ich aber mal, okay?« »Du spinnst wohl? Wer in meiner Kneipe zahlt, das bestimme ich. Moni!« Die blonde Bedienung schaute vom Tresen zu ihm rüber. »Noch eine Runde bitte. Und das Spezialgetränk!« Oh nein, dachte Mannteufel, nun auch noch dieser Absacker. Niemand hätte in dieser Kneipe einen 12 Jahre alten Havanna Club erwartet – aber Junkers hatte immer eine Flasche da. Eigentlich mochte der Lehrer keinen Rum – aber dieses

Zeug schmeckte nicht wie irgendein Rum, den man sonst in Deutschland kannte und eventuell zum Grog brauchte. Ein sanfter, voller Geschmack – allerdings auch mit ordentlich Zündung. Als Moni mit dem Tablett anrückte, sah er die Portion. Er würde ein Taxi brauchen.

## 55

Valentin Willimowski wachte morgens mit einem komischen Gefühl auf. Das erwies sich als berechtigt, denn Anke Dankelmann lag nicht da, wo sie abends noch gelegen hatte. Aus der Wohnung hörte er klappernde Geräusche, runzelte die Stirn und stand auf. In seinem Arbeitszimmer saß die Kommissarin, nur mit T-Shirt und Slip bekleidet, ein Bein unter das andere geschlagen am PC und hämmerte in die Tasten, was das Zeug hielt. »He, was machst du denn da? Wie spät ist es eigentlich?« »Die Sache mit dem Hildebrandslied lässt mich einfach nicht los. Wieso haben wir da nichts? Gut, von anderen Schriften haben wir auch nichts – aber so was hätte doch nachgefragt werden müssen, oder? Es ist 9 Uhr, Zeit zum Brötchenholen, Herr Staatsanwalt.« »Wieso ich?« »Weil du mir gestern beim Dessert drei Knöpfe von der Bluse gerissen hast. Das war ja dann im Übrigen auch das einzige, was du noch gerissen hast.« Sie grinste ihn an.« Du warst aber auch nicht mehr fit.« Seine Entgegnung war ohne jeden Nachdruck. »Bei Frauen fällt das aber nicht so auf, mein Lieber. Und nun ab in die Bäckerei.« Willimowski trottete von dannen, und Anke Dankelmann wühlte sich weiter durchs Internet.
Am Frühstückstisch hatte sie einen ganzen Packen Ausdrucke neben der Kaffeetasse und erzählte dem etwas verschlafenen Willimowski von ihren Recherche-Ergebnissen. »Ich habe mich einfach mal gefragt, was möglicherweise für Motive in Frage kommen. Das Hildebrandslied ist so einzigartig wie kaum ein anderes Stück in einer Sammlung in Deutschland, das Ding ist so was wie die, na ja, eben wie die Mona Lisa, nur anders.« Sie hatte mit einer

Bemerkung des Staatsanwalts gerechnet, aber der tunkte gerade sein Croissant in den Kaffee. »Da kann natürlich ein Interesse dahinter stecken, das Ding zu verscherbeln. Aber gibt es andere Motive? Wusstest du übrigens, das das Hildebrandslied schon mal geklaut worden ist?«
Willimowski schaute überrascht auf. »Nein. Wann denn, von wem denn – und wieso ist es dann wieder da, oder besser: War es wieder da?« Anke Dankelmann blätterte in ihren Ausdrucken. »1945 war das, gleich nach Kriegsende. Ein amerikanischer Soldat hat es mitgehen lassen, sein Name war, Moment: Brian Baldwin, kam aus Philadelphia. Ist aber in den ganzen Wirren erst niemandem aufgefallen. Der hat dann später versucht, das Ding in den Staaten zu verkaufen – und ist da tatsächlich an jemanden geraten, der ihn verpfiffen hat. Zehntausend Dollar wollte er damals haben. Und heute ist das Ding mindestens 25 Millionen Euro wert, nicht zu fassen, wirklich. Also gut, zurück zur Story. Der Mann ist dann aufgeflogen, musste das Lied wieder herausrücken und ist straffrei geblieben. Kann ich nachvollziehen, bei all dem, was nach Ende des Krieges alles so als Beute mit über den großen Teich ist – da hätten die ja im Zweifel die halbe US-Armee verknacken müssen.«
»Tja, damals gab es trotzdem noch ehrliche Menschen.« Anke Dankelmann schaute ihren Staatsanwalt mit gerunzelter Stirn an. »Wirst du jetzt langsam komisch, mein Herr? Natürlich gibt es auch heute noch ehrliche Menschen. Wir haben halt berufsbedingt nur selten mit ihnen zu tun. Ich glaube, du solltest dich noch mal hinlegen. Und wenn ich es mir recht überlege: Ich mich auch.«
»Aber erst rufe ich Valentin an«, versuchte es der Staatsanwalt mit einem Einwand. Willimowski seufzte. Seine nordhessische Kommissarin war schon wie der Blitz um die Ecke ins Schlafgemach gesprintet. Valentin würde warten müssen.

## 56

Der Friese erwachte mit einem schauderhaften Gedanken. Er hatte eben geträumt – und dabei etwas sehr Realistisches vor Augen gehabt. Was würde passieren, wenn, durch welchen Zufall auch immer, er in die Hände der Polizei geriete? Man würde seine Wohnung durchsuchen, natürlich würde man auch sein Schließfach bei der Sparkasse überprüfen. Und man würde das Hildebrandslied finden. Und das war eben sein Traum gewesen:
Er saß in einem Raum, wurde verhört und plötzlich kam ein Polizist mit einem diabolischen Grinsen in den Raum und hielt ihm die Pappdeckel mit dem Lied unter die Nase. Ein Albtraum, alle Mühe wäre vergebens. Er musste die beiden Blätter irgendwo anders unterbringen, wo sie auch im Fall eines Misslingens der gesamten Operation sicher waren. Ihm wurde zusehends deutlich, dass er doch nicht der Profi war, den er gern in dieser Sache gegeben hätte. Die gesamten Planungen des Coups, alles war nur möglich gewesen mit Hilfe der Organisation aus Russland. Die hätten das Ganze natürlich auch selbst durchziehen können, wollten aber auf der sicheren Seite bleiben. Eigentlich war es für seine Geschäftspartner ein toller Deal: Sie erhielten die Ware, liefen nicht Gefahr, in deutschen Gefängnissen zu enden und bekamen die Schriftstücke wegen der Beratung auch noch zu einem Schnäppchenpreis. Dem Friesen war aber klar, dass mit der Übergabe am Montag auch die Hilfe aus Moskau dahin war. Mit den Folgen des Ganzen mussten sie selbst fertig werden. Die einzige Chance, die ihm bliebe, war die Sache mit Mannteufel zu besprechen. Er hatte zwar eigentlich zu nichts und niemandem so richtig Vertrauen, im Augenblick fühlte er sich aber allein und überfordert. Und er wollte heute noch das Geld loswerden. Er blickte zur Uhr, es war schon 11 Uhr am Sonntag, er hatte bemerkenswert lange geschlafen. Na ja, da holt sich der Körper vielleicht, was er braucht, dachte er sich. 11 Uhr war jedenfalls eine zivile Zeit. Er griff zu seinem Handy.

## 57

Anke Dankelmann lag im Arm von Valentin Willimowski. Er spürte, dass sie von ihren Gedanken, die sich mit dem Hildebrandslied und vor allem mit den fünf Opfern beschäftigten, nicht los kam. Sie war einfach durch und durch Polizistin mit einem Jagdtrieb wie ein Tiger. »Na los, erzähl schon, was treibt dich um?« fragte er und strich ihr eine Haarsträhne aus ihrem Gesicht. »Mich treibt um, weshalb jemand so skrupellos sein kann und fünf Menschen umbringt, nur um diese paar Handschriften zu kriegen und hinterher möglicherweise viel Geld auf einem Konto zu haben, an das man ja dann nur schwer rankommt. Ich meine: Man kann ja nicht plötzlich reich sein, das fällt ja auf. Unser Polizeipsychologe sagt, dass es entweder brutale Profi-Killer waren, die alles, was im Weg war, einfach abgeräumt haben. Oder aber es waren stinknormale Gangster, denen der Gold- oder besser Geldrausch die Sinne vernebelt hat und die zumindest im Augenblick der Morde einfach cool waren. Dann aber, sagt er, könnte die Wahrscheinlichkeit groß sein, dass bei denjenigen, die psychisch instabil sind oder besser: bei denen noch normale menschliche Gefühle existieren, na ja, dass da der Katzenjammer kommt, die eventuell zusammenbrechen, sich stellen oder was auch immer. Wenn das der Fall ist, dann haben wir eine Chance.« »Stimmt. Aber wir wissen ja noch nicht einmal, ob die Täter noch in Kassel sind oder nicht. Und da die Brutalität der Taten ja tatsächlich irgendwie an Russen-Mafia erinnert, muss ich auf jeden Fall Vitali anrufen. Und das mache ich jetzt mal, dich lässt das ja sowieso nicht los.«
Willimowski sprang aus dem Bett, bevor seine Kommissarin eine neuerliche Verhaftung vornehmen konnte. Anke Dankelmann wusste, dass er Recht hatte. Dieser Fall trieb sie von Tag zu Tag mehr um. Ihr taten diese vier Menschen, die wegen ein paar Handschriften auf so grausige Art und Weise sterben mussten, unendlich leid. Hoffentlich hatte man wenigstens den Sohn der Lebers jetzt erreicht, dachte sie. Sie ging ins Bad und duschte, das Wasser

und die Lotion erzeugten einen Moment wohligsten Gefühls, und sie vergaß für einige Augenblicke das Hildebrandslied, den Willehalm, die Elisabeth und wie sie alle hießen.
Als sie im Bad fertig war, ging sie ins Wohnzimmer. Willimowski hielt den Hörer in der Hand, er hatte tatsächlich noch ein Telefon aus den siebziger Jahren mit Wählscheibe, in einem scheußlichen Beigeton, ihre Eltern, erinnerte sie sich, hatten das gleiche Modell – aber in einem mindestens genauso abtörnenden Grün. Dennoch beneidete sie ihn um dieses Telefon. Kein Anrufbeantworter, keine Speichertasten – man musste Nummern noch auswendig können, ein Telefonbuch und ein persönliches Notizbuch haben. Was waren das für herrliche Zeiten gewesen. Willimowski formte mit dem Mund lautlos das Wort »Vitali«, sie antwortete mit einem Handkuss als Zeichen, dass er Grüße ausrichten solle. Willimowski hörte lange zu und verabschiedete sich dann. Ohne einen Gruß auszurichten. Das trieb sie bei diesem Mann zum Wahnsinn – er richtete nie Grüße aus, gleich, um wen es ging. »Gut, dass du ihn gegrüßt hast«, sagte sie mit beißendem Unterton. »Oh Mann, vergessen, war keine Absicht, ehrlich. War ziemlich beeindruckt von dem Gespräch.« »Nanu? Präsentiert er uns die Täter auf dem Tablett?« »Nein. Er hat sich erst einmal sehr gefreut, dass ich angerufen habe, wir hatten schon seit ein paar Tagen nichts voneinander gehört. Und dann, er war offenbar allein zuhause, hat er mir ein bisschen von sich erzählt, hatte bei den letzten Malen immer schon den Eindruck, dass ihn irgendwas belastet. Das darf ich dir jetzt nicht im Detail erzählen, es reicht, wenn ich hier mit dem was ich weiß und nicht wissen dürfte bei meinem Job eigentlich einen Galoppritt auf der Rasierklinge unternehme.«
Anke Dankelmann nickte. Sie kannte den Deal zwischen ihrem Freund und seinem russischen Kumpel. »Nur so viel: Er steht mit seinem Laden in Göttingen mächtig unter Druck. Die Konkurrenz will ihn raus haben, irgendwelche Albaner sind dabei, Göttingen einzunehmen. Erst haben sie ihm beinahe täglich irgendwelche anonymen Anzeigen verpasst mit der Folge, dass ständig Polizei im

Haus war. Mies fürs Geschäft. Die Phase ist jetzt vorbei, und nun fürchtet er wohl körperliche Folgen – und er hat Angst um seine Familie. Einen Krieg will er nicht, er hat beschlossen, den Laden nicht zu verkaufen, sondern zu schließen und dann die Immobilie zu verscherbeln. Ist ja nicht sein einziges Geschäft.« Das wusste Anke Dankelmann nicht, fragte aber vorsichtshalber nicht nach. Als Willimowski das restliche Gespräch mit Vitali Schewtsow zusammengefasst hatte, keimte ein wenig Hoffnung auf. Er habe da irgendwas gehört, hatte er Willimowski gesagt, müsse sich aber kundig machen und wisse natürlich noch nicht, was er preisgeben könne. Das müsse auch bis Montagabend warten, ob Willimowski und Anke nicht auf einen kurzen Besuch im Haus seiner Eltern vorbeikommen könnten? Anke Dankelmann schüttelte sich. Das hieß wieder einmal: Wodka trinken mit Schewtsows. Aber bisher hatte sich der Einsatz immer gelohnt. Schewtsow wusste stets mehr als die Polizei. Und auch mehr, als diese eigentlich erlauben konnte.

Sie hatte am Sonntag zwar frei, rief aber trotzdem bei Plassek an, um zu erfahren, ob es neue Nachrichten gab. Man hatte den Sohn der Lebers erreicht, er wollte versuchen, bis spätestens Dienstag in Kassel zu sein. Noch war er irgendwo in der australischen Wildnis unterwegs, musste versuchen, von dort einen Flug zu organisieren, und musste ja auch irgendwie zum Flughafen kommen. »Wie hat er es denn aufgenommen?« fragte Anke Dankelmann. »Der Junge ist am Telefon fast zusammengebrochen. Einzelkind, ganz dicker Bezug zu den Eltern, für den bricht eine Welt zusammen.« »Sonst nichts?« »Ach so, doch. Der Zeuge, der uns die Wagen der Stadtwerke gemeldet hat, hat sich ebenfalls gemeldet. Er ist in Österreich beim Skifahren und kommt morgen zurück.« Anke Dankelmann saß plötzlich kerzengerade auf dem Sofa. »Richard, um das gleich festzuhalten: der gehört mir, okay?« »Ist ja schon gut Anke, hab ich mir schon gedacht. Ohne deine Recherche wäre das ja gar kein Zeuge geworden, er ist um 16 Uhr im Präsidium.« Nach dem Gespräch schaute sie aus dem Fenster. Aus irgendwelchen Grün-

den hatte die Sonne beschlossen, nach Tagen der Nichtexistenz doch mal durch die Wolken zu schauen und die Bevölkerung im Kasseler Kessel zu blenden. Jetzt würde ich gern Minigolf spielen, dachte die Kommissarin und stand auf, um den Mann, der da gerade duschte, von ihrer Idee zu überzeugen.
Wenige hundert Meter weiter unterhalb in der Baunsbergstraße war ein Minigolfplatz. Betrieben von rüstigen Rentnern, die jeden Sonnenschein ausnutzten, um den Platz aufzumachen. Da gab es auch eine gute Kochwurst. Und auf die hatte die Polizistin jetzt ebenfalls Lust.

## 58

Gerald Mannteufel war vom Inhalt dessen, was ihm der Friese am Telefon sagte, ziemlich überrascht. Der Mann suchte seinen Rat – er wollte mit ihm ein sicheres Versteck fürs Hildebrandslied finden. Na, dem Kerl konnte geholfen werden, dachte der Lehrer. Er war von seiner Wohnung in Oberzwehren, als die Sonne herauskam, losgelaufen und genoss jetzt die immer noch warmen Strahlen bei einer Wanderung durch die Dönche. Die Dönche – ein riesiges Naturschutzgebiet mitten in der Stadt – war ein Segen für Kassel. Besucher bekommen davon meist nichts mit, die konzentrierten sich auf Schloss, Bergpark, Löwenburg und Herkules. Aber dies war Natur belassenes Gelände, Radfahrer wurden hier von den Spaziergängern und Wanderern förmlich hingerichtet und mieden das Gelände peinlichst. Hunde waren auch verboten,
Mannteufel genoss den Wind, der über die Hügel fegte. Man hatte auf halber Höhe den Blick auf den Herkules und konnte gleichzeitig runter in den südlichen Teil der Stadt schauen. Der wegen seiner vielen Hochhäuser im Stadtteil Brückenhof wenig Romantisches hatte – und doch, man konnte weiter in Richtung Süden schauen: Das VW-Werk, der Baunsberg – er liebte diese Stadt für ihre so versteckten schönen Seiten. Und er liebte sie auch aus Mitleid dafür, dass diejenigen, die in dieser Stadt das Sagen hatten, es

nie schafften, aus ihr etwas zu machen. So blieb Kassel ein Rohdiamant, ungeschliffen, dennoch wertvollst. Die Kasseler hatten längst gelernt, damit zu leben. Mit der Schönheit ihrer Heimat und dem Kleingeist der Mächtigen. In der Gaststätte »Zur schönen Aussicht«, etwa auf halber Höhe des Naturschutzgebietes an der Heinrich-Schütz-Allee, kehrte er ein. Er schaute auf die Uhr. Die Zeit reichte gleich noch für ein Nickerchen daheim. Er ging jetzt davon aus, dass die Lösung für seine Probleme greifbar nahe war. Ein guter Sonntag. Totensonntag zwar, dennoch prima. Zumindest für ihn.

## 59

Willimowski hatte sich zunächst geweigert. Minigolf … Wie kam man nur auf so einen Gedanken? »Bist du schwanger? Hast du Gelüste? Ist dir schlecht?« »Nö, schlecht ist mir nicht, hab aber auch Lust auf eine Kochwurst. Und schwanger? Wer weiß …« Sie sah Willimowskis entsetztes Gesicht und lachte. »Eher nicht«, setzte sie hinzu. »Wie beruhigend«, atmete Willimowski auf. »Valentin, ich will jetzt wirklich nicht darüber reden, aber ich werde im nächsten Jahr 39 Jahre alt. Ich hatte das Thema Kind längst abgehakt für mich – bis ich dich kennengelernt habe. Wenn wir es ernst meinen miteinander, müssen wir zumindest irgendwann mal drüber reden, klar? Mit offenem Ausgang und es geht mir dabei nicht darum, dich davon zu überzeugen, dass wir beide ein Kind miteinander haben sollten. Ich will mit Blick auf die tickende biologische Uhr einfach mal das Thema für mich grundsätzlich angehen. Und wenn wir entscheiden, es gibt kein Kind, dann ist das auch okay. Aber zum Thema machen müssen wir es mal, versprochen?« Er nickte, sie nahm ihn in den Arm, küsste ihn auf die Stirn und drängte ihn Richtung Ausgang. Diese Frau, dachte er, war eigentlich nichts anderes als eine lebende und wandelnde Überraschungstüte. Eben noch in Gedanken bei Mordopfern, dann der Minigolf-Plan, ein kurzer gedanklicher

Abstecher zum Kinderkriegen, wenn sie in Fahrt kam, war sie für einen beinahe zu viel.
Minigolf an der Baunsbergstraße also – Willimowski trottete neben seiner Kommissarin den Berg hinunter und antizipierte das, was ihn seiner Ansicht nach gleich erwartete. Er und Anke inmitten von hundert Jugendlichen, Eltern mit kleinen Kindern, gelangweilten Vätern, gestressten Müttern, schreienden Bälgern, die ihre große Schwester nicht gewinnen ließen, heulender Nachwuchs, weil Papi kein Eis mehr spendieren wollte, Kleinstkinder, die mitten im Parcours mal mussten, verlierende Erstklässler, die plötzlich den Ball vor Wut auf die Straße warfen, Großeltern, denen es eine irrsinnige Freude bereitete, den Kleinen zum Leidwesen der Eltern das gezielte Betrügen beim Aufschreiben beizubringen, coole Jugendliche, die mit wummernder Musik aus ihren Ohrstöpseln den Schläger schwangen und das ganze Stadtviertel mit dem beglückten, was sie als Musik empfanden. Vermutlich wurde auch noch ein Hund von einem Ball getroffen und jaulte jämmerlich, übertroffen nur vom Gejammer seines Herrchens. Minigolf an Sonntagnachmittag konnte Anarchie sein, ahnte Willimowski. Er freute sich auf den Abend danach. Sie bogen um die Ecke – und sahen einen proppevollen Platz mit Jugendlichen, Kleinkindern, Eltern, Großeltern – und ein Hund war auch dabei. Das Drehbuch stand ja fest, dachte der Staatsanwaltschaft, das Theater konnte beginnen.

## 60

Wieder so ein Novemberabend im Bergpark. Wieder einmal die Plutogrotte. Diesmal war niemand mehr in der weitläufigen Parklandschaft unterwegs. Ein ungemütliches Fleckchen Erde um diese Zeit, ungemütlich und tatsächlich auch unheimlich. Diesmal gab es keinen Nebel, der die drei dunkelgekleideten Gestalten verhüllte. Der Wind, dachte Mannteufel, erzeugt im Winter andere Geräusche als im Sommer. War ihm bisher noch nicht aufgefallen, doch die heftigen Böen ließen den Wald nicht rauschen, es war ein harter Ton, beinahe bedrohlich. Na klar, dachte er, die Laubbäume tragen keine Blätter mehr, deshalb kein Rauschen, eher gelegentlich ein Pfeifen. Er war als erster angekommen, dann Kretschmer, dann der Friese, unterm Arm eine Tasche. Wie sie gekommen waren, ob zu Fuß oder mit dem Rad – es interessierte nicht. Der Friese teilte ihnen kurz und bündig mit, wie es um den Deal mit den Russen stand. Sie wussten alle, dass es einen Ansprechpartner in Moskau gab – die Details kannte nur der Chef. Der Friese öffnete die Tasche, holte drei Plastiktüten heraus, die mit Geldscheinen, eingewickelt in Zeitungspapier, gefüllt waren. »Morgen kommt der Rest, ich wollte ja eigentlich keinen Anteil, aber ich habe einige Auslagen, ist allerdings nur ein geringer Betrag.« Er hielt die Tüte hoch, die wesentlich weniger gefüllt war als die anderen. »Bleibt es denn bei vier Millionen insgesamt?« fragte Kretschmer. Der Friese nickte, »Ihr könnt jeder 1,9 Millionen haben, den Rest brauche ich, einverstanden?« Die beiden anderen sahen sich an – und hatten keine Einwände. Kretschmer dachte, dass dies genug sei, um seiner Tochter eine vernünftige Ausbildung und einen gesicherten Start ins Leben zu ermöglichen. Ihm war es recht. Sie verabredeten sich für den nächsten Abend, wieder an dieser Stelle und gingen auseinander. 20 Minuten später trafen sich der Friese und Mannteufel an der Löwenburg, der Lehrer hatte sich im Dunkeln beinahe verlaufen.

Er hörte sich noch einmal die Bedenken seines Komplizen hinsichtlich des Verstecks für das Hildebrandslied an und sagte dann: »Wir müssen es ins Ausland schaffen.« Der Friese zuckte zusammen. »Warum das denn?« »Willst du es etwa im Keller verstecken, oder bei Verwandten oder was weiß ich wo? Im Ausland gibt es sicher Adressen, wo man solche Dokumente auch so verwahren kann, dass die Blätter nicht kaputtgehen. Außerdem hast du jetzt genug Kohle, du kannst dir einen neuen Pass besorgen und dann im Ausland irgendwo ein Dokumenten-Depot oder so einrichten. Ich mache mich morgen mal ein wenig schlau, ich habe einen guten

Bekannten in den USA, der arbeitet in diesem Bereich, vielleicht ist das die richtige Adresse.« Dem Friesen war wieder einmal mulmig zumute, er nickte vorerst. »Okay, mach das, ich kümmere mich aber auch mal um Alternativen, halte dich auf dem Laufenden.« »Und was ist mit Kretschmer?« »Was gibt es denn Neues?« Mannteufel berichtete vom Abend im Kognito Inn, außerdem war der Mann heute Abend besonders einsilbig gewesen, das war ihnen beiden aufgefallen. Der Hüne überlegte. »Okay, morgen Abend. Hoffentlich hält er so lange durch.« Sie legten die Hände in der Mitte zwischen ihnen zusammen und gingen dann auseinander. Mannteufel jubilierte innerlich, alles lief nach seinem Plan. Der Friese blieb noch eine Weile im Bergpark. Er hatte sein Messer am Gürtel, wie vor wenigen Tagen beim letzten Treffen vor den Morden. Innerlich hoffte er sogar, dass ihn jetzt jemand belästigte – er würde ihn abstechen. Doch es kam niemand und sein wirrer Geist ließ ihn zornig werden, dann wurde er wieder ängstlich und kleinlaut, weil er Angst vor der nächsten Begegnung mit den Russen hatte. Und siedendheiß fiel ihm ein: Genau die hatte er in der letzten Stunde im Park vergessen. Kaum anzunehmen, dass sie ihn nicht auch jetzt beschattet hatten. Er hatte niemanden gesehen und niemanden gehört – ihn fröstelte. Er überlegte, ob er auf einen Baum klettern und warten sollte, bis seine Verfolger kamen. Dann würde er sich auf ihn stürzen, wie es damals die Germanen getan hatten in der Varusschlacht.

Für einen Moment setzte sein normales Denken ein und sagte ihm: Damals hatten die Römer aber auch keine Nachtsichtgeräte. Er ließ den Plan fallen und marschierte Richtung Wilhelmshöher Allee. Auf dem Heimweg kam er am Kognito Inn vorbei und linste durch eine Scheibe. Kretschmer saß wieder da, diesmal allein und ließ den Kopf hängen. Sie konnten ihn nicht mehr brauchen, dachte er – und dieser Entschluss machte ihn wieder stark. In den wenigen richtig klaren Momenten erkannte er selbst, dass er ein Getriebener seines kranken Hirns war: Die wirren Gedankensprünge erzeugten Schweißausbrüche, um zum zumindest den, wie

er es nannte, romantischen Teil dieser Hirngespinste zu stabilisieren, trank er Mengen von Alkohol. Wenn er dann abtauchte in die Welt seiner Ahnen, war er wie ein Kind im Schultheater, dann war es ein Rollenspiel – und je näher die Realität heranzurücken drohte, umso mehr trank er. Und dennoch gab es Augenblicke, Ereignisse, denen musste er sich stellen.
Das Treffen mit dem Russen morgen etwa. Er durfte heute nichts trinken, zumindest nicht viel, oder nicht zu viel. Er war sicher, diese Grenzen unterscheiden zu können. Zuhause holte er sich ein Buch mit Abbildungen vom Hildebrandslied, trank einen großen Becher deutschen Weins und wurde ruhig. Er war daheim. In seiner Welt, mit sich im Frieden und erkannte die Grenzen nicht mehr.

## 61

Sein Schatten hatte ihn auch durch den Bergpark begleitet. Er hatte über das Mini-Mikro am Jackenkragen leise seine Beobachtungen weitergegeben. Als die drei den Bergpark verließen, hatte jeder einen Schatten. Nur: Mannteufel und Kretschmer wussten es nicht – und der Friese, das hatten seine Beschatter längst erkannt, war für die Profis eine Witzfigur. Dennoch entschied der Boss: Man wollte das Geschäft komplett abwickeln. Sie würden hier keine Spuren hinterlassen in Form von exekutierten Geschäftspartnern. Sollten die drei auffliegen – es würde keine Ansatzpunkte geben, die auch nur den kleinsten Hinweis darauf geben könnten, wo die Handschriften sich befanden beziehungsweise wer als Geschäftspartner gedient hatte.
Der Russe, mit dem sich der Friese getroffen hatte, trug normalerweise kein graues Haar – er hatte schütteres, schwarzes Haar und dies absolut kurz geschnitten. Eine getönte Brille trug er auch nicht – der Friese würde ihn, wenn es darauf ankam, so beschreiben, dass man ihn nie finden würde. Und wenn er erst einmal wieder in Moskau war und von dort weiter reiste ... Nein, einen Mord konnten, durften und wollten sie sich hier nicht leisten. Sie würden

geräuschlos agieren und spurlos verschwinden. Der große Mann, den er Wille nannte, würde morgen das Lautenbuch der Elisabeth bringen, das restliche Geld in Empfang nehmen, und sein Team würde verschwinden.
Die Jungs würden in Deutschland bleiben und auf ihren nächsten Einsatz warten, irgendwo, er kannte keine Aufenthaltsorte. Und er war abends wieder in Moskau. Er hatte den Willehalm überprüft, das Teil war echt. Kaum anzunehmen, dass er beim nächsten Stück übers Ohr gehauen würde.
Er schenkte sich noch ein halbes Glas von diesem erlesenen Wodka ein und stellte den Fernseher an. Auf Eurosport kam ein Boxkampf, genau das Richtige für ihn. Ideale und entspannende Fernsehunterhaltung für jemanden, der sein Hirn nicht mehr unnötig belasten wollte, an diesem Abend. Man brauchte nicht lange, um in die Handlung reinzukommen, musste sich nicht irgendwelche mehr oder weniger intelligenten Dialoge anhören – und es gab immer einen Sieger.

## 62

Anke Dankelmann saß am Abend vor dem Fernseher und ärgerte sich wieder einmal. Sie hatte sich so oft vorgenommen, keine Tatort-Krimis mehr zu gucken. Diesmal hatte sie eine Ausnahme gemacht. Ulrike Folkerts gab die Kommissarin Lena Odenthal – beide konnte sie nicht leiden, und sie hatte eigentlich gedacht, es würde ihr gut tun, alle ihre Vorurteile bestätigt zu bekommen, mittendrin die Glotze auszuschalten und früh ins Bett zu gehen.
Pustekuchen. Die Folkerts mit ihrer Beton-Mimik konnte sie immer noch nicht leiden, die Kommissarin, die selbige verkörperte, war eine leblose weibliche Schrankwand, der schmierige Typ an ihrer Seite war so lebensecht wie eine Ölsardine aus der Büchse.
Die beiden störten aber kaum, weil die Handlung einfach prima war. Ausnahmsweise. Also blieb sie bei der ARD hängen, wenn die Folkerts den Mund aufmachte, konnte man ja den Ton abdrehen.

Sie probierte das aus und stellte fest, dass deren Wortbeiträge zur Handlung nichts beitrugen. Die Geschichte lief völlig ungestört weiter, zum Glück.
Nach dem Krimi ging sie ins Bett und schlief sofort ein. Am Morgen summte der Wecker um 6 Uhr, und sie startete in die Woche. Die Morgenlage war um 9 Uhr, um 16 Uhr kam der Zeuge. Und sie hoffte inständig auf ein paar Resultate der Nachforschungen Vitalis. Im Treppenhaus klaute sie kurz die Zeitung aus dem Briefkasten eines Nachbarn und blätterte den Lokalteil durch. Kein Beitrag zu ihren Mordfällen, am Wochenende hatte es wohl keine Pressemitteilung von Pivi Vogel gegeben, gut so. Sie steckte die Zeitung zurück und ging nach draußen. Der Kirchweg war, wie das gesamte Quartier, ziemlich belebt am frühen Morgen. Der Himmel war grau und zum ersten Mal ging ihr durch den Sinn, dass sie möglicherweise mal gern mit Valentin Willimowski in Urlaub gefahren wäre.
Sie war seit Jahren nicht mehr weg gewesen, immer nur daheim geblieben, weil sie keine Lust hatte, irgendwelche Single-Urlaube zu buchen, die bei den männlichen Teilnehmern so etwas waren wie Sonnenbaden, Saufen und Schussgarantie. Sie würde gerne mal nach Griechenland fliegen – knackiges Essen, kalte Getränke, schmusige Buchten, sie stellte sich einen romantischen Urlaub vor. Was im Umkehrschluss hieß, dass ihr der Staatsanwalt tatsächlich eine Menge bedeutete. Der letzte Mann, mit dem sie gemeinsam Ferien gemacht hatte, hatte sich in Kassel als toller Hecht und im Urlaub als Schlaftablette mit Dauerfahne erwiesen.
»All inclusive« hatten sie gebucht – nur war eines offensichtlich exklusive gewesen ... Immer, wenn sie etwas unternehmen wollte, hatte der Typ an der Bar gehangen und mit neuen Kumpels einen draufgemacht. Sie war dann zur Strafe am vorletzten Urlaubstag mit einem jüngeren Holländer ins Bett gegangen und hatte sich absichtlich von ihrem Mitreisenden erwischen lassen. Der hatte das aber kaum gepeilt, hatte sich auf dem Klo übergeben und war dort eingeschlafen. Eine grauenvolle Geschichte, wie sie rückblickend

erkannte, sie schüttelte sich kurz die Erinnerung aus den Gedanken und stieg in die Straßenbahn. Aber der Holländer, sie musste bei dem Gedanken lächeln, war ein knackiger Bursche gewesen.

## 63

Gerald Mannteufel hatte die ersten drei Stunden Unterricht und danach frei. Er wollte die Zeit nach der Schule nutzen, um dem Friesen ein wenig nachzuspionieren. Der war bestimmt wieder besoffen ins Bett gefallen und würde nicht früh aufstehen. Das Problem Kretschmer würden sie noch gemeinsam lösen – und dann musste er den Friesen beiseiteschaffen, irgendwie. Entweder gewaltsam – oder aber, sobald er das Hildebrandslied in den Händen hielt, musste er den Mann ans Messer liefern. Was für ihn gefährlicher werden konnte, deshalb feilte er in Gedanken ausgiebig an Plan A.

Er hatte am Abend noch eine E-Mail an Edwin geschickt, sie mussten jetzt die Aufbewahrung des Hildebrandslieds präzise planen. Sein Bruder würde sich melden, sobald er in den USA die Dinge geklärt haben würde. Eigentlich konnte es losgehen, irgendwie. Nach dem Unterricht packte er seine Tasche ins Auto, fuhr ein Stück von der Kölnischen Straße, an der die Albert-Schweitzer-Schule lag, hinunter in den Vorderen Westen. In der Luisenstraße fand er gegenüber der Kreuzkirche einen Parkplatz, ging durch den Torbogen, am Kirchturm vorbei und landete auf der Wilhelmshöher Allee. Als er langsam in Richtung Querallee schlenderte, fiel ihm auf der anderen Straßenseite hinter dem Busch am Eingang des Eckhauses ein grau gekleideter Mann auf, der eine Zigarette rauchte. Irgend etwas in seinem Innern gab ein Alarmsignal von sich. Hör auf deinen Instinkt, sagte er sich, als sein Kopf ihm suggerieren wollte, er sähe Gespenster.

Er schaute in die Schaufensterauslage eines Geschäftes und verschwand dann um die Ecke, näherte sich der Kreuzung erneut von der anderen Seite. Hier hatte er einen prima Beobachtungsposten, er sah den Mann, der gelegentlich in Richtung des Hauses blickte, in dem der Friese, sein Komplize, wohnte. Was war das? Wer war das? Polizei? Mannteufel merkte, wie ihm das Adrenalin wie Stromstöße durch den Körper jagte. Das Auto mit Hamburger Kennzeichen, das ihm gefolgt war und der Mann, der ihn mit einigem Abstand beobachtete, bemerkte er nicht.

## 64

Der Friese hatte wieder Kopfschmerzen. Er schaute auf die Uhr: Kurz nach 11 Uhr, er musste sich in Richtung Innenstadt aufmachen. Um 13 Uhr hatte er sich mit dem Russen verabredet. Sie hatten als Treffpunkt das Cafe Alex ausgemacht. Um die Zeit voller Menschen aller Altersklassen, so voll, dass hier niemand auf den anderen achtete. Vorher musste er zur Sparkasse und das Lautenbuch der Elisabeth holen. Er überlegte, ob er das Hildebrandslied gleich mitnehmen sollte. Wenn er so oft kam, um an sein Schließfach zu gehen, würde das ja auch auffallen. Und möglicherweise hatte Mannteufel schon heute eine Lösung. Er nickte, fasste den Entschluss, das Diebesgut komplett mitzunehmen, und verließ das Haus. Unterwegs würde er sich ein Brötchen holen. Aber eigentlich hatte er vor allem Durst.

## 65

An ihrem Schreibtisch im Präsidium grübelte Anke Dankelmann über ihren Aufzeichnungen. Manchmal fragte sie sich, was die Ergebnisse der Spurensicherung und der medizinischen Untersuchungen so alles wert waren. Neueste Erkenntnis: der Mann, der dem armen Runge nach dessen Tod durch Erwürgen noch diesen gigantischen Speer durch die Rippen gejagt hatte, war möglicherweise Linkshänder. Wie immer die Kollegen das herausgefunden hatten – sie suchten jetzt einen Mann, der möglicherweise Linkshänder war. Oder eine Frau. Das gute Teufelchen in ihr schalt sie, weil sie so verächtlich mit ihren Kollegen umging, die auch seit Tagen ununterbrochen daran arbeiteten, Mosaikstein für Mosaikstein zusammenzutragen. Das war deren Job – die Steine zusammenlegen mussten die Ermittler.

Ansonsten hatten die Internet-Recherchen auch nicht viel weitergeholfen. Es gab einige Mutmaßungen über den Verbleib der Handschriften – aber eben alle offiziell in Chatrooms, dass dies vermutlich wertlose Spuren waren. Sie hoffte auf ihren Zeugen und wartete sehnsüchtig auf einen Anruf Willimowskis. Der hatte heute Morgen keine Verhandlung und betrieb Aktenstudium in seinem winzigen Büro in der Staatsanwaltschaft. Einmal war sie da gewesen und war höchst erstaunt darüber, dass die Staatsanwaltschaft, eigentlich so etwas wie die unberührbare Kaste im Land, der Staat im Staate, in Büros hauste, die in der EU von der Größe her gegen die Legehennenverordnung verstießen. Sie hatte die Klappe gehalten, weil zwei andere Kollegen Willimowskis dabei waren. Und hatte sich gefreut, dass es Stengel, ihr und den anderen Kollegen im Präsidium zumindest gefühlt besser ging.

Sie bereitete sich auf die Vernehmung am Nachmittag vor und studierte noch einmal den Stadtplan. Der Zeuge hatte, so hatte er es am Telefon dargestellt, aus seiner Wohnung heraus die beiden Fahrzeuge der Städtischen Werke beobachtet. Von dort, das wusste sie, konnte er unmöglich die Halteverbotsschilder gesehen haben, zumal bei diesen Witterungsbedingungen. Es war eine nebelige Nacht gewesen, und sie bezweifelte, dass der Mann überhaupt viele Details gesehen hatte. Sie würde ihn auf Herz und Nieren befragen, Stengel wollte unbedingt dabei sein.

Als sie den Stadtplan erneut studierte, um mögliche Fahrtrouten der Fahrzeuge von den Häusern Lebers und Nordmanns zur Murhardschen zu rekonstruieren, klingelte das Telefon. Es war Willimowski. »Ich hab den Anruf gekriegt«, sagte er. Anke Dankelmann wusste, dass er von seinem Apparat in der Behörde aus niemals den Namen Vitalis nennen würde. »Angeblich ist es so, dass jemand aus Moskau den Einsatz von Beschattungsteams angefordert hat.

Außerdem gibt es wohl Begleitschutz für einen gewissen Anatoli Jewtschenko, der in Frankfurt gelandet ist und dann weiter nach Kassel wollte. Mehr kriegen wir derzeit nicht raus. Ich habe mal Hotels gecheckt, der ist im Hotel Gude abgestiegen. Reist aber heute wieder ab, beziehungsweise: Er ist abgereist. Hat mit Kreditkate bezahlt. Das Zimmer ist bereits aufgeräumt. Willst du trotzdem ein Team hinschicken?« »Ist ein bisschen vage, oder? Gibt es denn eine Beschreibung?« »Genauso vage. Der Mann ist bei uns noch nicht in den Akten aufgetaucht, zumindest nicht unter diesem Namen.« »Und mehr haben wir nicht?« Anke Dankelmann war erstaunt, dass Vitali offensichtlich in diesem Fall so zugeknöpft war oder an die Grenzen seiner Möglichkeiten stieß. »Wir arbeiten noch dran«, nuschelte Willimowski, offensichtlich hatte er gerade Besuch bekommen. Er legte grußlos auf. Auch ungewöhnlich, fand die Kommissarin. Es würde sich aufklären lassen.

Sie nutzte die Zeit, um ihren Schreibtisch, auf dem kreuz und quer unzählige Ausdrucke lagen, aufzuräumen: Sie schaute kurz auf die Unterlagen und warf alles, was wenig bedeutsam war, in den Papierkorb. Ein paar Ausdrucke über das Hildebrandslied hob sie auf. Ganz unten fand sie zwei Blatt Papier, bei denen sie nach kurzem Überfliegen feststellte, dass sie diese noch nicht gelesen hatte.

Sie schaute auf die Uhr und beschloss, die Lektüre mit zum Essen zu nehmen. Sie ging in die Kantine, holte sich ein Croissant und einen Kaffee und hockte sich an einen freien Tisch in der hintersten Ecke. Das war das Signal für die Kollegen: Lasst mich in Ruhe, ich will nicht gestört werden. Wenige Augenblicke später war sie tief versunken in einer Geschichte, die spannend wie ein Krimi war.

## 66

*Brian Baldwin war Sergeant in der US-Armee und gehörte zu den Truppenteilen, die nach dem Kriegsende in Kassel nach und nach die Stadt besetzten und dafür sorgten, dass das Leben langsam irgendwie wieder einen wie auch immer geregelten Lauf nahm. Am 4. April 1945 hatten die deutschen Truppen in Kassel kapituliert. Das Sterben hatte ein Ende, die Fronteinheiten der US-Army zogen weiter nach Osten, in Kassel organisierte man den Nachschub. Baldwin hatte schon viele deutsche Städte gesehen – aber eine, die so zerstört war wie diese, war ihm noch nie begegnet. Er hatte kein Mitleid mit den Menschen. Sie hatten zwar noch kein KZ selbst erlebt – aber die Nachrichten von den unfassbaren Kriegsverbrechen der Deutschen hatten sich natürlich herumgesprochen, seit die Russen Anfang des Jahres Auschwitz befreit hatten. Für ihn waren die Deutschen Nazis, lediglich für die Kinder hatte er ein Herz. Wenn sie durch die Stadt zogen, dann hatten sie immer Schokolade dabei, oft genug reichten die Rationen nicht, um die ausgemergelten kleinen Gestalten, die ihnen dann folgten, ausreichend zu versorgen. Baldwin hatte selbst keine Kinder. Sein Interesse am weiblichen Geschlecht war vorhanden – aber nicht ausgeprägt. Auf dem Weg durch Deutschland hatte er sich bisher nicht daran beteiligt, den jungen deutschen Frauen nachzustellen – doch viele seiner Kameraden hatten das eine oder andere Abenteuer gesucht und gefunden.*

*Es war ein sonniger Tag im April 1945, Sergeant Baldwin marschierte an der Spitze seines Zuges durch die Wilhelmshöher Allee, entlang der Straße hatte die Bevölkerung damit begonnen, den Schutt wegzuräumen. Aber was hieß hier Bevölkerung? Es waren in erster Linie Frauen und alte Männer, die hier Stein für Stein beiseiteräumten. Je näher man dem Stadtzentrum kam, umso zerstörter waren die Gebäude. An manchen waren immer noch Pappschilder oder Kreidetafeln befestigt: »Familie Damm – evakuiert nach Dittershausen« stand auf einem. »Familie Marbert – alle tot« auf einem anderen. Nachrichten für Hinterbliebene, die es irgendwann irgendwie mit welchem Schicksal auch immer wieder nach Kassel spülte. Unendlich viele Menschen waren in diesen Trümmern erstickt, in der Feuersbrunst der Bombennächte verbrannt, von einstürzenden Gebäuden erschlagen worden. Baldwin wusste, dass vor allem Frauen, alte Menschen und Kinder gestorben waren – doch der Krieg gab keine Zeit zum Nachdenken, keinen Spielraum für schlechtes Gewissen. Er hatte selbst lange genug gegen die Deutschen an vorderster Front gekämpft, an seiner Seite waren Freunde gefallen, in einem Krieg, von* dem sie in der Heimat lange geglaubt hatten, er ginge sie gar nichts an. Er betrachtete die Stadt nüchtern als Bestandteil seines Jobs. Sie würden ihn erledigen – nicht mehr in derselben Gefahr wie zu Zeiten ihres Fronteinsatzes. Dann würden sie weiterziehen in die nächste kaputte Stadt. So war es eben.

Klar war aber: es würde Jahre dauern, bis diese Stadt von den Spuren der Zerstörung befreit war. Am Grimm-Platz bogen sie ab, in der unzerstörten Murhardschen Bibliothek waren Experten der US-Armee damit beschäftigt, die Kunstschätze zu sichten, vor allem in den Kellerräumen, in denen man vieles deponiert hatte aus Furcht vor den Bomben- angriffen. Sie lösten einen anderen Zug ab, dessen Schicht beendet war. Die Soldaten bezogen Position, Baldwin ging mit langen Schritten ins Museum. Er meldete sich beim Leiter des Teams und schlenderte dann durch die Räume. Im Keller saß, über einige vergilbte Blätter gebeugt, ein junger Mann, der mit einer Lupe gerade ein fleckiges Stück Papier untersuchte. »He, Soldat, wie sieht es aus? Erstaunlich, dass der Keller all das Bombentheater überstanden hat, oder?« Der junge Mann nickte. »Was sind das für Blätter?« wollte Baldwin wissen. Der Soldat schaute nach oben. »Sergeant, schauen Sie mal hier, das ist echt ein Ding. Die haben unglaublich alte Handschriften. Dies hier ist das so genannte Hildebrandslied, über tausend Jahre alt. Schon mal davon gehört? Neuntes Jahrhundert. Da hat Europa noch nicht mal geahnt, dass es unseren Kontinent gibt. Aber geschrieben haben die schon wie die Teufel.« Baldwin schüttelte den Kopf und beugte sich über das Blatt. »Noch nie davon gehört«, sagte er. »Das kann ich ja gar nicht lesen.« Er betrachtete die einzelnen Buchstaben, die ganz offensichtlich mit einem Federkiel mit höchster Präzision auf das Blatt gemalt worden waren. Die Linien waren unterschiedlich stark, als ob der Schreiber mal mit der Spitze, mal mit einer breiten Seite geschrieben hätte. Das Schriftbild faszinierte ihn. »Ist ja auch eine alte Handschrift«, entgegnete der Bursche und grinste. Dann erzählte er Baldwin die Geschichte. Der Sergeant hörte erst oberflächlich zu, dann nahm ihn die Story, die der junge Wissenschaftler mit vielen Erläuterungen über die germanische Sagenwelt ausschmückte, gefangen. Als sie bei der Geschichte des Pergaments angekommen waren, entstand *in seiner Phantasie ein lebendiges Bild mittelalterlichen Klosterlebens. Oder zumindest das, was ein Amerikaner im Jahr 1945 sich darunter vorstellen konnte. Wie auch immer: Baldwin hatte Feuer gefangen. Allein die Tatsache, dass er hier tausend Jahre Geschichte vor seinen Augen sah, er bekam eine Gänsehaut.*

*»Was machen wir mit all dem Zeug?« wollte er danach wissen. Er hatte in den vergangenen Wochen häufig genug gesehen, dass Kameraden sich irgendwelche durchaus wertvollen Dinge aus Museen als Souvenir unter den Nagel gerissen hatten. Dieses Hildebrandslied hier, das war leicht zu transportieren – und es interessierte ihn. Er stellte sich vor, daheim in den Staaten nach dem Barbecue seinen Kumpels davon zu erzählen und denen dann ein tausend Jahre altes Stück Papier in die Hände zu drücken.*

*»Wissen wir noch nicht«, entgegnete der junge Experte. »Ich denke mal, dass wir das Zeug hier lassen. Ich hab das jetzt aufgelistet, ich lege es dann wieder in den Tresor, und in hundert Jahren entdeckt das vielleicht mal jemand, den es auch interessiert.« Er steckte das Lied in eine Papierhülle, stand auf und ging ein paar Schritte bis zur Tür, neben der ein kleiner Tresor stand. Er legte den Umschlag dort ab, packte zwei weitere drauf und drehte sich zu Baldwin um. »Muss mal pinkeln, so long Sergeant.« Er deutete einen militärischen Gruß an und sah beim Gehen noch, wie Baldwin aufgestanden war und in die andere Richtung zu gehen schien. Als Baldwin wenige Minuten später die Murhardsche verließ, hatte er eine Aktentasche dabei, die er in einem Raum gefunden hatte. Und sein aus zwei alten Blättern bestehendes Souvenir, von dem er aber tunlichst hier niemandem berichten würde. Als sie am Abend in ihrem Quartier im Generalkommando an der Wilhelmshöher Allee ankamen, packte er die Aktentasche weg. Jetzt, dachte er und grinste, musste er nur noch den Krieg überleben und heil nach Hause kommen. Er ging davon aus, dass er für eine Handschrift, die über tausend Jahre alt war, in den Staaten ein Vermögen kassieren konnte. An Kriegsbeute der heimgekehrten Helden war man in der Heimat sicher interessiert. Der Krieg hatte ihm Jahre seines Lebens genommen. Dafür wollte er, das hatte er beschlossen, auch vernünftig bezahlt werden.*

## 67

Anke Dankelmann trank einen Schluck und vertiefte sich in das nächste Blatt. Sie hatte keine Ahnung, ob all diese Informationen irgendeine Bedeutung für sie oder besser für die Lösung des Falles haben konnten. Aber sie interessierte sich einfach dafür. Ein kurzer Blick durch die Kantine, eher beiläufig – niemand von der Mordkommission da, sie würde in Ruhe weiter lesen können. Ihre Gedanken schweiften kurz ab zu Willimowski. Und es wurde ihr ein wenig warm ums Herz.

Sie hätte jetzt gern mit ihm gemeinsam geschmökert und wilde Theorien aufgestellt. Das musste vertagt werden. Sie freute sich auf den Staatsanwalt. Das nächste Blatt war lediglich ein Zeitungsartikel – irgendwo im Internet aufgestöbert, aus einer halb-wissenschaftlichen Zeitschrift. Der Artikel fasste kurz zusammen, was aus dem Hildebrandslied geworden war. Baldwin war aus dem Krieg unversehrt in die Staaten zurückgekehrt. Nicht lange nach seiner Rückkehr hatte er versucht, das Hildebrandslied an den Mann zu bringen. Schlappe 25.000 Dollar hatte er dafür haben wollen – damals sicher eine Stange Geld, aber im Vergleich zum heutigen Schätzwert natürlich wenig. Die US-Behörden waren damals ziemlich streng gewesen, was den Umgang mit so genannter privater Kriegsbeute betraf. Baldwin war aufgeflogen, hatte alles gestanden und musste die Dokumente zurückgeben. Immerhin.

Der Artikel beschäftigte sich weiter mit dem Sergeant. Der schien ein etwas merkwürdiger Bursche gewesen zu sein. Er hatte den Rest seines Lebens damit verbracht, immer wieder Vorträge zu halten über das Hildebrandslied, das Unrecht, das ihm, dem Retter dieses Schatzes, widerfahren sei. Denn für seinen Privatgebrauch hatte er die Story ein wenig umgedichtet: Danach hatte er beim Einmarsch der US-Truppen aus den rauchenden Trümmern des Museums einige Kunstschätze gerettet, die von den Nazis verbrannt werden sollten, damit der Feind sie nicht in die Hände bekam. Darunter dieses Lied, das, so seine Interpretation, so etwas

wie die literarische Geburtsstunde Germaniens gewesen war. Natürlich war das Quatsch, stand da zu lesen, aber wer wollte das in den fünfziger Jahren in den USA nachprüfen. Anke Dankelmann stutzte. Fünfziger Jahre? Wann war Baldwin in die Staaten zurückgekehrt? Sie blätterte in ihren Unterlagen, auf einem Ausdruck war ein Hintergrundkasten zu dem Artikel mit den biografischen Daten Baldwins. 1955 war er in die Staaten zurückgereist. Den kargen Fakten zufolge war er die gesamte Zeit in Rothwesten bei Kassel gewesen und hatte über Jahre eine Beziehung zu einer Deutschen gehabt, die im Artikel mit Martha F. abgekürzt war.
Sie schaute auf das Veröffentlichungsdatum des Artikels – genau ein Jahr war das Ganze alt. Sie beschloss, den Autor anzurufen. Martha F. musste einen vollen Nachnamen haben. Und wenn sie Glück hatte, dann lebte die Dame noch. Dieser Baldwin interessierte die Kommissarin. Sie brachte ihr Tablett zum Sammelplatz und verließ die Kantine. Sie schaute auf die Uhr. Ihr Zeuge würde in wenigen Minuten auftauchen.

## 68

Im Cafe Alex betrachtete der Russe seinen Geschäftspartner mit einer Mischung aus Widerwillen und Interesse. Der Mann war ein Wrack, war bald am Ende. Er hatte in der Heimat häufig solche Gestalten gesehen. Psychische Schrotthaufen, die einen Teil des Getriebes glaubten mit Unmengen Alkohol am Leben erhalten zu können. Und sich eigentlich damit die letzten Gehirnwindungen zerbröselten. Irgendwann kam der Knall, und er war froh, heute mit seiner Ware schnell das Weite suchen zu können.
Der Schatten des Friesen stand vor der Tür und rauchte eine Zigarette. Sie wickelten das Geschäft schnell ab. Unterm Tisch standen zwei Taschen, jeder würde beim Gehen die des anderen nehmen, und alles war gelaufen. Der Russe würde irgendwo die Ware kontrollieren und dann dem Beschatter ein Signal geben, dass die Aktion vorbei war. Heute Abend schon wäre er zurück in

der Heimat. Viele Worte wurden nicht gewechselt. Der Russe winkte die Bedienung herbei und zahlte, der große Mann mit den hängenden Schultern blieb sitzen und bestellte sich einen Cognac. Als der Russe an seinem Komplizen vorbeiging, machte der ihm ein Zeichen. Er sollte sich melden, es gäbe eine Information, bedeutete das Signal. Er zahlte sein Parkticket für die Tiefgarage am Friedrichsplatz, stieg in seinen Leihwagen und steuerte aus der Tiefgarage in Richtung Autobahn. In gut neunzig Minuten würde er auf dem Frankfurter Flughafen sein. Alles lief wie geschmiert. Er rief den Schatten an.
»Was ist los?« fragte er, als der sich gemeldet hatte. »Alexej sagt, dass der Mann, den er beschatten soll, selbst den großen Mann, deinen Kunden, beschattet. Was sollen wir machen?« Der Russe überlegte. Wenn das so war, dann hatte dieser Mann ihn also auch gesehen. »War er eben am Cafe?« »Ja.« »Welcher ist es?« »Der Lehrer.« »Alexej soll dran bleiben. Ich gebe neue Instruktionen.«

## 69

Anke Dankelmann hatte noch ein paar Minuten. Sie schaute sich das an, was man über den Zeugen hatte, der gleich erscheinen würde: Alfred Branner, 66 Jahre, wohnte in der Friedrichstraße, ehemaliger Finanzbeamter, unverheiratet, keine Kinder. War der Polizei unbekannt. Branner war mittlerweile an der Wache am Eingang aufgetaucht und wurde nun von einer Mitarbeiterin abgeholt. Anke Dankelmann schaute aus dem Fenster auf den Bahnhofsvorplatz, der in seiner Hässlichkeit übergangslos in die umstehenden Gebäude mündete.
Sie hatte noch nie einen Fall erlebt, in dem sie selbst derart orientierungslos war. Aber da war sie mit ihren Gedanken nicht allein. Sie hatte Pivi Vogel, den Pressesprecher, vorhin noch kurz auf dem Gang getroffen. Völlig überarbeitet und entnervt von all den Anfragen und Interviewwünschen – die Tage waren für ihn randvoll gefüllt mit Terminen – dabei hatte er nie etwas Neues zu berichten.

Als die Tür aufging und Branner hereinkam, musste sich die Kommissarin kurz neu konzentrieren. Dass Branner ein Skisportler war, das hätte man ihm bei seiner verbauten Figur niemals zugetraut. Er ging leicht gebeugt, nicht dass er einen Buckel gehabt hätte – aber sie dachte unweigerlich an Quasimodo. Nach einer kurzen Begrüßung nahm der Rentner auf dem Besucherstuhl Platz. »Werde ich jetzt verhört?« fragte er und grinste Anke Dankelmann an. Einer dieser Spaßvögel, die Krimi-Szenen nachspielen wollten, dachte sie und atmete kurz durch. Dreimal Tatort geguckt und gleich fit im Polizeijargon. »Dies ist kein Verhör, Herr Branner. Wir wollen ihre Zeugenaussage einfach protokollieren und haben vielleicht noch ein paar Fragen.« »Aha. Wir. Und warum sind Sie dann allein mit mir?« Ruhig bleiben, Anke, ganz ruhig, dachte sie sich. »Mein Kollege Bernd Stengel wird jeden Augenblick da sein. Ich stelle schon einmal das Aufnahmegerät an.« »Muss das sein?« fragte Branner in einem nörgeligen Ton. »Ja!« bellte Anke Dankelmann laut in die Richtung des Gastes. Der fuhr erschreckt auf und fiel dann in sich zusammen. Geht doch, dachte sich die Kommissarin, gönnte sich ein innerliches Grinsen, guckte den Rentner streng an und war froh, als die Tür aufging und Stengel hereinkam. »Gut, dann legen wir los«, sagte Stengel nach der Begrüßung. »Was haben Sie in der betreffenden Nacht vom 12. auf den 13. November gesehen, als Sie uns anriefen?« Branner ruckte auf dem Stuhl hin und her. »Es war irgendwie so eine unheimliche Nacht. All dieser Nebel und so. Ich konnte nicht schlafen, bin ein paar Mal aufgestanden, habe einen Schluck Wasser getrunken und hab dann aus dem Fenster geschaut. Ein paar Mal halt. Und irgendwann waren, wie aus dem Nichts, diese Fahrzeuge der Städtischen Werke an der Murhardschen. Und ich habe mich gefragt, was die um die Zeit da machen, und dann gleich zwei. Außerdem weiß ich, dass da Halteverbot ist. Ich meine, da war doch rundrum um diese Zeit alles leer, die hätten doch auch woanders stehen können. Ist doch komisch, oder?« »Herr Branner, ich erinnere mich auch an diese Nacht. Es war so neblig, dass man die Hand nicht vor Augen sehen

konnte. Sie wohnen in der Friedrichstraße, Luftlinie 100 Meter von der Murhardschen weg. Wie konnten Sie dann so was sehen?« »Das ist häufig so, wenn Sie in der Innenstadt sind, dann ist der Nebel nicht so dicht, das können Sie mir glauben. Zu dichte Bebauung, zu viel Wärme durch all die Lampen. Es war neblig, aber nicht so, dass man nicht von mir bis zur Murhardschen hätte schauen können. Ich wohne ja in dem Eckhaus an der Wilhelmshöher Alle, zweiter Stock.« »Wie spät war es da?« »Naja, so etwa halb zwei, die beiden Autos kamen kurz nacheinander an. Das erste schien auf das zweite zu warten. Dann habe ich noch ein paar Schatten gesehen. Die sind dann Richtung Trafostation oder so. Ich habe dann ihre Kollegen angerufen, hab noch ein paar Minuten geguckt, ob ein Streifenwagen kommt – und dann war ich plötzlich doch müde. Und bin ins Bett.«
Anke Dankelmann schaute Bernd Stengel an. Das waren die Momente, in denen sie in irgendeinen harten Gegenstand beißen konnte. Wenn nur irgendeiner in der Zentrale an diesem Abend an irgendeinen Streifenwagen mal durchgegeben hätte, mal kurz an der Murhardschen vorbei zu fahren, dann ... Andererseits hatten die Streifenkollegen andere Dinge zu tun, als nachts Knöllchen zu verteilen. Obwohl ihr Willimowski kürzlich erzählt hatte, er habe um 4 Uhr 30 morgens mal einen Strafzettel bekommen, weil seine Abgasuntersuchung am Auto längst überfällig gewesen war.
Sie befragten Branner mehrmals, immer mit anderen Fragestellungen – doch mehr Fakten waren nicht aus ihm rauszuholen. Er erzählte dann noch von seiner leichten Rückgratverkrümmung und von seinem Skiurlaub – er machte Skiwandern im Kleinwalsertal, das sei gut für den Rücken, sagte er. Sie ließen sich noch die Adresse seiner Pension geben. Nach einer Stunde stellte Anke Dankelmann das Aufnahmegerät ab. Als Branner gegangen war, schwiegen die beiden Kommissare eine Weile. »Naja, jetzt können wir die Todeszeit der beiden etwas präziser fassen«, meinte Stengel dann. »Toll. Dann sind wir ja entscheidend weiter.« Anke Dankelmann zeigte ihrem Kollegen einen Vogel. »Hätten wir ein bisschen

Glück gehabt, dann ... aber was soll's, da kann man wirklich niemandem einen Vorwurf machen.« Stengel zeigte auf die Uhr. »Abendlage, kommst du mit?« »Ich komme gleich nach, will nur noch kurz ...« »Schmachte nicht so lange am Telefon rum«, unterbrach sie Stengel. »Ist noch Arbeitszeit.« »Mein Gespräch ist rein dienstlich!« versuchte Anke Dankelmann zu protestieren. Doch Stengel war schon draußen, und sie wusste ohnehin, dass ihr Kollege den Staatsanwalt gut leiden konnte. Sie hatten mal zusammen einen Nachmittag im Schlosscafe in Wilhelmshöhe verbracht. Ein Ort, den Anke Dankelmann noch nie besucht hatte und den sie mittlerweile schätzengelernt hatte. Das Ambiente mit Bergpark und Schloss war einfach märchenhaft.

Bernd Stengel, der mit seiner Frau Steffi per Fahrrad gekommen war, hatte sich gemeinsam mit Willimowski an einem erst sonnigen, dann ziemlich kühlen Septembernachmittag ein paar Cognacs gegönnt. Steffi hatte zwar kritisch geschaut, dann aber, wie die anderen, herzlich gelacht, als sie Stengels Versuche, auf sein Rad zu steigen, betrachteten. Er hatte das Rad dann am nächsten Tag geholt, Steffi war mit ihrem nach Hause gefahren, und Stengel war mit der KVG Richtung Wolfsanger abgereist. Wie sie am nächsten Tag erfuhren, musste er vom Schaffner an der Endhaltestelle geweckt werden.

Willimowski war sofort am Apparat. Sie erzählte ihm vom Verhör und von ihrer Absicht, diese Martha F. zu suchen. »Sitzt du gut?« fragte Willimowski unvermittelt. »Ja. Warum?« »Ich habe diesen Zeitungsartikel auch gelesen, du hattest mir ja ein paar Kopien deiner Unterlagen gegeben. Ich habe das überprüft. Martha F. gibt es nicht mehr.« »So ein Mist.« »Langsam. Es gibt sie nicht mehr als Martha F. Sie hat allen Ernstes im Seniorenheim noch einmal geheiratet. Die Frau ist 81 Jahre alt und lebt jetzt mit ihrem Mann in der Seniorenwohnanlage Lindenberg. Heißt jetzt. Martha K.« »Du Blödkopp, wie heißt sie?« Willimowski lachte. »Ich liebe dich besonders, wenn du dich aufregst. Den Namen sage ich dir heute Abend, bei mir, okay? Außerdem hieß sie, als sie heiratete, schon lange nicht mehr Martha F. Sondern Martha M.« »Du blöder Herr W. Das ist Erpressung. Das kriege ich auch so raus. So viele Martha K. wird es ja wohl nicht geben, die gerade geheiratet haben da am Lindenberg.« »Wer sagt denn, dass es da ist? Und dass sie jetzt K. heißt?« »Das ist Behinderung der Polizeiarbeit«, fauchte Anke Dankelmann. »Was willst du machen? Mich heute Nacht fesseln? Mit deinen Handschellen?« Anke Dankelmann legte auf und grinste. Gar keine schlechte Vorstellung, aber nicht so, wie der Herr Staatsanwalt sich das dachte. Sie ging zur Abendlage.

## 70

Als die Kollegen die spärlichen neuen Infos zur Lage vortrugen, Stengel die Ergebnisse vom Gespräch mit Branner schilderte, da dachte Anke Dankelmann mal wieder daran, wie unendlich langwierig, kleinteilig, nervig erfolglos Polizeiarbeit manchmal sein konnte. Die Menschen dachten, immer geprägt durch unzählige Krimis und Spielfilme, ein Kommissar, der schreite durchs Leben, ab und zu mal werde das Blaulicht aufs Dach gesetzt und durch die Stadt gejagt, ein Kriminalmediziner entdeckt die Kontaktlinse des Täters im Nasenloch der ermordeten Ehefrau, die ermittelnden Bürohengste spüren irgendwann Widersprüche in den Akten auf und so weiter. Dann wird gejagt und verhaftet, und anschließend gibt es Pommes und Dosenbier. In Wahrheit war dies alles ein mühseliges Zusammentragen von kleinsten Fakten, es gab Tage, da robbte sich die gesamte Ermittlungsgruppe nicht einen Zentimeter näher ans Zielgebiet heran. Heute Abend standen sie da, hatten einen Augenzeugen, der nichts Verwertbares gesehen hatte, wussten nun genauer, wann die beiden Männer gestorben waren und waren auf Zufälle, Instinkt oder darauf angewiesen, dass am Ende tatsächlich jemand ein zweites Puzzlestück neben das Anfangsteil legen konnte.

Anke Dankelmann informierte Plassek nach der Runde über ihre Idee mit Martha F. bzw. Martha K. Der zuckte müde mit den

Schultern – was so viel sagen sollte wie: du machst ja dann sowieso, was du willst, aber verlier dich nicht zu lange mit Nebensächlichkeiten. Sie fuhr in ihrem roten Golf danach nicht nach Hause, sondern nach Bettenhausen und schaute sich einmal die Seniorenwohnanlage an. Eine hässliche weiße Wohnanlage, die Endstation für hunderte Menschen. Eine deprimierende Vorstellung und sie drehte das Radio lauter. The Beach Boys, »Fun, fun, fun«. Ihre Stimmung wurde besser. Anschließend machte sie einen kurzen Stopp an der Friedrichstraße und schaute unterhalb des Fensters der Wohnung, aus der Branner in der betreffenden Nacht geschaut haben musste, über den Grimm-Platz. Die Murhardsche war tatsächlich weiter weg, als sie in Erinnerung hatte. Der Mann konnte gerade im Nebel nicht mehr gesehen haben, als er ihnen erzählt hatte.
Sie stieg wieder in ihren Wagen und zappte sich durch die Sender. Auf irgendeinem lief gerade ein Volksmusik-Wunschkonzert, als sie die Anfangsklänge des Radetzkymarsches hörte, fuhr sie gleich ein wenig schneller. Sie erinnerte sich an ihre Kindheit, als ihr Vater, der Marschmusik liebte und jede Menge Schallplatten hatte, sie abends gelegentlich auf die Knie genommen und sie dann im Takt durch die Luft gewirbelt hatte. Ihre heimliche Liebe für Märsche würde eine heimliche bleiben müssen, dachte sie. Heutzutage galt jeder als meschugge, der diese wunderbaren Töne liebte. Zu viel belastende Geschichte war mit der Musik für viele verbunden, als dass man sie einfach nur schön finden konnte.

## 71

Der Friese saß zuhause in seiner Wohnung und dachte nach. Nach dem Cognac war er im Cafe auf Toilette gegangen und hatte beim Rauskommen einen kurzen Moment Mannteufel gesehen, der von der Seite ins Cafe spähte und den Blick kreisen ließ. Erst dachte er, es sei ein Zufall gewesen. Er hatte sich auf seinen Platz gesetzt, plötzlich hellwach und nüchtern, hatte gezahlt und war dann

gegangen. Er war erst in die Straßenbahn Richtung Nordstadt gestiegen – und Mannteufel war so dumm gewesen, hinten einzusteigen, war ihm also gefolgt.
Was sollte das? Sie wollten doch gemeinsam Kretschmer aus dem Weg räumen – und nun schien es so, als würde er selbst zur Zielscheibe seines Kumpanen. Er war dann an der Uni ausgestiegen, mit etlichen Studenten, wieder war Mannteufel ihm klammheimlich gefolgt. Er war ein wenig in der Gegend herumgeschlendert und dann nach Hause gefahren. Mannteufel war dann am Rathaus ausgestiegen in der Annahme, der Friese sei nun tatsächlich auf dem Heimweg – zwei Stationen weiter müsste er aussteigen. Der Friese war sich sicher, dass Mannteufel sich aus der Deckung gewagt hatte, weil er plötzlich aufs Klo verschwunden war und Mannteufel das womöglich nicht mitbekommen hatte. Aber warum wurde er von ihm verfolgt? Er würde ihn zur Rede stellen müssen. Er schloss die Vorhänge, es war dunkel draußen, irgendeine Ritze in seinen Holzfenstern ließ den vorbeirauschenden Wind leise Pfeifen. Er liebte dieses Geräusch. Der Friese zündete eine Kerze an, nahm das Hildebrandslied aus dem Umschlag und schloss die Augen. Er war wieder auf Zeitreise. Und landete in seiner Welt.

## 72

*Er sah Hildebrand langsam in den kleinen Weiler einreiten, vor sich, quer auf dem Pferd liegend, der Leichnam von Hadubrand. Hildebrands Männer folgten ihnen, gemischt mit den Kämpfern, die Hildebrands Sohn um sich geschart hatte. Keiner sagte etwas, man hörte das Getrappel der Pferdehufe, und allmählich kamen die Bewohner des kleinen Ortes aus ihren Hütten, alte Männer, Frauen und viele Kinder. Hildebrand ritt langsam in den Weiler hinein, armselige Hütten waren das, die im Winter kaum die Kälte abhalten konnten. Er hatte die ersten beiden Hütten passiert, als plötzlich eine Frau aufschrie und auf ihn zustürzte. Sie war schön, hatte dunkelblonde Haare, unter ihrem grauen Kleid sprang ihr gewaltiger Busen bei jedem Schritt auf und nieder. Sie fasste Hadubrands Kopf, und Tränen strömten über ihr Gesicht. Meine Schwiegertochter, dachte Hildebrand, unfähig irgend etwas zu sagen. Plötzlich ließ die Frau los und schaute Hildebrand mit vor Wut funkelnden Augen an. Einer von Hadubrands Leuten war vom Pferd gestiegen. Er umfasste die Schultern der Frau, die ihn abschütteln wollte, doch er war zu kräftig. Er flüsterte ihr etwas beruhigend ins Ohr, und erneut füllten Tränen die Augen der Frau.*

*Hildebrand war abgestiegen. Er nahm den Leichnam seines Sohnes und trug ihn in Richtung Ortsmitte. Dort stand ein großer Stein, Treffpunkt für den Rat der Alten und Weisen. Er bettete den Körper neben den Stein und kniete nieder. Nach wenigen Augenblicken schaute er auf, die anderen hatten einen Kreis um ihn gebildet. »Wie heißt du?« fragte er die Frau. »Sigrun«, antwortete sie. Hildebrand wusste, dass er, der seinen eigenen Sohn umgebracht hatte, selbst wenn er von diesem gleichsam dazu gezwungen worden war, hier nicht mit irgendeiner Form von Zuneigung rechnen konnte.*

*Er bat die Frau, ihm die Hütte zu zeigen und ging mit ihr davon. Der Kreis öffnete sich und Hildebrand merkte, wie ihm aus den Blicken der Menschen die pure Verachtung entgegenschlug. Die Hütte seines Sohnes unterschied sich nicht von den anderen, beinahe fensterlos und ein niedriger Eingang. Sigrun ging voran, innen war es stickig, ein kleines Licht erhellte den einzigen Raum dürftig. Hildebrand bückte sich und trat ein. Er schaute sich um, sah das Lager des Ehepaares, langsam nur gewöhnten sich seine Augen an die Lichtverhältnisse.*

*Plötzlich ertönte eine weitere, helle Stimme. »Mama!« Hildebrands Kopf ruckte in die Richtung, aus der das Geräusch gekommen war. Sigrun eilte zu dem kleinen Bettchen, in dem ein vielleicht ein Jahr altes Kind stand und sich am Rand festhielt. »Ist das ...« Hildebrand brachte seinen Satz nicht zu Ende. Sigrun nickte. »Das ist sein Sohn, unser Kind.« »Wie heißt er?« Sigrun zögerte. »Hadubrand hat sein Leben lang seinem Vater nachgetrauert. Als unser Sohn geboren wurde, hat er ihn Hildebrand genannt. Das ist sein Sohn. Und ich bin seine Witwe. Und sein Großvater ist der Mörder seines Vaters.« Sigrun nahm das Kind auf den Arm, das Hildebrand ängstlich mit großen Augen musterte, und ging ohne ein weiteres Wort zu sagen aus der Hütte. Hildebrand, der Großvater, ahnte, wusste, dass er weder in diesem Ort noch bei seiner Familie in diesen Stunden Fuß fassen konnte. Er würde womöglich später, in ein paar Wochen oder Monaten, noch einmal zu Besuch kommen. Er ging aus der Hütte zu seinem Pferd, stieg auf und schaute sich noch einmal um. Von Sigrun und dem kleinen Hildebrand war nichts zu sehen. Der alte Krieger wendete sein Pferd und ritt im Schritttempo aus dem Weiler, gefolgt von seinen Männern. Er schloss die Augen und rief aus seinem Gedächtnis das Bild des kleinen Kindes ab. Er hatte einen Enkelsohn. Hildebrand. Hadubrands Erbe. Und dass es ein gewaltiges Erbe werden würde, dafür würde er Sorge tragen. Es war das Mindeste, was er für seinen Sohn noch tun konnte.*

## 73

Der Friese öffnete die Augen. So weit hatte er die Geschichte noch nie gedacht, glücklich freute er sich über seine neue Phantasie, nun würde er in der Lage sein, die Jahrhunderte durchzuleben. Irgendwann würde er bei seinem Vater ankommen, irgendwann wäre er neugeboren, irgendwann würde sich der Kreis dieser Geschichte schließen. Er konnte nicht zulassen, dass das Werk durch Verräter in Gefahr geriet. Mannteufel hatte etwas vor, da war er sicher. Er würde ihn noch heute Abend besuchen. Er packte einen Speer in den langen Karton, nahm das Hildebrandslied noch einmal in die Hand. Hadubrands Erbe, das hielt er hier in der Hand. Und Hadubrands rechtmäßiger Erbe? War er das nicht? Er ganz persönlich? Er verstaute das Hildebrandslied, löschte das Licht und verließ das Haus. Diesmal nahm er sein Auto, langsam bog er in die Schönfelder Straße ein und steuerte Richtung Auestadion. Vermutlich gab es einen schnelleren Weg, doch er brauchte ein paar Minuten, um sich auf das Gespräch mit dem Lehrer vorzubereiten. Der unscheinbare Kleinwagen, der sich hinter ihm einreihte, blieb unbemerkt.

## 74

Anke Dankelmann parkte ihren Wagen vor dem Apartmenthaus, in dem Willimowski lebte. Wenige Minuten später war sie in der Wohnung, sie hatte den Staatsanwalt recht kühl begrüßt. Der ahnte, was los war, bog ab in die Küche und kam mit einem Tablett, auf dem eine Flasche Schampus und zwei gefüllte Gläser standen zurück. »Ich war heute Nachmittag halt so drauf, sei mir nicht böse. Ist mir hinterher klargeworden: du ermittelst dir mühselig einen Wolf – ich habe Fakten und mache Spielchen. Tut mir Leid, ich werde dir heute Abend alles sagen.« Anke Dankelmann funkelte ihn belustigt-böse an, nahm das Glas, stieß nicht mit ihm an, kippte die Brause in einem Zug hinunter und hielt ihm das Glas hin. Willimowski füllte es erneut. »Und jetzt die Fakten«, sagte die Kommissarin. Willimowski holte einen kleinen Heftordner, setzte sich aufs Sofa und klopfte mit der Hand neben sich auf die Sitzfläche. Anke Dankelmann nahm Platz.

## 75

Gerald Mannteufel machte sich sein übliches Abendbrot. Er hatte sich angewöhnt, jeden Abend das Gleiche zu essen, das erleichterte den Einkauf, sparte Zeit bei den Überlegungen, was man denn nun an diesem Abend zu sich nehmen könnte und störte ihn auch nicht. Er war kein großer Genießer, er lebte allein, was sollte er da auf einen üppig gefüllten Kühlschrank als Abwechslung bauen?
Er machte sich zwei Brote mit Mortadella, immer dieselbe Sorte aus der Fleischerei im Edeka, goss sich ein großes Glas Mineralwasser ein und setzte sich erneut an den Schreibtisch. Er hatte sich etliche Notizen gemacht und versuchte nun, akribisch die Fakten in Beziehung zu setzen.
Er hatte den Friesen gesehen, im Gespräch mit einem Fremden, der eindeutig wie ein Russe ausgesehen hatte. Das allein war kein Problem für ihn. Aber als er sich an der Wilhelmshöher Allee an

das Haus angeschlichen hatte, da war ihm dieser Typ aufgefallen, der offensichtlich ebenfalls das Haus beobachtete. Den Mann hatte er wieder gesehen, als er am Cafe Alex seine Observation fortsetzte. Er wusste nicht so recht, was das zu bedeuten hatte, ahnte aber, dass möglicherweise das Hildebrandslied in Gefahr war. Eventuell zahlten die Kunden für zwei Dokumente, um das wertvollste dann so mitgehen zu lassen. Der Friese, da war er sich sicher, ließ sich garantiert schnell übertölpeln oder gar überfallen. Der Russe, der gut gekleidet gewesen war und sich sicher und elegant bewegt hatte, war nicht alleine gekommen. Das hätte man sich zwar denken können bei diesen Geldbeträgen, aber dass der zweite Mann verdeckt arbeitete, das empfand Mannteufel als ungewöhnlich. Er nahm die dritte Brothälfte in die Hand, als es klingelte. Er schaute auf die Uhr, es war kurz nach 19 Uhr, er erwartete keinen Besuch. Er betätigte die Gegensprechanlage zur Eingangstür und sagte: »Hallo, wer ist da?« Statt einer Antwort klopfte es an der Tür. Der Besuch war schon im Haus, wahrscheinlich war irgend jemand gerade hinein- oder herausgegangen und hatte die Person eingelassen. Mannteufel erwartete zwar niemanden, war aber auch nicht beunruhigt. Er öffnete die Tür.

## 76

Valentin Willimowski nippte an seinem Champagnerglas. »Also, diese Geschichte interessiert mich eigentlich mehr, als ich mir vorher selbst eingestanden habe. Erinnerst du dich noch an den Gag, als du mir erzählt hast, welche Story sich um das Hildebrandslied rankt? Wann es geschrieben wurde, was drin steht, dass die Blätter gestohlen worden waren und so weiter?« Er schaute die Kommissarin an. Die schaute ihn mit diesem für sie so typischen Blick an: knallhart, neugierig und irgendwie doch auch verletzlich. Er wäre jetzt gern mit ihr ins Bett gegangen, aber er wusste auch, dass er im Augenblick lieber an andere Dinge denken sollte. »Hör auf, so geil zu gucken, und jetzt endlich mal Fakten, Fakten, Fakten!« bellte

Anke Dankelmann. Er lachte laut auf. Offensichtlich waren die Gefühle so mit ihm durchgegangen, dass man die Gedanken erraten musste. »Okay, okay. Ich habe zwischendurch unterschiedliche Quellen im Internet angeschaut. Heute war dann wohl eher zufällig dieser Wollzeck im Haus, der ist mit unserem Leitenden Oberstaatsanwalt befreundet, die sind im selben Rotary Club und bereiten irgendeine Spendenaktion in der Adventszeit vor. Ich traf die beiden auf dem Gang und habe deinen Experten gebeten, mir ein paar Minuten für Fragen zur Verfügung zu stehen. Mich interessierte vor allem die Geschichte des Diebstahls durch diesen Baldwin und die Folgen. Naja, und da kam ich dann auf Martha F.. Habe dann weiter recherchiert und hatte die Fakten zusammen, gerade ein paar Minuten, bevor du kamst.«
»Gut, jetzt wissen wir also, dass Martha F. in dieser scheußlichen Seniorenwohnanlage am Lindenberg wohnt und gerade neu geheiratet hat. Fahren wir hin?« »Wie? Jetzt noch? Außerdem weißt du ja noch nicht alles.« »Es gab in Österreich mal einen Fußballer, der hatte als Spitznamen »Schneckerl« aber so, wie du heute vorgehst, hätte der dich wahrscheinlich noch überholt.« »Das ist jetzt gemein.« »Hast du aber verdient.« »Nicht wegen mir, aber dieser Bursche hieß Prohaska und hat 1978 mitgespielt, als wir bei der WM in Argentinien 3:2 gegen die Ösis verloren haben, die Schmach von Cordobá.«
Willimowski schüttelte den Kopf, machte ein verzweifeltes Gesicht und trank sein Glas aus. »Also, was jetzt, Herr Geheimrat Schneckerl?« »Also gut, kurz und knapp. Martha F. bekam von Baldwin einen unehelichen Sohn. Anfang der fünfziger Jahre war das. Baldwin hat die Vaterschaft anerkannt, im Zweifel muss es Dokumente geben. Baldwin hat Frau und Sohn in Deutschland sitzen lassen, Martha Freund, so hieß sie mit Familiennamen, heiratete dann später einen gewissen Harald Mannteufel, der den Sohn adoptierte. Es blieb deren einziges Kind. Mannteufel, Wollzeck wuss-te das aber nicht mehr so genau, war Offizier im Krieg gewesen und lange in russischer Gefangenschaft. Von Beruf war

er Lehrer, sein Spezialgebiet war mittelhochdeutsche Literatur. Und das Hildebrandslied ist das älteste Textdokument der mittelhochdeutschen Sprache.«
Anke Dankelmann schaute ihren Partner an. »Hmm. Das ist ja spannend und sicherlich ein interessanter Hintergrund. Bringt uns das denn weiter?« »Keine Ahnung. Aber man könnte ja nur mal spaßeshalber schauen, was aus dem Jungen geworden ist.« »Weißt Du denn, wie der heißt und wo er wohnt?« »Er heißt Gerald, hat angeblich über ein mittelhochdeutsches Thema promoviert, ist Deutschlehrer an der Albert-Schweitzer-Schule. Könnte sein, dass er in Kassel wohnt.« Valentin Willimowski schnappte sich das Telefonbuch. »Hier steht ein Mannteufel drin, aber der Vorname nur mit G. abgekürzt. Keine Adresse. Wir machen das morgen, es gibt ja keine Verbindung zu diesen vier Morden, ach ne, fünf sind es ja.« Anke Dankelmann wippte ihr Glas hin und her. »Sag mal, Herr W., was ist in diesem Glas?« »Nichts!« sagte Willimowski irritiert »Aha!« sagte Anke Dankelmann mit triumphierendem Unterton und knallte das Glas auf die Tischplatte. Willimowski stand auf, schüttelte den Kopf und holte eine neue Flasche.

## 77

Lutz Kretschmer begann die ganze Sache zunehmend zu heiß zu werden. Der Friese und Mannteufel, sie waren ihm, ohne dass es einen Grund gab, einfach zu dicht am eigenen Leben. Ihm fehlte die Luft zum Atmen, dauernd hatte er das Gefühl, tiefer in irgendeinen Morast zu sinken. Er las schon keine Zeitung mehr, wenn das Telefon klingelte, ging er nur dran, wenn die Nummer auf dem Display eine bekannte und angenehme war. Er hatte sich stets für einen mental starken Menschen gehalten, doch allmählich hatte er das Gefühl, sein Kopf drohe zu platzen.
Er hatte keine Lust auf noch mehr Geld, und er wusste, dass er irgendwie aus Kassel weg musste. Einen groben Plan hatte er. Er würde bei VW kündigen, sobald er irgendwo in Deutschland einen

neuen Job gefunden hatte. Er würde für Vanessa monatlich mehr überweisen als bisher und würde sie jedes zweite Wochenende sehen und in Urlaub mit ihr fahren. Er hatte dann halt unter der Woche keine Chance mehr, sie zu sehen – aber wenn er in Kassel blieb, dann würde er vor die Hunde gehen, und davon hatte das Kind ja auch nichts. Kretschmer wollte ein unverdächtiges Leben führen in der Hoffnung, dass diese Geschichte niemals aufflog. Und wenn sie doch aufflog, dann wollte er sich als Kronzeuge zur Verfügung stellen. Er hielt mit seinem Wagen am Straßenrand und lehnte den Kopf aufs Lenkrad. Wie war er da hineingeraten? Geblendet vom vielen Geld, getrieben vom Gedanken, seinem Lebensinhalt, Vanessa, eine Zukunft besonderer Art zu geben. Und selbst jetzt, nachdem die Selbstzweifel an allen Knochen in seinem Innern nagten, da war der Gedanke an das Geld immer noch stärker. Resignierend atmete er ein paar Mal tief durch. Immer noch das Geld im Sinn? Klar, wie sonst konnte er den Entschluss gefasst haben, erst nach dem Auffliegen der Tat den Kronzeugen zu geben? Wenn ihn nur Selbstzweifel und schlechtes Gewissen antreiben würden, dann müsste er jetzt zum Telefon greifen und die Polizei anrufen. Er tat es nicht. Langsam fuhr er vom Straßenrand wieder los und horchte in sich hinein. Er glaubte, mit diesem Kompromiss leben zu können.

## 78

Gerald Mannteufel stand an seiner geöffneten Wohnungstür in einer Art Schockstarre. Er hatte die Tür aufgemacht und eine Zehntelsekunde später die kalte Mündung einer Pistole mit Schalldämpfer an seiner Stirn gespürt. Der Mann vor ihm hatte einen Schal hoch ins Gesicht gezogen, eine grüne Woll-Pudelmütze bis auf die Augenbrauen heruntergezogen. Eigentlich hätte er gern darüber nachgedacht, was gerade mit ihm passierte – aber diese Pistole raubte ihm die Denkfähigkeit. Der Mann legte einen Finger auf den Mund zum Zeichen, dass Mannteufel nicht schreien sollte und drängte ihn in den Flur der Wohnung. Langsam, ganz langsam schob ihn dieser Bursche zurück und schloss mit einem Fuß die Tür. Die Augen starr auf Mannteufel gerichtet, öffnete er die Küchentür und löschte das Licht, das Mannteufel hatte brennen lassen, nachdem er sich sein Abendbrot zubereitet hatte. Der Mann öffnete die nächste Tür, sah das Badezimmer und drängte den Lehrer hinein. Er deutete Mannteufel an, sich auf den Toilettendeckel zu setzen.

Langsam kam dessen Fähigkeit zum Nachdenken zurück. Hektisch schossen Gedankenblitze durch seinen Kopf. Er war sicher, dass dies ein Mitarbeiter des Russen war, mit dem der Friese verhandelt hatte. Aber was wollte er von ihm. Er schaute im Halbdunkel in das Gesicht seines Gegenübers. Er war sicher, diesen Typen noch nie gesehen zu haben. Er machte sich darauf gefasst, dass ihn der Fremde irgend etwas fragen würde, wo das Geld geblieben sei oder so. Doch der schwenkte lediglich den Lauf der Pistole und drückte dreimal ab. Mannteufels Schädel explodierte förmlich, die Kachelwand hinter der Toilette war übersät mit Knochen, Hirn- und Hautfetzen und troff vor Blut. Der Mann steckte die Pistole mitsamt dem Schalldämpfer in die weite Innentasche seiner dicken Jacke. Er kümmerte sich keinen Augenblick um die nach hinten gesackte Gestalt des Toten. Langsam ging er durch die Wohnung. Im Arbeitszimmer Mannteufels durchsuchte er dessen Aktentasche, leerte sie und packte den Laptop, der auf dem Tisch stand, ein. Nahm einen USB-Stick aus der Schublade und steckte ihn zusammen mit einigen CDs ebenfalls in die Tasche. Anschließend durchsuchte er die Taschen des Toten, nahm einen dicken Schlüsselbund mit und durchsuchte danach Küche, Wohn- und Schlafzimmer. Er öffnete die Wohnungstür, horchte ins dunkle Treppenhaus, ging hinaus, schloss vorsichtig die Tür und stieg auf leisen Sohlen die Treppe hinab.

Wenige Minuten später war der Mann um die nächste Ecke verschwunden, stieg in ein dort wartendes Auto, das langsam anfuhr und, ohne von irgend jemand beachtet worden zu sein, im Dunkel dieser Novembernacht verschwand. Minuten später meldete er per Handy Vollzug. »Ware abgeliefert«, sagte er kurz auf Russisch, klappte sein Handy zusammen und wies den Fahrer an, rechts an einer Baustelle anzuhalten. Er stieg aus, schraubte den Schalldämpfer von der Pistole, wischte die Waffe sorgsam ab und warf sie in den riesigen Bauschuttcontainer, der so voll war, dass er vermutlich bald abgeholt werden würde. Er hörte, wie die Waffe weit nach unten rutschte und ging zufrieden zurück zum Auto. Den Schalldämpfer würde er woanders entsorgen. Er holte sich ein paar Reinigungstücher aus dem Handschuhfach und wischte sich sorgsam die Hände ab. Er würde morgen für den nächsten Auftrag eine neue Waffe brauchen.

## 79

Weit nach Mitternacht hatte der Friese sich endlich dazu durchgerungen, Mannteufel einen Besuch abzustatten. Er packte sein Zubehör und ging auf die Haustür des Mehrfamilienhauses zu. Es war noch ein Schloss für Schlüssel mit langen Bärten, mit seinem Dietrich hatte er es beinahe geräuschlos in wenigen Sekunden geöffnet. Er stieg die Treppe empor, er wusste, dass hier vor allem ältere Menschen wohnten, die jetzt sicherlich alle in ihren Betten liegen würden. Vor Mannteufels Wohnung blieb er stehen und horchte. Er hörte nichts, also saß der Mann nicht vor dem Fernseher. Wieder brauchte er nur Sekunden, um die Tür zu öffnen. Er hatte befürchtet, dass der Lehrer eine Kette oder einen Sicherheitsriegel installiert haben könnte, doch die Tür ließ sich problemlos öffnen. Er schaute sich den Türrahmen an: Da waren sowohl Schloss als auch Kette – aber ungenutzt.
Der Friese grübelte. War Mannteufel überhaupt zuhause? Der Riegel war eine einfache Konstruktion, die sich von außen nicht öffnen ließ. Er würde also verstärkt und aufmerksamer auf Geräusche aus dem Treppenhaus achten müssen. Langsam ging er den Flur entlang und linste in die dunkle Küche. Die nächste offene

Tür war das Badezimmer er erinnerte sich an seinen einzigen Besuch vor Jahren in dieser Wohnung. Warum standen alle Türen offen? Er wusste, dass der Lehrer ein pingeliger Typ war, auf absolute Ordnung bedacht. Im Badezimmer schien ein wenig das Licht der Straßenlaterne, die direkt vor dem Haus stand, herein. Der Friese schaute kurz um die Ecke und schreckte zusammen.
Das Bild, das sich ihm bot, war entsetzlich, grauenhaft, ekelerregend. Auf der Toilette saß ein Körper, oberhalb des Halses sah man einen zertrümmerten Schädel, dessen Einzelteile an der gekachelten Wand hinter der Toilette verstreut waren. Mehre Quadratmeter der weißen Wand waren besudelt, eine gigantische Sauerei. Es war Mannteufel, da hatte der große Mann nicht den geringsten Zweifel. Er kannte dessen Kleidungsstil ziemlich gut, die Neigung zu Cordhosen und groben Hemden, die Birkenstock-Hausschuhe – und auch das, was vom Kopf übrig war, sah dem Lehrer immer noch ähnlich. Der Friese spürte eine unendliche Wut in sich aufsteigen: Wer hatte ihm seinen Plan kaputtgemacht – Mannteufel umzubringen war seine Aufgabe. Nur er war ausersehen, diesen Vernichtungsfeldzug zu führen.
Zur Sicherheit schaute er noch in die anderen Zimmer. Es war niemand da. Er ging zurück ins Badezimmer, achtete peinlich darauf, nicht in irgendwelche Blutpfützen zu treten und rammte dem toten Körper einen kurzen Speer in die Magengrube. Er wischte den Schaft des Speeres noch einmal ab und verließ das Haus, unbemerkt von den anderen Mietern. Als er in sein Auto stieg, das einige Blocks weiter geparkt war, verspürte er Hunger – Hunger auf Germania. Er schaute auf die Uhr – es war 1 Uhr 30. Genau die richtige Zeit, dachte er und grinste. Der Mann im schwarzen Volvo, der auf der anderen Straßenseite stand, griff zum Handy und holte sich Instruktionen ab. Dann fuhr er dem anderen langsam hinterher. Was immer dieser in der Wohnung Mannteufels gemacht haben konnte – es war für die eigenen Pläne ohne Belang.

## 80

Anke Dankelmann und Valentin Willimowski frühstückten kurz gemeinsam. Die Kommissarin verspürte wieder dieses typische Kribbeln im Bauch. Sie hatte das Gefühl, dass sich mit der Fährte Mannteufel irgend etwas verband, das sie möglicherweise weiter brachte. Kurz vor 8 Uhr rief sie im Schulsekretariat an und fragte, wann denn Herr Mannteufel heute Unterricht habe. »Herr Dr. Mannteufel hätte heute zur nullten Stunde gehabt, ist aber nicht gekommen. Ich nehme an, er ist zum Arzt und konnte sich noch nicht melden, das Sekretariat ist ja erst ab 7 Uhr 30 besetzt.« Die Art, wie die Frau das Dr. Mannteufel betonte, ließ darauf schließen, dass sie es als Unverschämtheit erachtete, von dem Erzieher zu sprechen, ohne den akademischen Titel zu erwähnen. Anke Dankelmann hinterließ keine Nachricht, sie würde es später noch einmal versuchen. Sie stürzte noch einen Kaffee hinunter, küsste den Staatsanwalt kurz auf die Wange und sprintete davon. Willimowski lächelte. Seine Freundin hatte der Jagdtrieb gepackt. Er musste auch los, er war Vertreter der Anklage in einem Diebstahlprozess, der um 9 Uhr begann. Eine Gruppe chinesischer Jugendlicher, die systematisch in den vergangenen Jahren in Tierhandlungen und Lebensmittelläden eingebrochen war und ein spezielles Dosenfutter geklaut hatten. Anschließend hatte man das Zeug in Schnellimbissen mit asiatischen Spezialitäten und auf Volksfesten in der Umgebung verkauft. Seit Willimowski sich auf diesen Prozess vorbereitet hatte, war er nicht mehr chinesisch essen gegangen. Es war zumindest der ungewöhnlichste Fall, den er in seiner jungen Karriere als Staatsanwalt bisher zu behandeln hatte.

## 81

Im Präsidium schaute Anke Dankelmann, die nicht zur Morgenlage gegangen war, noch einmal alle Protokolle durch. Es gab nichts, das auf irgendeine Verbindung beispielsweise zwischen dem ermordeten Runge und Mannteufel hinwies. Man hatte Runges Wohnung und seinen Keller mehrfach durchsucht, der Mann war ein Einzelgänger, in seinem altmodischen Terminkalender hatte sich außer Arzt- und Zahnarztterminen nichts gefunden – gelegentlich stand unter Donnerstag um 19 Uhr kurz »H.«. Niemand aus der näheren Umgebung, wenn man bei diesem Einsiedler überhaupt das Wort »näher« gebrauchen konnte, hatte ihnen sagen können, was dieses »H.« zu bedeuten hatte. Auch bei den Kollegen Fehlanzeige. Aus Büchern, CDs und DVDs, die man gefunden hatte, ließ sich kein Hobby erkennen. Er war passives Mitglied im DRK, Blutspender – das war aber auch alles. Handelte es sich bei diesem »H.« um eine Person, mit der er sich traf? Die hätte sich aber eventuell schon bei ihnen gemeldet, nachdem der Tod des Mannes bekanntgeworden war. Aber auch dieser Eintrag war keine Verbindung zu Mannteufel, der Gerald mit Vornamen hieß. Stand H. für Hildebrandslied? Wenn ja – warum dann immer am Donnerstag um 19 Uhr? Das alles ergab keinen Sinn, und als Stengel von der kurzen Morgenbesprechung zurückkam, packte sie die Unterlagen wieder zusammen.

Stengel war komplett dunkelgekleidet, sie runzelte die Stirn und fragte: »Ist irgendwas Besonderes, dass du Trauer trägst?« »Heute ist die Trauerfeier zur Einäscherung der beiden Ehepaare, hast du das vergessen?« Anke Dankelmann zuckte zusammen. Sie hatte das in der Tat verpennt, aber eigentlich auch nicht vorgehabt, hinzugehen. »Reicht ja, wenn du da bist«, sagte sie und informierte Stengel kurz über ihre neuen Erkenntnisse zu Mannteufel. »Naja, das hätten wir ja in der Morgenlage mal präsentieren können, oder?« Er wirkte leicht unwirsch. »Das ist mir alles viel zu früh, mal sehen, was sich heute ergibt.« Sie rief erneut in der Schule an, es war mittlerweile 9 Uhr 30 – um diese Zeit herum musste die erste große Pause sein, dachte sie und wunderte sich, dass sie eigentlich noch exakt die Zeiten für die erste bis zur siebten Stunde inklusive der Pausenzeiten im Kopf hatte. Die Schule prägte einen fürs Leben, das wurde da wieder einmal deutlich. Diesmal fragte sie vorbildlich nach Herrn Dr. Mannteufel – der sich aber trotzdem noch nicht gemeldet hatte. Die Trauerfeier für die Mordopfer war um 11 Uhr – Stengel wollte nicht mit in Richtung Oberzwehren, Anke Dankelmann informierte Plassek und fuhr alleine los in Richtung Brückenhof.

## 82

Ihr war ein wenig unheimlich zumute. Seit ihrem letzten Alleingang ohne kollegiale Begleitung hatte sie gern das beruhigende Gefühl, sich im Zweifel oder im Fall einer Gefahr an jemanden wenden zu können. Doch damals, als sie vor gar nicht langer Zeit bei der Ermittlung in einem Mordfall allein in das Grimm-Museum gegangen war, da hatte sie weder ein Handy noch eine Waffe dabei gehabt – geschweige denn, dass irgend jemand gewusst hatte, wo sie war. Das war diesmal komplett anders.
Sie suchte einen Parkplatz in der Heinrich-Plett-Straße und ging dann zur Haustür des Hauses, in dem Mannteufel wohnte. Sie wunderte sich ein wenig, dass ein Lehrer, der ja eigentlich recht gut verdiente, in dieser Gegend wohnte, in der es Hochhäuser gab und die Mieter für die Wohnungsbaugesellschaften häufig genug problematische Kunden waren. Sie fand die Tür unverschlossen und stieg die Treppen nach oben.
Mannteufels Wohnungstür war verschlossen, sie klingelte und klopfte an die Tür. Keine Reaktion. Sie horchte an der Tür – absolute Stille in der Wohnung. Sie stand leicht vornübergebeugt, das Ohr an der Tür, ihr Blick war unkonzentriert auf die Erde gerichtet. Über die Fußmatte war ein graues Scheuertuch gespannt, auf dem ein leicht dunkler Teil eines Fußabdrucks zu sehen war. Sie bückte sich und kam zu dem Entschluss, dass hier jemand den Abdruck beim Verlassen der Wohnung hinterlassen hatte, es war die äußere Partie eines Schuhs, ganz offensichtlich eine große Schuhgröße, und es war der rechte äußere Rand. Anke Dankelmann ahnte, was es mit der Farbe auf sich hatte. Zu häufig in ihrem

Leben hatte sie mittlerweile Blutspuren gesehen – natürlich konnte sie sich irren. Aber ihr Inneres schlug Alarm, und sie rief Plassek an. Sie berichtete noch einmal kurz, warum sie Mannteufel sprechen wollte und dann, was sie entdeckt hatte. Plassek war skeptisch. »Ob das reicht, einfach die Wohnungstür aufzubrechen?« »Wie wäre es, wenn wir einfach den Hausmeister alarmierten? Geh am besten über die Geschäftsleitung. Irgendwas ist hier faul, das weiß ich zwar nicht, ahne es aber.« Plassek zickte noch ein wenig rum und versprach, sich zu melden. Anke Dankelmann blieb im Treppenhaus und schaute immer wieder unruhig auf die Uhr.
Es war Vormittag und einige Bewohner kamen an ihr vorbei. Die meisten grüßten nicht, schauten sie fragend an. Dem Aussehen nach hatten einige das, was man neudeutsch so schön mit Migrationshintergrund bezeichnete. Sie ging ans Treppenhaus-Fenster und schaute hinaus.
Nach etwa einer halben Stunde kamen die Kollegen, zwei Streifenwagen, ein Zivilfahrzeug. Sie sah Bernd Stengel in seinem schwarzen Anzug dem Auto entsteigen und wunderte sich: Hatte der nicht zur Trauerfeier gehen wollen? Eine Streifenwagenbesatzung blieb im Auto. Wenig später kamen sie in Begleitung eines etwa 30-jährigen Mannes die Treppe hoch. Falk Kamien kam dem Dialekt nach aus den neuen Bundesländern und war der Hausmeister. »Wolltest du nicht zur Trauerfeier?« flüsterte Dankelmann ihrem Kollegen zu. »Doch. Ich war ja auch da. Und hab dann mitbekommen, dass hier was los sein könnte. Es waren genug Leute da.« »Bist du im Thema?« Stengel nickte. Anke Dankelmann bat den Hausmeister, auf dem Treppenabsatz zu bleiben. Sie zeigte Stengel den Fußabdruck, der nickte nach einiger Zeit. »Könnte sein, dass du Recht hast«. Er winkte Falk Kamien herbei, der pro forma noch einmal klingelte. Dann rief Anke Dankelmann noch einmal in der Schule an. Mannteufel war immer noch nicht erschienen, die Schulsekretärin schien mittlerweile durchaus besorgt. Dankelmann beendete das Gespräch und nickte dem Hausmeister zu. Kamien hatte den Schlüssel längst aus seiner schmalen Akten-

tasche geholt und drehte ihn im Schloss herum. »Ist ja gar nicht abgeschlossen«, sagte er und schaute die beiden Polizisten fragend an. Stengel nickte. Die Tür öffnete sich und vor ihnen lag der Flur der Wohnung.

»Herr Mannteufel?« rief Stengel in die Wohnung. Anke Dankelmann stupste ihren Kollegen an. Direkt vor der Tür war ein neuer Teilabdruck eines Fußes, wieder in diesem typischen Farbton. Und dahinter der nächste, die Spur führte in Richtung der zweiten Tür, die links vom Flur abging. Die beiden Polizisten bedeuteten zunächst einmal dem Hausmeister, im Treppenhaus zu warten und gingen dann langsam in die Richtung der Fußspuren. Stengel ging hinter dem Türrahmen in Deckung und atmete einmal durch. Dann schaute er kurz um die Ecke und stöhnte kurz auf. Anke Dankelmann tat es ihm nach, und sie sahen das Ergebnis der Hinrichtung im Badezimmer – und woher die Fußabdrücke kamen. Irgend jemand, eventuell der Täter, hatte mit einem Fuß den Ausläufer einer Blutlache berührt und so die Spur erzeugt.

Anke Dankelmann zückte ihre Waffe und überprüfte die anderen Räume der Wohnung. Niemand da – allerdings gab es klare Hinweise, dass jemand hier alles durchsucht hatte. Sie gingen hinaus, und Stengel verständigte die Spurensicherung. Sie wussten nicht, wer der Tote war – aber alles sprach dafür, dass es sich um den Lehrer handelte. Sie würden das alles spätestens nach einem DNA-Abgleich wissen. Der Tatort gehörte jetzt der Spurensicherung und dem Arzt, dann konnte man mit der Befragung der Hausbewohner beginnen. »Hast du den Speer gesehen?« fragte Anke Dankelmann, als sie wieder im Freien waren. Stengel nickte. »Das könnte ein Hinweis sein, dass auch Mannteufel etwas mit den Morden und dem Hildebrandslied zu tun hat. Wir sollten mal anfangen, sein Telefon und seine Konten zu checken.« »Anke, wir wissen noch gar nicht, ob er es ist, der da oben liegt. Die Erlaubnis kriegen wir nie.« Anke Dankelmann nahm ihr Handy heraus und ging ein paar Schritte zur Seite. Erst sprach sie mit Plassek, der genauso vorsichtig war wie Stengel – und sich eigentlich korrekt verhielt.

Aber musste man hier nicht ein Risiko eingehen? Dann rief sie Willimowski an, der Gott sei Dank nicht mehr im Gerichtssaal war. »Der Verteidiger war krank, das sah man dem Mann aber auch echt an, wir haben vertagt, was gibt es denn?« Anke Dankelmann schilderte ihm die Lage. »Anke, das ist nicht meine Baustelle, aber eigentlich haben Plassek und Bernd Recht. Ich rede mal mit den Kollegen.«

Anke Dankelmann steckte ihr Handy in die Tasche und merkte plötzlich, wie ihr die feuchte Novemberkälte durch die Kleidung in den Körper drang. Sie stand etwa hundert Meter vom Hauseingang entfernt, wo allmählich ein paar Schaulustige herumstanden. Sie sah das Auto von Dr. Pianka und wusste, dass der sich jetzt die Leiche anschauen würde. Sie erinnerte sich an den kurzen Moment, in dem sie die Reste des Mannes gesehen hatte. Der Kopf an die Wand gepustet, keine Spur von Gegenwehr, er hatte da in geordneter Kleidung gesessen – es hatte also vermutlich keinen Kampf gegeben. Entweder hatte er seinem Mörder vertraut und war überrascht worden, oder es handelte sich einfach um eine brutale Hinrichtung. Irgendwie ahnte sie, dass der Speer erst später in den Leib gerammt worden war. Wie bei Runge, wenn dieser Speer auch auf den ersten Eindruck wesentlich kürzer war als der, die sie bei den anderen Leichen gesehen hatte.

Anke Dankelmann atmete tief durch. Ein alter Kollege hatte ihr mal gesagt, dass die Arbeit in einem Kommissariat, das sich mit den schwersten Formen der Gewaltverbrechen beschäftigte wie das K 11, Kopf und Seele der Polizisten langsam in Besitz nehmen konnte. Sie hatte nach den ersten Fällen in dieser Abteilung bereits geahnt, was der Mann gemeint hatte. Nach ihren vielen Berufsjahren wusste sie nun ziemlich genau, wovon er sprach. Natürlich waren es jedes Mal Extremsituationen – eine wie auch immer zugerichtete Leiche zu sehen war stets eine Höchstbelastung für die Psyche – und auch für die Physis.

Sie hatte sich eingebildet, dass man irgendwann möglicherweise abstumpfte – aber der heutige Tag bewies ihr das Gegenteil. Sie sehnte sich nach Willimowski, hätte ihn jetzt gern mal im Arm gehabt. Nein, andersrum: Sie hätte sich gern mal in den Arm nehmen lassen.

Es war weit nach Mittag, als Pianka ins Freie trat. Sie hatten mittlerweile besprochen, auch diesmal von der Speer-Attacke in der Öffentlichkeit nichts zu erwähnen, Pressesprecher Pivi Vogel hatte bereits eine Erklärung vor dem Haus abgegeben, dennoch standen etliche Reporter noch herum und warteten auf irgendwas. Pianka verstaute seine Tasche im Kofferraum seines BMW und drehte sich dann um. »Es waren nach meiner Einschätzung drei Schüsse, schon der erste muss tödlich gewesen sein. Todeszeitpunkt – vermutlich gegen Mitternacht. Und der Speer hat ihn durchbohrt, als er schon tot war. Wie beim letzten Mal. Viel Spaß bei der Suche nach Erklärungen. Ach, noch was: Ich soll Ihnen von den Kollegen der Spurensicherung sagen: Der Mann hatte eine Geldbörse dabei: Scheckkarte, Ausweis, Führerschein, Krankenkassenkarte – alles ausgestellt auf Dr. Gerald Mannteufel. Hilft Ihnen das?«

Pianka ging, wie üblich grußlos, um sein Auto herum, stieg ein und fuhr los.

Anke Dankelmann hatte sofort zum Telefon gegriffen und rief erst Plassek und dann Willimowski an. Dass sich die Frage nach der Identität des Opfers nun weitgehend geklärt zu haben schien, ließ Plassek seine Meinung rasch ändern. Einige Kollegen würden am Nachmittag mit den Befragungen in der Nachbarschaft anfangen – noch nie hatten Dankelmann und Stengel einen Fall mit sechs Todesopfern gehabt, und beide beschlich das Gefühl, dass, wenn sie nicht schnell genug mit ihrer Arbeit Erfolg hatten, dies noch nicht das Ende der Mordserie gewesen sein könnte. Als das Telefon in der Brusttasche ihrer Jacke summte, schreckte sie zusammen. Es war Iris Blaul von der Spurensicherung. »Hör mal, Anke. Wir haben hier eine Plastiktüte mit 50.000 Euro gefunden. Irgendwie etwas ungewöhnlich, oder?« »Wo denn?« »Wasserdicht verpackt in der Toilettenspülung, auf der der Tote lag.« »Das könnte der Grund sein, warum jemand beim Durchsuchen der

Wohnung die Tüte nicht gefunden hat. Wenn er überhaupt auf das Geld aus war. Das Ganze wird immer mysteriöser.« »Diese Nummer mit den Speeren – was glaubst du, was das zu bedeuten hat?« »Wenn unser toter Kumpel da oben tatsächlich etwas mit dem Hildebrandslied zu tun haben sollte, dann könnte die Kohle ein Hinweis darauf sein, dass der Deal möglicherweise schon gelaufen ist. Dann sind die Schriften längst irgendwo im Ausland, und irgend ein mittelalter geiler Typ sitzt zu Hause und schaut sich die Dinger jeden Tag an.« »Dann sollten wir mal schauen, ob sich da auf dem Konto von Mannteufel irgendwas getan hat. 50 Riesen sind ja ein bisschen wenig, oder?« »Schon veranlasst. Halt mich auf dem Laufenden.« Anke Dankelmann beendete das Gespräch, weil ein anderer Anrufer anklopfte. Es war Plassek.
»Auf dem Sparkassenkonto sind nur normale Zahlungseingänge – aber der Bankmitarbeiter, der Mannteufel berät und den wir eher zufällig erwischt haben, hat gesagt, der Mann hätte gerade ein Schließfach eröffnet. Wir fahren hin und sehen es uns an – schaut mal, ob ihr da so etwas wie einen Schlüssel findet.«
Gegen 15 Uhr gab die Spurensicherung endlich die Wohnung frei – bis auf das Badezimmer, in dem die Leiche immer noch lag. Dankelmann und Stengel gingen durch die Wohnung. Anke Dankelmann ließ erst aus der Ferne, dann näher kommend den Blick durchs Arbeitszimmer schweifen. Auf dem Schreibtisch lag das Netzkabel für einen Laptop – von dem aber war keine Spur. War also offensichtlich geklaut, dachte sie. Sie öffnete vorsichtig die Schreibtischschubladen und blätterte langsam die Papiere durch, die sich darin stapelten. Ganz unten fand sie einen Tischkalender. Mit Bleistift gab es einige Eintragungen. Und plötzlich zuckte sie zusammen. An einem Donnerstag stand um 19 Uhr: »VHS H.«. Auch an anderen Donnerstagen fand sie dieselbe Eintragung. »Bernd, schau dir das mal an!« Stengel sah ihr über die Schulter und nickte. »Endlich scheinen zwei Enden mal zusammenzupassen.« Er hielt ihr einen Schlüssel mit Doppelbart unter die Nase. »Lag im Wohnzimmer bei den Bankunterlagen, die hatte

er sich wohl gestern noch angesehen.« »Wie machen wir das – du fährst zur Sparkasse, ich kümmere mich um den Terminkalender und die VHS?« Bernd Stengel nickte. »Abmarsch!« Eine intensivere Durchsuchung der Wohnung konnte noch warten, sie wollten jetzt Gewissheit bei ihren Vermutungen haben. Und Anke Dankelmann war dankbar, dass sie nicht noch geduldig weiter suchen musste – sie war dazu viel zu aufgeregt.

## 83

Im Präsidium hatte sie kaum die Berichte aufgeschlagen, als das Telefon klingelte. »350.000 Euro in bar liegen hier im Schließfach rum. Es sieht so aus, als hätten wir einen der Täter identifiziert«, sagte Stengel. Seine Stimme klang triumphierend. »Und ich kann dir sagen, Moment noch, die Eintragungen in den Kalendern sind identisch. Sowohl bei Runge als auch bei Mannteufel. Hoffentlich erwische ich jemanden bei der VHS.«

Sie hatte Glück. VHS-Leiter Dr. Ansgar Trinkaus nahm selbst ab und loggte sich gleich in den PC ein, als er gehört hatte, um was es ging. »Hmm. Dr. Mannteufel hat seit einiger Zeit in Kloster Haydau einen Kurs angeboten. Mittelhochdeutsche Literatur. Abgerechnet wurden immer nur drei Teilnehmer. Keine Namensangaben. Eigentlich hätten wir den Kurs wegen der geringen Teilnehmerzahl aus dem Programm nehmen müssen – aber Mannteufel hat kein Honorar erhalten, hat das offenbar als Hobby betrieben. Komische Sache.« »Haben denn diese Kurse überhaupt stattgefunden?« »So, wie es hier aussieht: Ja. Aber genau kann ich das von Kassel aus nur mit Blick in die Unterlagen nicht sagen. Da müssten Sie schon im Tagungszentrum in Haydau nachfragen.« Worauf du dich verlassen kannst, sagte Anke Dankelmann, bedankte sich und rief anschließend Willimowski an. Der war mit einem Ausflug ins Fuldatal einverstanden, er würde die Kommissarin im Präsidium abholen. Ein weiterer Anruf – und ein Termin mit dem Leiter der Tagungsstätte noch am Abend war abgemacht.

Dann eilte sie in die Abendlage. Zum ersten Mal seit Tagen war die Stimmung besser. Auch komisch, dachte die Polizistin. Da wird einem der Schädel weggepustet – und schon geht es uns besser. Naja, war vielleicht zu oberflächlich gedacht, schalt sie ihr eigenes Gewissen. Gott sei Dank hatte das in solchen Fällen nicht viel zu melden.
Auch Plassek wirkte irgendwie aufgeräumter an diesem Nachmittag. Anke Dankelmann berichtete von ihrem bevorstehenden abendlichen Treffen in Haydau, die Befragungen der Nachbarn hatten nichts ergeben, insgesamt war man sich aber sicher, dass es sich bei dem Toten um Mannteufel handeln musste. »Hat schon jemand die Mutter benachrichtigt?« fragte Stengel. Plassek nickte. »Der Kollege Schevallje hat das übernommen, er ist noch bei ihr. Mal sehen, ob wir die befragen können. Und wenn, dann ohnehin erst morgen.« »Wir gehen mit Blick auf das Geld also davon aus, dass da schon irgendein Deal gelaufen ist, oder? Obwohl die 400.000 Euro ja mit Blick auf den geschätzten Wert der Schriften nicht viel Geld sind.« Plassek nickte. »Möglicherweise hat er noch mehr Geld woanders deponiert. Möglicherweise ist aber auch noch nicht alles verkauft. Und wenn man bedenkt: Mindestens vier Leute waren ja dabei – mal 400.000 Euro, das macht immerhin 1,6 Millionen Euro.« »Das mit dem Geld finde ich im Augenblick weniger aufregend«, meldete sich Anke Dankelmann zu Wort, der gerade ein ganz anderer, ein geradezu unheimlicher Gedanke gekommen war. Die Runde blickte sie überrascht an.
»Und was finden gnädige Frau Supernase nun wieder außergewöhnlich?« Albert Menzel war eigentlich ein Kollege, mit dem sie ganz gut konnte. Diese kleine Spitze überraschte sie, normalerweise hätte sie jetzt verbal den Vorschlaghammer ausgepackt, aber sie ignorierte in diesem Fall den Unterton. »Wenn es so ist, dass die alle oder einen Teil der Schriften verkauft haben – dann sieht es ja so aus, als wären die sich ziemlich sicher gewesen, dass wir nichts in der Hand hatten, niemand unter Verdacht und Beobachtung stand, oder? Ich meine: Man klaut doch nicht diese wahnsinnig

wertvollen Handschriften, bringt fünf Menschen um und wickelt dann das Geschäft ab wie den Verkauf eines gebrauchten Golf. Wir hatten doch alle gedacht, dass die Täter so schnell wie möglich verschwinden, ins Ausland möglicherweise, und dass man dann erst einmal lange Zeit nichts von einem möglichen Deal hört. Jetzt passiert genau das Gegenteil. Ist doch komisch?« »Stimmt, Anke. Möglicherweise stimmt das. Aber was sagt uns das?« »Das allein sagt uns noch nicht viel. Aber die, die als Käufer aufgetreten sind, mussten sich doch genauso sicher sein, dass alles in Ruhe abzuwickeln war. Ich komme doch nicht von irgendwoher, ob In- oder Ausland ist dabei völlig wurscht, wenn hier gerade der Busch brennt.« Plassek nickte. »Und?« hakte er nach. »Das heißt, die Mörder und/oder Käufer haben gewusst, dass wir im Dunkeln tappen. Was ich jetzt sage, ist unbewiesen und nur eine von vielen theoretischen Möglichkeiten. Aber: Die konnten das doch nur wissen, wenn sie Informationen bekommen haben. Das heißt: Eventuell haben wir eine undichte Stelle.«
Ein ungeheurer Lärm brandete auf »Du spinnst«, hörte sie aus dem Lärm heraus. Plassek brachte die Kollegen mit Mühe wieder zur Ruhe. »Dann überprüf doch mal deinen Staatsanwalt, dem du wahrscheinlich im Bett alles erzählst«, fauchte Menzel sie erneut an. »Nun reicht es!« brüllte Plassek. »Ich denke zwar, dass Anke nicht Recht hat mit ihren Unterstellungen – aber wir müssen zugeben, dass dies eine Möglichkeit ist. Damit meine ich nicht den Staatsanwalt, Albert, und halt bitte diese Aggression und irgendwelche Anspielungen auf das Privatleben aus unserer Arbeit raus!« Der Chef des K 11 atmete laut hörbar durch, stand auf und ruckelte an seinem Hosenbund herum. »Kann ja alles auch Zufall sein, oder? Vielleicht sind das alles Amateure, die einfach nur Glück haben.« »Und völlig amateurhaft sechs Menschen umbringen, ohne Spuren zu hinterlassen? Na bravo!« sagte Stengel.
Plassek beendete die Lagebesprechung und stürmte als erster aus dem Raum. Nach der Sitzung hatte Anke Dankelmann keine Lust mehr auf Präsidium. Sie nahm ihre Sachen und hoffte, dass

Willimowski schon wartete. Als der mit seinem Wagen dann endlich vorfuhr, sprang sie auf den Beifahrersitz und grub ihr Gesicht in die dicke Jacke ihres Freundes. Der war irritiert und streichelte ihr über das Haar. »Was ist los?« Anke Dankelmann atmete ein paar Mal schwer, schnallte sich dann an und sagte: »Fahr erst mal los. Wir kommen sonst zu spät nach Haydau. Ich erzähle es dir während der Fahrt.«

## 84

Kretschmer und der Friese hatten sich um 16 Uhr im Bergpark getroffen. »Sag mir ehrlich: Hast du Gerald abgeknallt?« hatte der VW-Mann gleich am Anfang in völliger Erregung gefragt. »Nein. Ich schwöre es dir. Ich habe keine Ahnung, wer das war.« Kretschmer glaubt ihm nicht so recht, traute dem großen Kerl aber eigentlich den Gebrauch von Schusswaffen nicht zu. Dessen Germanen-Spleen ließ eine historisch nicht korrekte Waffe gar nicht zu. Nach langer, eher geflüstert geführter Diskussion waren sich beide einig, dass ihre Partner, die die Schriften gekauft hatten, möglicherweise die einzigen waren, die ein Motiv hatten. »Gerald hat mich im Alex gesehen, wie ich von der Toilette kam. Da war der Russe zwar schon weg – aber eventuell war er ja schon länger da. Vielleicht haben die Bodyguards Mannteufel gesehen und haben einen unliebsamen Zeugen, den sie nicht kannten, aus dem Weg geräumt.« »Und woher wussten die, dass Gerald dich sozusagen beschattet hat? Das kann doch nur heißen, dass die uns schon einmal zusammen gesehen haben. Das letzte Mal war hier im Park. Mit anderen Worten: Nicht ausgeschlossen, dass die uns jetzt auch belauschen.« Der Friese zuckte zusammen. Kretschmer hatte Recht. »Gib mir jetzt einfach die Kohle, und dann sehen und sprechen wir uns nie wieder, klar?« Kretschmer streckte auffordernd einen Arm nach vorn. Sein Partner nickte schwerfällig, reichte ihm eine große Reisetasche und schaute bekümmert drein. »Am besten, du haust irgendwie ab, du bist schließlich der einzige, der unseren

Kumpel aus Moskau kennt. Leb wohl!« Kretschmer machte kehrt und hastete davon. Seit er im Radio von dem Mord gehört hatte, arbeitete es in ihm wie wild. Der Radiosprecher hatte zwar keinen Namen genannt, aber er hatte seine Schicht bei VW geschwänzt und war an Mannteufels Haus vorbei gefahren, hatte angehalten und die Schaulustigen gefragt. Danach war klar: Der Tote musste Mannteufel sein. Dann hatte er den Friesen angerufen und das Treffen vereinbart. In der Zwischenzeit hatte er seinen Plan entwickelt. Er würde aus der Stadt verschwinden und irgendwo anders mit neuer Identität leben. Geld genug hatte er jetzt, das würde ihm ein mehr als angenehmes Auskommen sichern. Vanessa würde er in den nächsten Tagen aus irgendeinem Internet-Café eine E-Mail schicken und ihr alles erklären – natürlich ohne die Verbrechen zu erwähnen.

Die Vorstellung, seine Tochter nicht mehr sehen zu können, verursachte ihm körperliche Schmerzen, aber ein lebender Vater war immer noch besser als ein toter. Er würde eine große Summe des Geldes auf ein Konto einzahlen und ihr monatlich einen unauffälligen Betrag überweisen. Schließlich war das ja der Sinn, warum er überhaupt bei dieser furchtbaren Sache mitgemacht hatte. Er schaute auf die Uhr: Sie hatte jetzt Turnen, war in zehn Minuten fertig. Er würde zur Turnhalle am Kubergraben fahren und sie beobachten, wenn sie mit ihren Freundinnen herauskam. Dann hätte er sie wenigstens noch einmal gesehen. Eine Träne lief über seine rechte Wange – warum nur hatte er bei diesem Schwachsinn, der das Leben von sechs Menschen gekostet und sein eigenes und das seiner Tochter zerstört hatte, bloß mitgemacht? Er ahnte, dass er lange mit dieser Zentnerlast in Kopf und Herz nicht leben können würde.

## 85

Der Friese ging langsam durch den dunklen Park. Gelegentlich blieb er stehen und horchte, doch offensichtlich wurde er nicht verfolgt. Oder sein Schatten war ein geräuschloser. Er musste heute raus aus der Stadt. Er würde nach Haydau fahren und dort nachdenken. Die Umgebung dieses Klosters ließ ihn immer wieder tief einsinken in seine Welt. Er musste sich in Hildebrand hineindenken. Der alte Krieger hatte so viele Schlachten geschlagen und gewonnen, er würde ihm Rat geben können. Schließlich war er sein letzter Nachfahre. Zumindest der letzte bekannte, andere Zweige hatten er und sein Vater natürlich nicht verfolgt. Vor seinem geistigen Auge tauchte wieder einmal die Szene auf, als Hildebrand die Hütte seines von ihm getöteten Sohnes verließ, an seiner Schwiegertochter und seinem Sohn Hildebrand vorbeiging. Welche Zentnerlast musste dem alten Krieger da auf der Schulter gelegen haben. War er daran zerbrochen? Natürlich nicht, sagte der Friese.

Der Mann hatte seine Krieger zurück in die Heimat geführt. Und, das hatten seine Forschungen ergeben, er hatte in hohem Alter noch einmal geheiratet. Eine junge, schöne, blonde Frau, mit der er bis an sein Lebensende, glücklich und anerkannt von seinen Mitmenschen, gelebt hatte. Es gab einen Ausweg, das ahnte er. Der Friese war auf dem Parkplatz angekommen und steuerte sein Auto zielsicher in Richtung Autobahn. Noch eine halbe Stunde, dann würde er in dem kleinen Park hinter dem Kloster Haydau im Dunkeln sitzen und nachdenken können.

## 86

Ulrich Mann war ein hagerer, kleingewachsener Mann mit wirren grauen Haaren, pensionierter Mitarbeiter des Landeskirchenamtes, und kümmerte sich ehrenamtlich um die Verwaltung der Klosteranlage in Haydau. Sie war mittlerweile mit starker finanzieller

Hilfe des Braun-Konzerns aus Melsungen zur Tagungsstätte umgebaut worden. Die Räume konnten allerdings auch von Vereinen und Verbänden genutzt werden, und die kleine Gemeinde Morschen im Schwalm-Eder-Kreis war stolz auf dieses Kleinod. Die Vereine, vor allem die Kulturschaffenden, nutzten die Räume für die verschiedensten Zwecke. Lesungen, Theaterproben, Kunstwerkstätten – es war ein beliebter Ort geworden. Die kleine Gemeinde im Fuldatal hatte aber auch solche Anziehungspunkte bitter nötig. Wie so viele Kommunen in Nordhessen war sie vom Bevölkerungsschwund betroffen. Die Jungen gingen in die großen Städte, viele Häuser standen leer, und es war zu erahnen, dass auch die Landwirtschaft ihre beste Zeit hinter sich hatte. Auf manchen Höfen gab es keine Nachfolger mehr – der Strukturwandel würde sich in den nächsten Jahren erbarmungslos fortsetzen. Er wartete am Zaun auf das Auto aus Kassel, Anke Dankelmann hatte eine ungefähre Ankunftszeit genannt und lieferte mit Valentin Willimowski eine Punktlandung ab. Die Straße war frei gewesen Novemberabende waren keine Ausflugstermine. Sie parkten auf dem mit Kopfstein gepflasterten Innenhof, stellten sich vor, und Ulrich Mann bat sie ins Büro. Anke Dankelmann schaute sich um. Sie war noch nie hier gewesen – sie erkannte ein Hinweisschild fürs Feuerwehrmuseum, auch die Gemeinde hatte hier Räumlichkeiten, sie sah eine in ein anderes Gebäude hineingebaute Kirche und hörte Ulrich Mann in dürren Worten was zur Geschichte der Anlage erzählen. 13. Jahrhundert also – es war immer wieder erstaunlich, wie viele historische bauliche Zeugen aus längst vergangenen Jahrhunderten in dieser Region existierten. In Manns Büro setzten sie sich in eine spartanisch eingerichtete Sitzecke, und Anke Dankelmann begann nach kurzem Smalltalk mit dem eigentlichen Gespräch. »Herr Mann, Valentin Willimowski ist Staatsanwalt und eigentlich ermitteln wir nicht zusammen – wir sind eng befreundet und er hilft mir einfach nur ein wenig.« »Ist ja fast wie im Fernsehen«, entgegnete Mann und lächelte. »Im Übrigen: wie eng sie befreundet sind, das merkt man Ihnen an. Ist ja wohl sonst nicht üblich, dass man so Hand in Hand über einen Hof geht, oder?« Willimowski errötete leicht, Anke Dankelmann schaute ihn leicht verdattert an. War ihr gar nicht aufgefallen, dass sie sich da so ... naja, war ja auch egal. Sie lächelte zurück, nickte und sagte: »Da haben sie sicher Recht. Wie dem auch sei: Ich schildere Ihnen, wie schon kurz am Telefon, den Grund unseres Besuchs.« Sie stellte kurz dar, wie die Fahndung nach den Todesfällen von Runge und Mannteufel sie auf Haydau gebracht hatten.

»Herrn Dr. Mannteufel habe ich persönlich mehrfach getroffen. Ein feiner, belesener und von seiner Sache sehr überzeugter Pädagoge, keine Frage. Es gab auch keine Beanstandungen.« »Ist es nicht ungewöhnlich, dass eine Volkshochschule, die ja eigentlich zu einer Stadt oder einem Kreis gehört, außerhalb dieser Grenzen aktiv wird?« fragte Willimowski. »Doch, schon. Eigentlich hätte es ja ein Kurs der VHS des Schwalm-Eder-Kreises sein müssen. Aber wir sind ja unabhängig vom Kreis, und der Förderverein hatte von Anfang an entschieden, dass wir hier keine Kirchturmpolitik betreiben wollten. Herr Mannteufel hat die Kursgebühren auch immer ordnungsgemäß abgerechnet. Und hat für sich selbst nie ein Honorar einbehalten. Wie ich schon sagte – von seiner Sache war er sehr überzeugt.« »Was war denn seine Sache?« wollte Anke Dankelmann wissen. »Deutsche Geschichte, mittelhochdeutsche Sprache, Sagen, Lieder – alles, was dazu gehört. Ich habe einmal eine Stunde miterlebt – das ist ein faszinierender Bereich, sage ich Ihnen. Wer kennt schon die Liebeslieder von Walther von der Vogelweide?« Anke Dankelmann war elektrisiert: »Sie haben eine Stunde miterlebt? Sie haben die anderen Teilnehmer erlebt? Wie viele waren es denn?« »Das war nur eine kleine Gruppe, neben Mannteufel noch drei andere – er sagte, die anderen könnten an diesem Abend nicht, aber er wollte das Ganze nicht ausfallen lassen. Haydau hat er übrigens ausgewählt wegen des Ambientes, hier lasse es sich so richtig eintauchen in längst vergangene Zeiten.« »Und war es denn so, dass sonst mehr Leute den Kurs besuchten?« »Ehrlich gesagt bezweifle ich das. Er hat insgesamt für

sechs Teilnehmer abgerechnet – aber das ist die Mindestanzahl. Ich traue ihm zu, dass er drei Leute aus eigener Tasche bezahlt hat.« »Wann waren Sie denn in der Stunde?« »Naja, wir haben November – das war im vergangenen Monat.« Willimowski und Dankelmann schauten sich an. »Er war auch nicht begeistert von der Idee, mal reinzuhorchen«, fuhr Mann fort. »Aber er hatte keine Chance: Wenn Sie es ihm untersagt hätten, wäre das ja etwas merkwürdig gewesen.« Willimowskis schaute Mann an, nickte kurz und blickte nachdenklich aus dem Fenster. »Können Sie denn die Teilnehmer beschreiben?« Mann nickte. »Klar, ist ja noch nicht so lange her. Da war Mannteufel, der lebt ja nun leider nicht mehr.« »Und war der hier möglicherweise dabei?« Anke Dankelmann holte ein iphone aus der Tasche, tippte auf dem Display hin und her und holte das Foto von Ralf Runge hervor. Sie hatte sich angewöhnt, neue Technik für sich und ihre Recherchen zu erschließen. Mann schaute kurz drauf und nickte. »Der war dabei. Gesagt hat er nicht viel, die anderen auch nicht. Eigentlich hat Mannteufel mehr oder weniger einen Monolog gehalten. Aber total spannend.« »Dann beschreiben Sie uns doch bitte die anderen.«
Willimowski und die Kommissarin machten sich eifrig Notizen. Am besten konnte Mann einen großen Mann schildern, der ständig finster dreingeblickt hatte und dem die Anwesenheit des Gastes überhaupt nicht zu behagen schien. Er hatte nur einmal etwas gesagt und dies mit einem stark norddeutschen Akzent. »Ich denke, das war ein Ostfriese, ich kenne mich mit den deutschen Dialekten eigentlich ziemlich gut aus.« »Könnten Sie sich vorstellen, morgen dem Polizeizeichner die Vorlage für zwei Phantombilder zu liefern?« Mann nickte. »Klar, ich könnte so gegen 10 Uhr in Kassel sein, passt das?« Anke Dankelmann jubilierte innerlich. Das Ganze schien ein Volltreffer zu werden. Sie erklärte ihm, wo er sich einfinden sollte, und lehnte sich zurück. Schade, dachte sie, dass es hier keinen Sekt oder so was gab. Ihr war jetzt danach.
»Haben Sie Lust auf ein Glas Apfelchampagner?« fragte Mann »Ich beziehe den direkt aus Schauenburg, das ist ein köstliches

Getränk. Erfrischend, nicht zu berauschend. Und ihr Dienst müsste doch jetzt beendet sein, oder?« Anke Dankelmann nickte heftig. »Ich habe ja heute einen Chauffeur«, sagte sie grinsend.

## 87

Der Friese hatte sein Auto außerhalb des Klostergeländes geparkt Ein paar Meter in Richtung Fluss gab es Bäume mit ausladenden Ästen, die ein komplettes Dunkel erzeugten, auch ohne Blätter an den Ästen. Er hatte sich kurz umgeschaut und war dann auf den wenig beleuchteten Klosterhof gegangen. Die Stille der Anlage, diese kümmerliche Beleuchtung, die aussah, als falle nur das Mondlicht herein, erschlug ihn jedes Mal. Was mochte hier vor Jahrhunderten für ein Betrieb gewesen sein? Seine Liebe zu diesem Kloster war eigentlich ein wenig merkwürdig – denn die Helden seiner wirren Gedanken waren ja alles andere als Christen gewesen. Aber nach strenger Zucht hatten sie auch gelebt, stolz und in Demut. Und ihm war es egal, ob sein Gott nun Wotan hieß oder einen anderen Namen hatte. Gott war für ihn Gott – und für ihn nur eine begrenzt mächtige Instanz. Auch Hildebrand hatte sich nicht um göttliche Vorgaben gekümmert, da war er sicher.
Er war gerade den schmalen Weg an der Kirche entlanggegangen und versunken in seiner Welt, da hörte er hinter sich Stimmen. Eine kam ihm bekannt vor. Er drängte sich in den Schatten der Mauer und schlich vorsichtig nach vorn in Richtung Innenhof. Aus dem Schatten heraus sah er drei fröhliche Gestalten aus der Tür zum Büro des Fördervereins treten. Zwei kannte er nicht, obwohl er meinte, sie schon einmal gesehen zu haben. Der dritte aber, das war ein guter Bekannter. Der Friese bekam einen ungeheuren Schrecken: Wie hatte ihm nur dieser entsetzliche Fehler unterlaufen können? Es gab nur eine Person, die die vier Täter zusammen schon einmal gesehen hatte: Dieser Mann, dieser Klosterverwalter, der sich in eines der Treffen hinein, geschlichen hatte. Ihn hatten sie völlig vergessen. Und wer waren die anderen beiden?

Hatten sie möglicherweise über ihn und seine Kumpanen gesprochen? »Also, Herr Mann, dann bis morgen um 10 Uhr im Präsidium. Und Danke für den Apfelchampagner. Sie hatten Recht. Ein köstliches Getränk.« Anke Dankelmann reichte Ulrich Mann die Hand. »Tschüss, und danke für die Auskünfte.« Valentin Willimowski schloss sich an. »Frau Kommissarin, Herr Staatsanwalt, ich komme mir ja so ein bisschen vor wie in einem Tatort-Krimi. Aber angenehm. Schließlich tauche ich ja nicht als Leiche in dem Streifen auf.« Alle drei lachten kurz auf. »Und, wenn Sie erlauben: Hier ist noch eine Flasche – zur Erinnerung an das Kloster Haydau. Kommen Sie bald wieder.« Willimowski und Dankelmann gingen Hand in Hand über den Hof, die Kommissarin hatte die Flasche unter dem Arm.

Der Friese stand im Schatten, zutiefst erregt, gelähmt zugleich. Kommissarin, Staatsanwalt, Auskünfte, Präsidium. Wie konnte es sein, dass man ihnen so schnell auf die Schliche gekommen war? Was hatte diese miese Ratte von Vereinsmeier den beiden erzählt? Wie konnte er den Gang der Dinge unterbinden? Musste er den beiden Ermittlern nun folgen oder sich zuerst um diesen Typen kümmern. Richtig, Mann hatte der geheißen, Ulrich Mann. Der war gerade zurück in sein Büro gegangen, hatte aber die Tür offen lassen. Die Kommissarin und der Staatsanwalt schlenderten über den Hof und blieben an einer großen Tafel stehen, auf der die Geschichte dieses Anwesens knapp beschrieben wurde. Das könnte ihm die nötige Zeit verschaffen. Er sah sich um, sah einen dicken Knüppel am Boden liegen, hob ihn auf. Gott sei Dank war er stabil genug. Er lugte um die Ecke, sah das Pärchen eng umschlungen vor der Tafel stehen und huschte durch die offene Tür. Er hatte zum Glück Schuhe mit weichen Sohlen an. Er wusste, er würde sie wegen der Fußabdrücke noch in dieser Nacht fortwerfen müssen. Plötzlich fühlte er, wie er ruhiger wurde. Er wusste, warum das so war. Er hatte ein besonderes Gen in sich. Er war ein Kämpfer, er war geboren, um zu rächen, um zu töten. Er musste sich jetzt rächen, für den Verrat, den dieser Ulrich Mann begangen hatte.

Er schlich durch das erste Zimmer und hörte, wie sich Schritte näherten. Er drückte sich an die Wand neben der Tür zum nächsten Raum. Der Mann kam näher, blieb kurz stehen und löschte das Licht im Nebenzimmer. Ulrich Mann hatte eine Tasche unter dem Arm, in der anderen Hand einen Schlüsselbund, er musste gleich abschließen. Er drückte den Lichtschalter, sein Büro verschwand im Dunkeln, er drehte sich um und ging durch die Tür. Er sah kurz eine dunkle Gestalt an der Wand, der Schrecken war immens, er wollte schreien, sich bemerkbar machen, er spürte die Bedrohung, er spürte die Todesangst – doch nichts passierte mit ihm. Kein Schrei, keine Gegenwehr, er spürte einen kurzen, intensiven Schmerz, als irgendetwas auf seinen Kopf schlug, ihm wurde schwarz vor Augen. Der Friese wusste, dass kein lautes Geräusch ertönen durfte. Er hatte diesem Verräter den Knüppel seitlich auf den Schädel geschlagen, der Typ war sofort bewusstlos oder tot, er fing den schlaffen Körper mit beiden Armen auf und legte ihn auf den Boden. Er horchte nach draußen – kein Geräusch. Er hörte ein leichtes Prasseln, es hatte angefangen zu regnen. Sonst nichts. Er betrachtete die Gestalt, die auf dem Boden lag. Er bückte sich und suchte den Puls. Der war noch da, er musste die Sache beenden. Er sah sich um, sah an der Garderobe einen Schal, stand auf, holte ihn und legte ihm dem Bewusstlosen um den Hals. Er drückte zu, so fest er konnte. Irgendwann hörte er Schritte auf dem Hof, Schritte, die sich langsam entfernten. Er musste sich beeilen. Er fühlte erneut nach dem Puls, aber der Mann war offensichtlich tot. Endlich. Er huschte zur Tür, sah nach draußen, beobachtete, wie die Kommissarin und der Staatsanwalt zu ihrem Auto gingen.
Er löschte das Licht, nahm den Schlüsselbund des Toten, drei Schlüssel konnte er erkennen. Er probierte den ersten – er hatte Glück, dieser passte zum Schloss der Tür. Leise zog er die Tür hinter sich zu, drehte den Schlüssel und schlich im Schatten der Gebäude in Richtung Ausgang. Er hatte noch beobachtet, dass der Staatsanwalt das Auto fuhr. Er hörte, wie der Motor angelassen wurde und das Auto sich langsam in Bewegung setzte.

## 88

»Wo ist denn Mann? Ist ja schon alles dunkel?« fragte Anke Dankelmann, als sie beim Ausparken einen Blick auf das Bürogebäude werfen konnte. »Ach Anke, nun ist mal gut. Der wird sein Auto woanders geparkt haben, oder er ist in die Kirche gegangen oder er onaniert im Dunkeln.« Anke Dankelmann schaute ihren Partner ungläubig an. »Wie bitte? Du bist ein Connaisseur, oder?« Sie lachte laut auf und machte sich am Verschluss der Flasche zu schaffen. »Du willst doch nicht etwa ...« Willimowski traute seinen Augen nicht. »Es geht nichts über einen Fahr-Sekt, mein Lieber. Ich sehe, du bist nur in wenigen Dingen ein Connaisseur.«

Es machte Plopp, der Korken war aus der Flasche, Anke Dankelmann steckte kurz den Zeigefinger in den Flaschenhals. »Siehst du, so verhindert man, dass das Zeug schäumt«, sagte sie. Dann nahm sie mehrere große Schlucke aus der Flasche. Willimowski grinste und schüttelte den Kopf. »Ich fasse es nicht«, sagte er, »Fahr-Sekt. Gibt es auch Fahr-Bier?« fragte er. »Hier nicht«, sagte Anke Dankelmann. »Aber gelegentlich mache ich das schon. Ab an die Tanke, eine Dose Bier, ab ins Auto, auf die Straße und dann zisch. So veredelt man Dosenbier.« Willimowskis lachte und griff zur Flasche. »Na gut. Das will ich auch testen.«

Er fuhr auf die Hauptstraße Richtung Melsungen und nahm einen tiefen Schluck. Bevor er Anke Dankelmann kennengelernt hatte, hätte er niemals so etwas getan. Er war ein steifer Beamter gewesen, Vorschriften hatten sein Leben bestimmt, und wenn es keine gesetzlichen gab, dann hatte er für sich selbst welche formuliert. Seit er diese Frau getroffen hatte, war sein Leben ein anderes geworden. Anke Dankelmann war ein immer brodelnder Vulkan. Unberechenbar und berechenbar zugleich, knallhart und verletzlich, ruppig und zärtlich – und in allen ihren Reaktionen immer ehrlich. Er liebte sie inniglich und hatte plötzlich eine ungeheure Angst, sie irgendwann verlieren zu können. »Sag mal, Anke, willst Du mich heiraten?« Anke Dankelmann nahm ihm die Flasche ab

und schaute ihn an. »Weißt du was, Staatsanwalt, du hast gerade einen Liebesschub und fragst mich das, wie in irgendeinem Ami-Schnulzen-Streifen. Du kannst mich das gern wieder fragen – aber dann, wenn du mal gerade nicht triefst vor Verliebtheit und das Ganze in allen Konsequenzen auch ernst meinst.« Willimowski schluckte und lachte dann laut auf.
Ehrlich, in jeder Situation. Genau. Diese Frau machte ihn glücklich. »Warum lachst du jetzt, Blödkopp?« fragte die Kommissarin. »Geht dich nichts an. Gib mir die Flasche.« Willimowski nahm einen weiteren tiefen Schluck. »So. Am Rasthof in Malsfeld hältst du an. Wir brauchen Nachschub. Auf den ersten Heiratsantrag in meinem Leben muss ich einen trinken.« »Genau. War auch mein erster. Und auf den ersten abgelehnten in meinem Leben muss ich auch einen trinken.« »Nix da. Du fährst. Und kriegst höchstens einen einzigen Schluck ab.« Sie schaute hinaus in die Dunkelheit. Ihr war unglaublich warm im Innern. Und das lag nicht am Sekt.

## 89

Der Friese war gerade noch rechtzeitig an seinem Auto angelangt. Als er die Fahrertür aufschließen wollte, merkte er, dass er den Holzknüppel mitgenommen hatte. Okay, war vielleicht auch besser. Er wartete, bis der Wagen der beiden um die Ecke gebogen war und folgte ihnen dann. Sein Hirn arbeitete im Akkord. Wie sollte er jetzt vorgehen? Wenn die beiden zusammen irgendwo ankämen, dann hatte er keine Chance. Er musste sich einen nach dem anderen vorknöpfen. In weitem Abstand folgte er ihnen, bremste am Kreisel nahe dem Industriegebiet Pfieffewiesen vor Melsungen ab, um nicht zu dicht aufzufahren und schloss danach wieder auf. Als der Wagen an der Tankstelle am Autohof Malsfeld stoppte, hielt er am Reifendruck-Messstand an, schaltete Motor und Licht aus. Er sah, wie Anke Dankelmann im Laufschritt mit zwei Dosen Bier in der Hand aus den Tankstelle kam und folgte dem Wagen auf die Autobahn. Seine innere Spannung war kaum zum Aushalten.

## 90

Lutz Kretschmer hatte alle seine Sachen gepackt. Zumindest alles, was er nötig hatte. Er hatte mit seinem Bruder in Stuttgart telefoniert, ihm kurz erklärt, er wolle auswandern und ihn gebeten, die Wohnung aufzulösen. Peter war einige Jahre jünger als er, und er hatte ihm immer gehorcht. Er hatte ein paar Fragen beantworten müssen, hatte etwas von neuer Liebe, neuem Job, neuer Herausforderung, schneller Entscheidung und ähnlichen Dingen geredet – und Peter hatte sich gefügt. Die Aussicht, die Wohnung aufzulösen und das Geld, das er für Möbelverkäufe und anderes erlösen konnte, für sich zu behalten, hatte ihn besänftigt, beruhigt. Kretschmer nahm die beiden Reisetaschen und packte sie in den Kofferraum. Eine war voll gepackt mit Geld. Er ahnte, dass der unruhigste Teil seines Lebens bevorstand. Er schaute noch einmal kurz auf das Foto, das er gemacht hatte, als seine Tochter aus der Turnhalle am Kubergraben gekommen war. Ein fröhliches, glückliches, wunderschönes Kind. Er hatte die Wahl zwischen zwei Leben, die beide mies waren. Hier zu bleiben, erwischt zu werden und seine Tochter nur noch bei deren Besuchen im Gefängnis sehen zu können – oder abzuhauen und in ihrer Erinnerung mit viel Glück, wenn die Geschichte weitgehend im Verborgenen blieb, als toller Papi weiter zu leben. Und ihr eine Existenz angenehmer Art zu ermöglichen.

## 91

Die Stimmung in Willimowskis Auto war trotz des abgelehnten Heiratsantrags überaus ausgelassen. Der Staatsanwalt war froh, dass er überhaupt den Antrag gemacht hatte, dass er es sich getraut hatte. Auch Anke Dankelmann war froh über die Worte gewesen – aber beide hatten jetzt auch so ein inneres Gefühl, dass es möglicherweise der falsche Zeitpunkt, der falsche Ort und zudem eine etwas unüberlegte Variante gewesen war. Sie wusste ziemlich

genau, dass sie nie heiraten würde. Aber »Sag niemals nie« hatte es schon bei James Bond geheißen.
Sie fühlte sich wohl in dieser Beziehung, Willimowski offensichtlich auch – und jetzt galt es erst einmal, das brutalste Verbrechen, das es in Kassel nach dem Zweiten Weltkrieg gegeben hatte, aufzuklären. Und zu Weihnachten würde sie sich etwas Besonderes trauen: Sie hatte für sich und ihren Partner heimlich eine Reise gebucht. Sie liebte die Sonne – und in Ägypten war sie um diese Jahreszeit schön und erträglich. Sie sah sich schon mit Willimowski auf irgendeinem Kamel um die Pyramiden schunkeln. Ihr fielen ein paar Zeilen aus einem Lied von Reinhard Mey ein: »Als ich im vergangnen Jahr, bei den Pyramiden war ...«.
Mit Willimowskis Büro war das schon ohne sein Wissen abgestimmt. Mit der Mitarbeiterin bei der Staatsanwaltschaft, Anke Werner, verstand sie sich prima – halt von Anke zu Anke. Danach würde man weitersehen. Willimowski bog am Wehlheider Kreuz links in die Kohlenstraße und danach gleich nach rechts in den Kirchweg ab.
Es war einiges los auf den Straßen, das Auto, das kurz hinter ihnen den gleichen Weg nahm, bemerkten beide nicht. Vor dem Haus im Kirchweg, in dem Anke Dankelmann wohnte, hielt Willimowski an und schaltete den Motor nicht ab. Anke Dankelmann beugte sich zu ihm, drückte ihm einen Kuss auf die Wange und sagte: »Du bis sehr süß, mein Staatsanwalt. Du darfst das Pfand für die Dosen kassieren. Als Belohnung.« Danach entschwand sie blitzschnell aus dem Auto, schloss die Haustür auf, winkte noch einmal kurz zurück und stiefelte die Treppe hoch. In ihrer Wohnung angekommen, horchte sie in sich hinein. Wieso hatte da eben 50 Meter hinter ihnen ein Auto in der zweiten Reihe mit laufendem Motor und eingeschaltetem Licht geparkt? Keine Tür war geöffnet worden – naja, in der kurzen Zeit, die sie den Wagen gesehen hatte, auch etwas unwahrscheinlich. Sie schaute aus dem Wohnzimmerfenster nach unten – der Dachvorsprung verstellte den Blick zurück in die Straße. Vielleicht war sie heute nicht die einzige Frau, die von ei-

nem Mann mit Manieren zuhause abgesetzt worden war. Oder vielleicht wurde auch jemand abgeholt. Sie schloss das Fenster und vergaß ihre Gedanken.

## 92

Valentin Willimowski quälte sich mit seinem Wagen durch die unsinnig verkehrsgeregelten Straßen rund um den Kirchweg. Er fuhr auf die Kohlenstraße zurück und hielt, ordentlich wie er veranlagt war, an der Aral-Tankstelle an, um die Bierdosen zu entsorgen. Wenige Minuten später bog er mit seinem Wagen in die Baunsbergstraße ab und steuerte dann auf den großen Parkplatz vor seinem Haus. Er hätte auch in die Tiefgarage fahren können, doch er hasste solche Anlagen. Seinen Einstellplatz nutzte er nur im Winter, weil er zu faul war, die Scheiben morgens freizukratzen. Er schloss den Wagen ab und ging langsam unter den Betonpfeilern, die das Haus stützten, zur Eingangstür.

Der Friese war aufgeregt. Er wusste nicht, wie dieser Bursche hieß und vermutlich war dies eine Haustür, die besonders gesichert war. Wie sollte er den Mann stoppen können? Er hatte sein Auto weiter in Richtung Straße abgestellt, den Knüppel genommen und sich im Schatten der Hauswand nähergeschlichen. Plötzlich kam ihm Willimowski wieder entgegen, der zurück zum Wagen ging. Er hatte die leere Sektflasche vergessen, und er wollte auf keinen Fall, dass es in dem Wagen am nächsten Morgen nach Alkohol roch. Als er die Tür aufschloss und sich bückte, hörte er ein knirschendes Geräusch hinter sich. Er drehte sich um und sah diesen großen Mann hinter sich stehen, der mit einem dicken Knüppel auf ihn schlug, Willimowski versuchte, seinen Arm hochzureißen, sich zu wehren, doch er merkte, wie ihn ein Schlag an der Schläfe traf und ihm schwarz vor Augen wurde. Er sah noch einen hellen Schein und glaubte, das wäre Teil der Bewusstlosigkeit. Doch auch der Friese wurde geblendet, es waren die Scheinwerfer eines Vans, der eben auf den Parkplatz abgebogen war. Der Fahrer, ein

Bewohner des Mietshauses, hatte die Schlagbewegungen gesehen und preschte jetzt mit Vollgas und aufgeblendetem Licht auf den großen Mann zu, laut hupend, das Fenster mittlerweile heruntergekurbelt und laut »Hilfe! Polizei!« schreiend – immer wieder. Der Friese ließ den Knüppel fallen, bückte sich, hob ihn auf und rannte davon – seinen Wagen konnte er vergessen, bis er den aufgeschlossen hatte, wäre sein Verfolger bei ihm.

Einen kurzen Moment funktionierte sein Hirn nach den Gesetzen der Logik. Er entschwand durch einen dunklen Durchgang in Richtung Flüsseviertel, feuerte den Knüppel weit in irgendeinen Vorgarten, blieb kurz stehen und lauschte. Er hörte keine Schritte hinter sich und wusste, dass er sich jetzt zusammenreißen musste. Er brauchte klare Gedanken – und fand sie nur schwer. Er ging langsam weiter, immer auf möglichst dunklen Wegen. Was würde mit seinem Auto passieren? Konnte er es wieder abholen? Hatte er irgendwelche belastenden Dinge in der Karre gelassen? Er wusste es nicht. Sein Handy hatte er dabei, er musste Kretschmer anrufen. Doch der hatte sein Telefon abgestellt. In seiner Wohnung nahm er einen riesigen Schluck vom Met, löschte das Licht und kniete vor dem Hildebrandslied nieder. Er wollte jetzt Hilfe von seinen Vorfahren, von Hildebrand und noch mehr von Hadubrand, diesem tapferen Mann, der sich der Prinzipien wegen gegen seinen Vater gestellt und dabei ums Leben gekommen war. »Ik gihorta dat seggen.« zitierte er seine heiligen Zeilen.

## 93

Anke Dankelmann hatte sich gerade die Zähne geputzt, da fiel ihr ein, dass sie noch einmal ihren Partner anrufen wollte. Dieser Heiratsantrag war so süß gewesen, er hatte sie tief berührt – und sie hatte mal wieder in ihrer kaum noch burschikos zu nennenden Art zurückgeballert. Sie wollte ein liebes Wort loswerden, bevor der Mann einschlief. Doch der nahm nicht ab. Auch in der Wohnung ging keiner an den Festnetzanschlussn Sie dachte an das Auto im

Kirchweg, an das plötzlich dunkle Büro in Morschen – und ihr wurde mulmig. Vielleicht stand Willimowski unter der Dusche – nein, er würde das Telefon hören und auf jeden Fall drangehen, so weit kannte sie ihn schließlich. Sie griff ihre Jacke, die Autoschlüssel und stürmte die Treppe hinunter.
Zwei Minuten später war sie auf der Druseltalstraße und raste mit 120 km/h in Richtung Baunsbergstraße. Sie bog gegenüber der Kneipe »Stilbruch« ab, auf der Baunsbergstraße selbst konnte sie nicht mehr so schnell fahren, die Straße führte leicht bergab um eine Kurve und da sah sie schon die Ansammlungen von Blaulicht. Ein Polizist winkte ihr mit der Kelle auf der Fahrbahnmitte, sie hielt an, öffnete das Fenster und zeigte ihren Ausweis. »Was ist passiert?« Sie wusste, dass sie vermutlich ein wenig nach Alkohol roch – aber das war ihr egal. Der Kollege ignorierte es – wenn er es denn überhaupt bemerkt hatte. »Ein Überfall, der Täter ist entkommen, das Opfer – keine Ahnung, wie es ihm geht.« »Wer ist es denn?« »Ein Mann von der Staatsanwaltschaft.«
Anke Dankelmann wurde beinahe schwarz vor Augen, sie trat auf das Gaspedal und donnerte an den Einsatzfahrzeugen vorbei auf den Parkplatz, sprang aus dem Auto und rannte dorthin, wo sie sah, wie sich die Besatzung eines Notarztwagens um einen Mann auf einer Trage kümmerten. Infusionslösungen wurden fixiert, sie schaute über die Schultern eines uniformierten Polizisten und erkannte Valentin Willimowski. Sie hielt dem Kollegen den Ausweis unter die Nase, Tränen in den Augen. »Anke!« Der andere Beamte, der mit den wenigen Schaulustigen zu tun hatte, war ein alter Bekannter, Wilfried Hartmann, ein erfahrener Streifenpolizist, sie hatte schon mehrfach mit ihm in Mordfällen zu tun gehabt. »He, Kollegen!« rief er zwei weiteren Beamten zu, die gerade eingetroffen waren, »macht hier mal die Absperrung klar. Ist das da dein ...« Anke Dankelmann nickte. »Ich muss wissen, wie es ihm geht, hilf mir bitte!« Hartmann schob die Kommissarin in Richtung Notarztteam. Anke Dankelmann putzte sich kurz die Nase. Sie wusste, welchen Ton sie jetzt anschlagen durfte und welchen

nicht. Der Arzt nickte ihr kurz zu, schien sie offenbar zu kennen, hielt mit seinen geschäftigen Bewegungen aber nicht inne. »Hallo, Frau Kommissarin, kennen Sie den Herrn?« »Ja, wie schlimm sind seine Verletzungen?« »Kann ich so nicht sagen, wir müssen ihn in die Röhre stecken, ich hoffe, es sieht schlimmer aus, als es ist. Aber im Augenblick gehe ich vorsichtshalber mal davon aus, dass der Mann in Lebensgefahr schwebt. Er hat einige Schläge mit einem Knüppel abgekriegt.« »In welches Krankenhaus ...« »Das Klinikum natürlich«, unterbrach sie der Arzt. Das Team hievte die Trage mit dem bewusstlosen und blutüberströmten Staatsanwalt in den Wagen, der sich kurz danach langsam in Bewegung setzte. Anke Dankelmann versuchte, ihre Gedanken zu ordnen. Aus der Menschenmenge, die sich mittlerweile doch gebildet hatte, löste sich plötzlich Bernd Stengel und kam auf sie zu. Sie stürzte in seine Arme, und er hielt sie eine Weile wortlos fest. »Das ist jetzt nicht dein Fall hier, du solltest ins Klinikum fahren und warten, was passiert.« »Das kann ich gleich immer noch machen, Bernd. Jetzt sag mir erst mal, was hier eigentlich passiert ist.«
In einem der Einsatzfahrzeuge wurde der Zeuge vernommen, der Schlimmeres am Tatort verhindert hatte. Klaus-Peter Wolf, ein Mieter im Haus, war spät nach Hause gekommen und hatte den prügelnden Mann gesehen. Er war gerade dabei, eine Beschreibung abzugeben. Anke Dankelmann stellte sich vor und hörte weiter zu. »Das klingt so, wie der Typ, den uns der Mann von der VHS in Morschen beschrieben hat, der in Mannteufels Mini-Kurs gesessen hat. Wir brauchen sofort ein Phantombild, Bernd. Und noch was.« Sie wandte sich an den Zeugen. »Ist der Mann zu Fuß geflohen?« Wolf nickte. »Dann muss hier noch irgendwo sein Auto stehen, Ich glaube, der ist uns gefolgt, ich hatte jedenfalls, als Valentin mich im Kirchweg absetzte, das Gefühl, dass da ein Auto hinter uns stand, das uns gefolgt war. Der ist dann weitergefahren und hat Valentin hier abgefangen.« »Aber warum? Der kennt euch doch gar nicht, oder?« »Nehmen wir mal an, der war in Morschen, warum auch immer, und er hat das Gespräch von Valentin und mir

mit Mann belauscht. Dann wusste er, dass es morgen eine Täterbeschreibung geben würde. Als wir fuhren, war das Büro von Mann schon dunkel – wenige Sekunden, nachdem wir gegangen sind. Schick bitte sofort einen Wagen in das Büro der VHS in Haydau. Möglicherweise ist Valentin nicht der einzige, der heute aus dem Verkehr gezogen wurde. Und wir müssen sofort alle Autos auf diesem Parkplatz und in der näheren Umgebung überprüfen. Sofort!« Anke Dankelmanns Stimme und ihr Ton vertrugen keinen Widerspruch. Telefone wurden gezückt, Anweisungen erteilt. Sie selbst wandte sich dem Zeugen zu. »Haben Sie den Mann vorher schon einmal hier gesehen?« Wolf schüttelte den Kopf. »Nein. Der wohnt nicht hier. Und soweit ich das beurteilen kann, hat der auch niemanden hier besucht.« Anke Dankelmann bat Bernd Stengel, sie auf dem Laufenden zu halten und rannte zurück zu ihrem Auto. Als sie am Steuer saß, hielt sie kurz inne.

Das Ganze erschien ihr so derartig unwirklich – heute Abend noch der Heiratsantrag und nun möglicherweise das brutale Ende einer Beziehung. Sie betete in alle Himmelsrichtungen zu irgendeiner Macht, ihr beizustehen und raste Richtung Klinikum los. Kurz bevor sie das Parkhaus des riesigen Krankenhauses im Norden der Stadt erreichte, klingelte das Telefon. Sie hatte 15 Minuten gebraucht – was mochte die Nachricht sein? »Du hattest den richtigen Riecher. Wir hatten eine Streife in der Nähe von Haydau, die sind hin und haben Mann gefunden. Tot. Erschlagen. Wir machen jetzt sofort die Phantomzeichnung und schicken im Zweifel 500 Kollegen los, die in den nächsten zwei Stunden jeden Kasseler aus dem Bett klingeln und befragen und jedes Autokennzeichen im Umkreis von ein paar Kilometern überprüfen. Wir müssen dieses Schwein erwischen.« Anke Dankelmann musste lächeln.

Bernd Stengel war wütend, wie sie ihn selten zuvor erlebt hatte. Natürlich konnte er jetzt keine 500 Kollegen auftreiben. »Und Anke? Mal ganz im Ernst: Der hat Mann aus dem Weg geräumt, Valentin möglicherweise auch – du bleibst allein übrig, die das Gespräch mitbekommen hat. Du bist in großer Gefahr.« Anke

Dankelmann schüttelte den Kopf. »Eigentlich ja – und eigentlich nein, schließlich hat den Kerl heute Abend noch jemanden gesehen, der kann sich doch jetzt ausmalen, dass wir schnellstmöglich nach ihm fahnden werden. Aber wenn es dich beruhigt – ich bleibe heute Nacht im Klinikum. Oder im Präsidium, je nachdem, was hier passiert.« »Ich drücke die Daumen«, sagte Stengel. »Ich hab Angst um Euch.« Dankelmann drückte die rote Taste und stellte ihr Auto direkt vor dem erleuchteten Portal ab. Stengel hatte recht – sie musste jetzt nicht allein in Parkhäusern allein herumirren.

## 94

Valentin Willimowski war in die Unfallchirurgie gebracht worden. Das Wartezimmer war brechend voll, mit ihrem Dienstausweis kämpfte sie sich zur Schwester am Empfang durch. Die telefonierte kurz, dann ging eine Tür auf, und eine andere Mitarbeiterin nahm die Kommissarin mit in den Trakt, in dem die Ärzte unaufhörlich operierten. »Warten Sie bitte hier«, die Schwester hob abwehrend die Hand, »fragen Sie nicht mich, ich weiß wirklich nicht, wie es um ihn steht. Gleich kommt ein Kollege.« Sie verschwand hinter einer Tür, und Anke Dankelmann durfte schmerzvoll erfahren, was das Wort »gleich« im Klinikdeutsch bedeuten konnte.
Ihr Handy hatte sie ausgestellt, sie wurde von Minute zu Minute nervöser, weil sie vom Informationsfluss komplett abgeschnitten war. Und war absolut erleichtert, als die Tür, durch die sie auch hereingekommen war, sich öffnete und Bernd Stengel erschien. Er nahm sie in den Arm, blickte sie fragend an – sie zuckte nur die Schultern und spürte erneut, wie Tränen ihren Blick unscharf werden ließen. »Von der Fahndung nichts Neues. Wir haben eine grobe Phantomzeichnung, die muss schon auf unserer Website, der Homepage der HNA, beim HR, bei FFH stehen. Wir kontrollieren Autobahnauffahrten, die Schnellstraßen, die Bahnhöfe. Selbst die KVG hat zusätzliche Kontrolleure in Straßenbahnen und Bussen eingesetzt. Heute Nacht kommt der nicht weg.« Stengel

schaute grimmig. Und beobachtete mit Sorge seine Kollegin, die in sich zusammengesunken war.
So hatte er sie selten erlebt, er gab ausnahmsweise seinem Impuls nach und legte seinen Arm um sie. Sofort kehrte Anke Dankelmanns Körperspannung zurück. »Er hat mir heute einen Heiratsantrag gemacht. Und ich habe abgelehnt«, schluchzte sie kurz auf. »Ist das jetzt wirklich so wichtig?« fragte Bernd Stengel mit sanfter Stimme. »Ne.« Er beantwortete die Frage selbst. »Jetzt ist nur wichtig, ob er durchkommt oder nicht. Und wenn er durchkommt: wie er durchkommt.«
Die Tür ging auf. »Ich bin Professor Eilemann, der Chefarzt der Unfallchirurgie.« Der Mann schaute die beiden durch seine randlose Brille an. Seine Augen wirkten müde. Anke Dankelmann platzte vor Spannung, suchte in jedem Blick, in jeder Geste eine Botschaft. »Wir haben Herrn Willimowski ins künstliche Koma versetzt, mein Kollege Schröder, der Chefarzt der Neurochirurgie, ist ebenfalls dabei. Die Kernspintomographie hat ergeben, dass er einen Schädelbruch hat und Einblutungen im Hirnraum. Der Bruch ist nicht so ausgeprägt, wie wir es von Frakturen beispielsweise nach Motorradunfällen kennen. Das ist ein gutes Zeichen. Aber die Einblutungen machen uns ein wenig Sorgen. Wir müssen schauen, wie sich das in den nächsten Stunden entwickelt, im Zweifel müssen wir die Schädeldecke öffnen, damit der Druck einen Ausgleich findet. Aber das klingt schlimmer, als es ist, diese Operation wird in Deutschland täglich hundertfach gemacht. Dann hat er noch ein paar unerhebliche Prellungen im Schulterbereich und am linken Arm – da hat er wohl ein paar Schläge abgewehrt oder die zumindest abgemildert.«
Anke Dankelmann schaute den Arzt an, eine Träne lief ihr die Wange herunter. »Ach, junge Frau, ich würde ihnen gern etwas Positives sagen – aber ich möchte mich nicht irren.« Anke Dankelmann nickte. »Sollten sich Veränderungen ergeben, dann rufen wir Sie an. Sind Sie seine, Partnerin, Freundin – oder wie man das heute bezeichnet?« Anke Dankelmann gab ihm ihre Karte und

nickte. »Kann ich ihn kurz sehen?« »Dann müssen wir Sie einpacken, das ist steriler Bereich.« Wenige Minuten später schaute Anke Dankelmann auf das Bett, in dem ihr Partner mit einem dicken Kopfverband, einem Turban gleich, lag. Wieder schickte sie Stoßgebete los. Sie schaute auf die Uhr, irgendwann hatte sie die Zeit vergessen. Es war kurz nach 3 Uhr. Und sie war diesen Ärzten unendlich dankbar, dass sie auch zu solchen Zeiten Menschen retteten. Oder es versuchten. Sie knuffte Bernd Stengel in die Seite und sagte: »Komm, lass uns den Drecksack jagen.«

## 95

Sie hatte die Nacht doch in ihrer Wohnung verbracht, Bernd Stengel hatte auf dem Sofa geschlafen, ihr persönlicher Bodyguard sozusagen. Das heißt: geschlafen hatte sie gar nicht so viel, aber am Morgen verspürte sie eine ungeheure Energie, jetzt den Täter zur Strecke zu bringen. Sie rief im Krankenhaus an, der Chef der Neurochirurgie war auch schon wieder im Dienst und sagte, dass sich die Sache mit den Einblutungen gebessert habe, der Druck habe erheblich nachgelassen. »Ungewöhnlich, so kurz nach dem Unfall selbst. Aber das kann sich auch ändern, sicher können wir erst nach ein paar Tagen sein.«
Anke Dankelmann spürte ein Gefühl großer Hoffnung in sich, schickte erneut Stoßgebete in alle Himmelsrichtungen, das schien ja offensichtlich zu wirken. Sie kochte Kaffee für beide und weckte dann Bernd Stengel. Sie ahnte, wie er geschlafen hatte, unruhig, auf jedes Geräusch achtend und dann am Morgen in eine Art Tiefschlaf fallend, der ihm jetzt in allen Gliedern steckte. Sie hatte noch etwas Müsli da, gelegentlich hatte sie selbst Anwandlungen, das Zeug zu konsumieren – essen konnte sie das nicht nennen. Sie erzählte ihrem Kollegen, nachdem der geduscht hatte, was es Neues aus dem Krankenhaus gab. Stengel rief im Präsidium an und schüttelte den Kopf, als er die Infos bekam. Der Täter lief noch frei herum – aber die Zeitung hatte es noch geschafft, das Phantombild

in die heutige Ausgabe zu packen – heute würde die ganze Stadt nach dem verrückten Killer suchen. Mit allen Konsequenzen und hunderten von Anrufen, die die falsche Person gesehen hatten.
Sie fuhren zum Dienst, auf dem Weg ins Büro guckten viele Kollegen Anke Dankelmann bedröppelt an. Man wusste nicht, was man sagen sollte, im Lauf des Tages würde sich das regulieren. In der Morgenlage eröffnete Plassek die Runde, bevor er etwas sagen konnte, meldete sich Anke Dankelmann zu Wort. »Ihr wisst, dass ich mit Valentin Willimowski eng befreundet bin, mehr als das, wir sind ein Paar. Entsprechend beschissen geht es mir jetzt, ihr müsst da auch gar nichts sagen – drückt ihm und uns einfach die Daumen. Heute Morgen ging es ihm schon besser, aber er kann immer noch an den Verletzungen sterben. Ich möchte mit aller Energie helfen, diesen Fall aufzuklären, diesen Kerl zu schnappen. Und ich danke euch schon jetzt, wie ihr alle dazu beitragt. Lasst uns keine Sekunde vertrödeln.«
Die Kollegen nickten, einige klopften auf die Tischplatte vor sich. Normalerweise hätte Anke Dankelmann bei diesen Ermittlungen nichts mehr zu suchen – sie war selbst zu sehr betroffen. Aber sie war möglicherweise eine Zeugin, sie war vor allen Dingen jemand, die den ganzen Fall kannte, und sie war vor allem eine brillante Analytikerin. Man brauchte sie, das machte Plassek unmissverständlich klar. Und keiner stellte das infrage.

## 96

Es gab wenig neue Erkenntnisse. Die Überprüfung der Autokennzeichen hatte ergeben, dass die fast alle Bewohnern der Häuser in der Nachbarschaft oder deren Besuchern gehörten. Zwei Autos mussten noch weiter überprüft werden. Eines hatte ein Kasseler Kennzeichen und gehörte einem Wolfgang Iske, der wohnte im Fasanenhof, Brentanostraße. Man überwachte das Auto und das Haus, in dem er wohnte, er war bisher nicht aufgetaucht, und auf Klingeln hatte niemand reagiert. Das andere hatte ebenfalls ein

Kasseler Kennzeichen, war auf einen Menschen namens Onno Popken zugelassen beziehungsweise eine Teehandlung, die unter der vermerkten Adresse nicht mehr existierte. Die Teehandlung war jetzt in Vellmar, ein Team war unterwegs dahin und würde sicher bald Ergebnisse liefern. Zumindest auch eine Erklärung, warum der Wagen nicht umgemeldet worden war, zusammen mit der Teehandlung.

Man hatte alle Taxiunternehmen befragt, ob in der Zeit nach dem Überfall Fahrzeuge aus der näheren Umgebung Fahrgäste aufgenommen hätten. Fehlanzeige – alle Fahrten waren von Privatpersonen mit festen Adressen in Auftrag gegeben worden, dennoch überprüfte man die Fahrgäste. Sie wussten, sie ahnten, dass die Schlinge sich um den Täter zuzog. Auch national wurde nach ihm gefahndet. Die ersten Anrufe waren eingegangen, man überprüfte sie derzeit. Der Tag würde einer mit Höchstbetrieb werden. Das Telefon im Besprechungsraum klingelte, der Beamte vom Dienst war dran. »Ich habe da einen Anrufer, ehemaliger Bankchef, der behauptet, in seinem Garten liege ein blutverschmierter Knüppel, der gestern noch nicht dagelegen habe.« »Wir schicken die Spurensicherung raus, sag ihm, er soll die Finger davon lassen und sich nicht von der Stelle rühren.« Plassek beendete das Gespräch.

Anke Dankelmann überlegte, was jetzt ihr Job sein könnte. »Sag mal«, sagte sie, »müssten wir uns die beiden Wagen jetzt nicht auf jeden Fall mal näher ansehen? Ich meine, es geht hier um die Aufklärung einer Mordserie ...« Einige Kollegen nickten, Plassek schüttelte den Kopf. »Ich gehe da lieber auf Nummer sicher. Wir wissen ja gleich mehr.«

## 97

Der Friese hatte morgens um 5 Uhr seinen Laptop hochgefahren und sich die Homepage der HNA angesehen. Er war entsetzt, als er da das Phantombild sah, das ihm täuschend ähnelte. Er ging auf die Homepage der Polizei – auch da das Phantombild. Er mar-

schierte schnurstracks ins Bad und rasierte sich seine Mähne ab, den Bart gleich mit dazu. Mit Glatze war es ihm am Kopf zu kalt – aber immerhin konnte er so annehmen, nicht sofort identifiziert zu werden.
Kretschmer hatte sein Telefon immer noch abgeschaltet, das machte ihn wütend. Er packte notdürftig ein paar Sachen in einem großen Rucksack zusammen, versteckte sein Geld dazwischen, zog seine Wanderklamotten an, nahm den Rucksack und beschloss, zu Fuß zu fliehen. Er nahm an, dass es die einzige Möglichkeit war, unerkannt irgendwie aus der Stadt zu kommen. Das Hildebrandslied musste ihn begleiten, er packte es in das Kästchen, in dem er es aufbewahrt hatte, und stopfte es an das Rückenteil des Rucksacks, hier konnte es nicht beschädigt werden. Er schaute sich in der Wohnung um, seine Speere musste er hier lassen, er hatte keine Zeit mehr. Er packte ein paar Müsliriegel ein, schüttete eine Plastiktrinkflasche voll mit dem Met und schaute sich noch einmal um. Ihn verbanden eine Menge Erinnerungen mit dieser Bude. Wie oft hatte er hier gedanklich in seiner Welt gelebt. Jetzt war es für ihn wie das Abbrechen eines Lagers. Er musste weiterziehen, er wuss-te, es würden andere Aufgaben auf ihn warten. Seine Bibel, sein Gebetbuch, seinen Katechismus – seinen gedruckten Glauben hatte er erobert.
Er schloss die Wohnungstür, stiefelte die Treppe hinunter, schloss die Eingangstür auf und ging ins Freie. Es war noch dunkel, zum Glück war es nicht neblig. Aber es war bitterkalt, vor allem auf dem frischrasierten Kopf. Er stellte den Rucksack ab, holte aus der Seitentasche eine Wollmütze und zog sie auf. Dann stapfte er los, in Richtung Wilhelmshöhe. Er würde sich in den Wäldern verkriechen, sein Schlafsack war am Kopfende des Rucksacks eingerollt und befestigt.

## 98

Auf der anderen Straßenseite hatte Frührentner Klaus Füllner gerade seine obligatorische Zigarettenpause beim Zeitungsaustragen gemacht. Wieso hatte der Mann, den er mit langem Haar kannte und mit Bart, plötzlich eine Glatze? Und warum startete der morgens um 5 Uhr 30 zu einer Wanderung? Naja, er lief in Richtung Wilhelmshöhe, vielleicht wollte er zum Bahnhof und das Geld für ein Taxi sparen.
Als die Beamten der Mordkommission im Präsidium zusammensaßen, machte der Friese im Bergpark gerade eine Pause. Er war auf dem Weg zum Hohen Gras, er hatte Hunger, er hatte Durst und musste mit Entsetzen feststellen, dass er wohl zuwenig Proviant eingepackt hatte. Die wenigen Müsliriegel würden nicht lange vorhalten. Er würde irgendwo einkaufen müssen. Das nächste Dorf war etwa sechs Kilometer entfernt – aber das war ihm zu nahe an der Stadt. Er würde sich gedulden müssen. Er versank in der Welt seiner germanischen Helden. Wie oft mochten die gehungert, gefroren, gedürstet haben – und waren doch die stärksten Krieger ihrer Zeit gewesen? Unbestechlich, unbeirrbar, wegen ihrer Willenskraft unbesiegbar. Er würde sich als würdiger Nachfahre seiner Urahnen erweisen. Und im Zweifel wollte er im Kampf fallen. Er stand auf und ging an den nächsten Baum. Er musste Wasserlassen. Klopapier, hatte er auch nicht dabei.

## 99

Anke Dankelmann und Bernd Stengel waren zurück im Büro. Im Krankenhaus, das hatte ein Anruf ergeben, tat sich nichts – weder in die eine noch in die andere Richtung. Bernd Stengel schaute Anke Dankelmann an. »Sag mal, wieso ist dein Valentin eigentlich an der Beifahrertür niedergeschlagen worden?« »Das habe ich mich auch gefragt. Den Abend, als ich da war, da lag vor dem Auto eine Sektflasche, eine leere. Die hatten wir auf der Rückfahrt von

Haydau getrunken, um den abgelehnten Hochzeitsantrag zu feiern.« Stengel schaute irritiert. »Oder wie auch immer«, ergänzte die Kommissarin. »Als ich im Kirchweg ausgestiegen bin, da lag die Flasche im Fußraum. Wahrscheinlich wollte er sie einfach mitnehmen, Valentin ist ein extrem ordnungsliebender Mensch. Das kann einen manchmal richtig nerven.« »Naja, aber mit Verlaub: dann würde ich mich doch vor dem Aussteigen einfach nach rechts rüberlehnen und die Flasche aus dem Fußraum nehmen. Da rennt man doch nichts ums Auto rum, oder?« »Ist er bestimmt auch nicht, Bernd. Ich glaube, der ist ausgestiegen, in Richtung Hauseingang marschiert, hat dann gemerkt, dass er die Pulle vergessen hat und ist noch mal retour. Und dann macht man natürlich die Beifahrertür auf. Das spricht dafür, dass dies genau die Sekunden gewesen sind, die der Täter gebraucht hat, um von seinem Auto, mit dem er ihm gefolgt ist, zu Valentins Auto zu kommen. Da stellt sich nun die Frage: Welches der beiden Autos, deren Besitzer wir noch nicht gefunden haben, steht näher an Valentins?« Stengel griff zum Telefon. 30 Sekunden später wusste er Bescheid. »Das Auto, das dem Typen mit der Teehandlung gehört«, sagte er. »Das sollten wir Plassek mal sagen, oder?«

Doch ein weiterer Anruf war nicht nötig. Der Mordkommissionschef kam gerade herein. »Irgendwie geht jetzt alles hopplahopp. Dieser Iske, der Kerl aus dem Fasanenhof, ist aus dem Koma erwacht. Der war anscheinend so besoffen, dass er bis eben nix gehört hat. Unsere Kollegen haben ihn abgefangen, als er aus der Tür kam, um Brötchen zu holen. Der Mann scheint sauber, hat ein astreines Alibi. Bleibt das Tee-Auto.« Bernd Stengel referierte kurz, was er mit der Kommissarin besprochen hatte. »Blöd ist«, sagte Plassek, »dass wir in dieser Teehandlung noch niemanden erreicht haben. Die müssten jetzt aber jeden Moment öffnen.« »Richard, lass uns das Auto einfach mal unter die Lupe nehmen, mehr Verdachtsmomente kann man doch gar nicht mehr haben, oder?« Anke Dankelmanns Stimme klang fast flehend. Plassek überlegte kurz, sein Handy piepte. Er meldete sich und hörte zu.

»Okay«, sagte er schließlich, »ich schicke die Spurensicherung sofort nach Wilhelmshöhe, stellt das Auto auf den Kopf. Wie lautet die Adresse?« Er notierte sich etwas auf Anke Dankelmanns Schreibtischunterlage. Wilhelmshöher Allee entzifferte sie, die Zahlen konnte sie nicht erkennen. »Ich schicke sofort ein Team dahin. Quatsch, am besten gleich das SEK. Wenn das unser Killer ist, dann müssen wir möglicherweise stürmen.« Er beendete das Telefonat. »Also«, hob er an und Anke Dankelmann verfluchte innerlich die Umständlichkeit ihres Chefs, die in Wahrheit, wie sie eigentlich wusste, die Besonnenheit war, die man in diesem Job und genau in dieser Situation brauchte.

»Also, die Inhaberin des Teeladens ist die geschiedene Frau dieses Popken. Die haben seit ewigen Zeiten keinen Kontakt mehr, warum das Auto noch nicht umgemeldet ist, das weiß sie nicht. Die Kollegen haben allerdings eher reflexhaft gefragt, warum die beiden sich getrennt haben. Und wisst ihr, was die Dame gesagt hat? Ihr Ex-Mann hätte einen absoluten Spleen gehabt. Er wäre auf so einem Germanen-Trip gewesen, hätte einen riesigen Stammbaum gemalt, um zu beweisen, dass er der reguläre Nachfahre irgendeiner germanischen Heldengestalt sei. Er hätte sich ständig mit selbstgemachtem Met besoffen. Sie habe gearbeitet – und er habe nur noch gesponnen. Da sei sie abgehauen. Ihr Mann sei zum Scheidungstermin nicht erschienen, das sei ihr recht gewesen.« Anke Dankelmann blickte Bernd Stengel an. »Dann fahren wir auch dahin, nehmen das Phantombild mit, okay?« Plassek schaute sie eindringlich an. »Okay, Anke. Aber du greifst nicht ein, klar?« Manchmal, dachte die Kommissarin, konnte er unglaublich direkt und verbindlich sein. Sie nickte. Plassek telefonierte erneut.

Sie schaute Bernd Stengel an, dann auf das Telefon. Eine gute Nachricht aus dem Krankenhaus, das war es, was sie jetzt gebrauchen konnte. Doch das Telefon tat ihr keinen Gefallen. Auf der Fahrt in die Wilhelmshöher Allee, jener wunderschönen, ewig langen geraden Straße, die von der Innenstadt bis unterhalb des Schlosses Wilhelmshöhe führte, erhielten sie noch die Nachricht, dass die Spurensicherung den Knüppel im Garten des Bankchefs grob untersucht und Blutspuren entdeckt hatte. Die würden jetzt mit Willimowskis DNA verglichen – aber das war keine Sache von ein paar Minuten. Die andere Spurensicherungs-Einheit nahm gerade das Auto und dessen Umgebung auseinander – bevor man es ins Präsidium zur detaillierten Untersuchung bringen würde.

## 100

Die Wolken lösten sich langsam auf, blauer Himmel wurde sichtbar, es versprach endlich mal ein sonniger Tag zu werden. In der Mohr-Straße gegenüber dem Haus, in dem Popken wohnte, hatten sich die Jungs vom SEK versammelt. Stengel parkte in der Herkulesstraße, einer Querstraße der Wilhelmshöher Allee, die beiden rannten hinter den Einsatzkräften her. Ein Team, das wussten sie, war längst am Hintereingang postiert, mehr als das, sie entdeckten zwei Kollegen, die auf dem Dach auftauchten.

Anke Dankelmann schaute auf die Häuserfront, die dem Haus gegenüberlag. Oben auf einem Balkon hatte ein Kollege mit Präzisionsgewehr Stellung bezogen, die viel befahrene Kreuzung wenige Meter weiter war leer – keine Autos, man hatte alle Zufahrten abgesperrt, irgendwo würde es gerade unglaubliche Staus geben. Die SEK-Männer öffneten die Haustür, Anke Dankelmanns Herz schlug langsam höher. Sie hoffte inniglich, dass der Mann dort aufgegriffen werden konnte – und zwar lebend. Sie wollte ihm in die Augen sehen. »Zweiter Stock, rechts, am Türschild steht Popinga. Cleverer Bursche, was?« sagte der SEK-Einsatzleiter, Klaus Wuczinski, sie kannte ihn, alle Welt nannte ihn nur Wuschel. Dann lauschte er in sein Empfangsgerät im linken Ohr. »Meldung!« bellte er in sein Mikro. »Okay. Wenn alle bereit sind: Zugriff!« Die beiden Kommissare schauten zum gegenüberliegenden Haus. Sie hatten eine grobe Vorstellung von dem, was da ablief. Sie sahen, wie Beamte am ersten, dann am zweiten Fenster auftauchten. Und hörten keinen einzigen Ton, keinen Knall, keinen Schrei.

»Wohnung sauber«, sagte Wuczinsyki, »der Kerl ist nicht da. Keller?« fragte er. »Sauber«, sagte er dann. Er schaute die beiden Kommissare an. »Okay, wir können rüber.« Sie rannten über die Straße ins Treppenhaus, wo einige Kollegen die Nachbarn beruhigten und ihnen dann die Phantombilder zeigten. Anke Dankelmann und Bernd Stengel gingen in die Wohnung. Es roch nach irgendwelchen Duftkerzen, es roch irgendwie nach Schnaps, es roch sehr merkwürdig nach ungepflegtem Mann. Als sie ins Wohnzimmer kamen, blieben sie vor Schrecken stehen. Eine Schranktür war geöffnet, dort standen fünf, sechs Waffen, die sie ausgesprochen gut kannten. Speere, selbst hergestellt. Solche, wie sie in der Murhardschen und auch im Aschrottpark verwendet worden waren, da gab es keinen Zweifel. Anke Dankelmann griff zum Handy und rief Plassek an. »Richard, der Typ ist nicht da. Wir stehen im Wohnzimmer, in einem Schrank sind ein paar Speere, die so aussehen wie die, die wir bei den Mordfällen vorgefunden haben. Wir müssen die Fahndung intensivieren.« Dankelmann nickte Stengel nach dem Gespräch zu.
Sie gingen durch die Wohnung, sahen den Laptop, und Stengel schaltete ihn an. Der Zugang war Passwort-gesichert, die Experten würden da ranmüssen. Es war ein gruseliger Ort, sie gingen trotzdem durch alle Räume, nahmen sich Zeit für Details – fürs bloße Auge gab es hier nichts mehr, Iris Blaul und die Kollegen von der Spurensicherung, die gerade eintrafen, mussten jetzt schnell Ergebnisse liefern. »Wir haben an dem Knüppel wohl Fingerabdrücke festgestellt, da waren einige glatte Holzstellen, die Prints sind sogar ziemlich gut erhalten«, rief sie Anke Dankelmann zu. »Gleich wissen wir mehr, ich rufe dich an.« Anke Dankelmann war ein wenig erleichtert. Iris Blaul wusste natürlich, warum sie diesmal ein besonderes Interesse an dem Täter hatte. Sie gingen zurück zur Herkulesstraße und fuhren ins Büro.

## 101

Lutz Kretschmer hatte die Grenze nach Frankreich zu Fuß passiert. In Frankfurt hatte er sich nachts für teures Geld einen neuen Pass besorgt. Er kannte in Kassel einen ehemaligen VW-Kollegen, mit dem er sich gut verstanden hatte, der aber bei VW gefeuert worden war, weil er Dokumente gefälscht hatte. Der war danach nach Frankfurt gezogen, sie hatten sporadischen Kontakt gehalten – und wie sich herausstellte, hatte der Ex-Kollege sich mittlerweile im Rotlicht-Milieu etabliert und dealte weiter mit falschen Dokumenten. Sie hatten ein paar Bier getrunken, Kretschmer hatte ihm sein Auto als Gegenleistung gegeben und war am Morgen mit dem Zug nach Kehl gefahren. Seine Spur würde sich in Frankfurt verlieren, sie hatten einen ordentlichen Kaufvertrag gemacht, dem Ex-Kollegen konnte wegen des Autos niemand im wahrsten Sinn des Wortes an den Karren fahren. Kretschmer konnte ein wenig Französisch, er wollte sich irgendwie Richtung französische Alpen bewegen und dann in die Schweiz. Auf dem Handy, das hatte er gesehen, waren Anrufe vom Friesen. Sein Telefon hatte er mittlerweile entsorgt, er wollte vermeiden, dass man ihn wegen des Handys möglicherweise orten konnte. Er würde sich, wenn er ein Bankkonto hatte, ein neues besorgen. Schmerzlich fiel ihm ein, dass er mit dem Handy auch das aktuellste Bild von Vanessa vernichtet hatte. Er ging in ein Bistro. Er wollte frühstücken.

## 102

Klaus Füllner war nach dem Ende seiner Tour nach Hause gefahren und hatte sich ein wenig hingelegt. Er konnte das mittlerweile: Früher war er unfähig gewesen, nach ein paar Stunden Zeitungsaustragen zu schlafen. Mittlerweile ging das ruckzuck. Er kam heim, legte sich noch einmal hin und schlummerte weg. Jetzt machte er sich einen Kaffee, schnitt sich eine Scheibe Brot, holte

Marmelade aus dem Kühlschrank und legte sich seine Zeitung auf den Tisch. Er schenkte sich Kaffee ein, machte sich ein Brot und schlug die Zeitung auf. Erst den Sportteil, dann die Comics, dann die Todesanzeigen, dann den Lokalteil. Als er das Phantombild, dreispaltig auf der ersten Seite des Lokalteils sah, hörte er auf zu kauen. Er schluckte den Bissen hinunter, trank einen Schluck Kaffee und griff mit vor Aufregung zitternden Händen zum Telefon. Er brauchte drei Versuche, um 110 zu wählen, legte aber sofort auf – das war ja kein Notfall. Er nahm die Zeitung und wählte die Nummer, die unter dem Bild stand. Drei Minuten später stand ein Streifenwagen vor dem Haus. Weitere fünf Minuten später waren sie mit Blaulicht und Martinshorn im Präsidium angekommen. Füllner war aufgeregt wie selten zuvor.

## 103

Der Friese war müde. Er hatte die andere Richtung eingeschlagen, bewegte sich jetzt in Richtung Schauenburg, er würde durchs Firnsbachtal marschieren und dann mittags irgendwo in Martinhagen, Hoof, Breitenbach in einen Bus steigen und dann bis zur Endstation Edersee, Korbach oder irgendwo da in diese Richtung fahren.

Er war nun unweit der Teufelsmauer im Habichtswald, suchte ein Plätzchen, wo er sich mit seinem Schlafsack ausruhen konnte. Er fand eine Stelle voller Laub, und zog die Schuhe aus. Sehen konnte ihn hier wohl niemand, er mummelte sich in den Schlafsack, packte den Rucksack noch mit hinein und schlummerte langsam weg. Er hatte wieder Hunger und Durst. Er gönnte sich einen großen Schluck Met und lächelte. Es würde ihm gut gehen in den Wäldern, sein Jagdmesser hatte er dabei, er würde überleben. Mehr als das. Er würde siegen. Insgeheim wunderte er sich nicht, dass bisher alles so glatt gelaufen war. Es lag, das war seine Überzeugung, an seinen Genen. Er war den anderen immer mindestens einen Schritt voraus. Das Rauschen des Waldes lullte ihn ein, er schlief ein. Und wieder stieg er ein in einen seiner vielen bekannten Träume. Er ritt durch einen dichten Wald, irgendwo, in der linken Hand einen Speer. Die todbringende Waffe. Aber er brauchte dringend eine Pause.

## 104

Das Gespräch mit Klaus Füllner hatte die Mordkommission elektrisiert. Sie hatten nun, es war bereits weit nach Mittag, eine neue Phantomzeichnung des Täters, glatzköpfig auf der einen und mit Pudelmütze auf der anderen Abbildung. In wenigen Minuten würde das Bild online stehen, die Maschinerie lief. Sie hatten die Bahnhöfe erneut alarmiert, man konnte davon ausgehen, dass der Mann vermutlich nicht mit einem ICE gefahren war, wenn er wandern wollte. Zumindest war das nicht wahrscheinlich, weil um diese Jahreszeit ein Mann in solcher Kleidung extrem auffallen würde in diesem Publikum. Man schwärmte also aus, um die Schaffner der frühen Nahverkehrszüge und das Personal der Regionalbahnen und der IC-Züge zu befragen.
Immer wieder trafen Rückmeldungen aus dem gesamten Fahndungsbereich ein, der Mann war wie vom Boden verschluckt. Jede Negativmeldung trug aber auch dazu bei, die Wahrscheinlichkeit der verbliebenen Optionen zu erhöhen. In der Einsatzzentrale im Polizeipräsidium knisterte die Spannung, die Nervosität, die Aufgeregtheit des Teams war körperlich zu spüren.
»Sagt mal, was ist eigentlich, wenn der zu Fuß türmen will?« fragte Bernd Stengel. »Genau, wenn der einfach durch den Bergpark spaziert und dann irgendwo im nordhessischen Tann entschwindet?« ergänzte Anke Dankelmann. Plassek nickte, ein paar andere Kollegen ebenfalls. »Dann haben wir sicher ein Problem. Wir können ja nicht an jeden zehnten Baum ein Phantombild nageln«, sagte er. »Wollen wir nicht einfach mal aus der Luft suchen?« fragte Anke Dankelmann, der es nicht schnell genug ging. »Ist doch eigentlich ideal, wo das Laub nicht mehr an den Bäumen ist.«
»Und wie stellst du dir das vor? Wollen wir jeden Jogger, jeden

Wanderer aus der Luft ansprechen, ihn anhalten, durchsuchen?« Plassek wirkte gereizt. »Gegenfrage: Willst du den gesamten nordhessischen Waldbestand umstellen? Da brauchen wir nicht nur die komplette Bundeswehr, sondern alle Nato-Einheiten westlich des Ural dafür.«
Anke Dankelmann wirkte nicht weniger gereizt. »Wir wissen, dass er Richtung Westen gegangen ist. Also wird er durch den Bergpark gegangen sein, entweder durch den Habichtswald Richtung Dörnberg ...« »oder er ist längst in irgendeinen Bus gestiegen und irgendwo in Wolfhagen, in Korbach oder sonst wo ausgestiegen.« Plassek ergänzte den Satz und machte der Kommissarin deutlich, dass es einfach zu viele Möglichkeiten gab. Er atmete tief durch und schaute jeden einzelnen in der Runde an. »Aber okay, wir haben es mit dem schlimmsten Verbrechen seit dem Krieg in Kassel zu tun, wir fordern zwei Hubschrauber an, die diese beiden Bereiche kontrollieren. Albert, übernimmst du das bitte?« Albert Menzel nickte und verschwand aus dem Zimmer. »Wir dürfen bei all dem nicht vergessen, nach dem vierten Täter zu suchen. Da haben wir bisher überhaupt keine Anhaltspunkte. Habt ihr auf dem Computer irgend etwas entdeckt?« Plassek schaute in Richtung von Marcel Windisch, dem Experten für diese Dinge.
Windisch nahm die Brille von der Nase und schaute in die Runde. »Bis wir alles durch haben, das dauert natürlich noch. Aber so, wie der Laptop aussah, haben wir es wohl nicht mit einem pfiffigen User zu tun. Da liegt alles ziemlich offen, alle Eintragungen waren anonym. Seine Partner tragen nur Anfangsbuchstaben irgendeines Namensbestandteils. R., M. und K. steht da. Mehr nicht.« »Runge, Mannteufel und jemand mit K., der Systematik folgend jemand mit einem Familiennamen, der mit K. beginnt.« Bernd Stengel schaute Windisch interessiert an. »Stimmt«, entgegnete der. »Bei Mannteufel haben wir ja nicht mal einen Laptop gefunden, ein altes Handy lag da rum – aber nur mit Nummern, die zur Schule gehören. Runge und unser neuer Kumpel sind nicht dabei, unter K. findet sich niemand, das haben wir überprüft. Wir müssen

einfach hoffen, dass wir den flüchtigen Typen schnappen und er auspackt.« »Gibt es eigentlich irgendwelche Hinweise, was den Verbleib möglicher Dokumente angeht?« fragte Anke Dankelmann. »Wir wissen, dass unser Verdächtiger ein Schließfach bei der Kasseler Sparkasse hat. Ich denke, dass wir bald da dran können. In der Wohnung haben die Kollegen nichts gefunden.« »Das trifft es nicht ganz«, sagte Iris Blaul, die eben gerade hereingekommen war. »Das hier müsst ihr euch ansehen.« Sie hielt ein paar graue Pappdeckel hoch. »Wir müssen das natürlich noch endgültig beweisen, aber ich gehe davon aus, dass dies die Hülle war, in der das Hildebrandslied verborgen war.« Sie gab die Plastiktüte, in der man die Beweisstücke gesteckt hatte, in die Runde.
Anke Dankelmann schaute sich wenige Minuten später die Teile an, es waren, das war aus den Beschriftungen zu erkennen, Gegenstände aus der Murhardschen Landesbibliothek, auch das Wort Hildebrandslied war, mit Bleistift geschrieben, deutlich zu erkennen. Sie hatten ihn – zumindest wussten sie, wer es war. Für einige der Kollegen begann wieder die Fleißarbeit, unendlich viele Telefonate, Überprüfungen – man wollte natürlich den vierten Beteiligten ermitteln, aber irgendwie konzentrierten sich alle in ihrem Innersten doch auf diesen Popken.

## 105

Es war weit nach Mittag, Anke Dankelmann verspürte keinen Hunger und rief im Krankenhaus an. Wieder hatte sie Glück, Chefarzt Schröder selbst sprach mit ihr. »Er liegt noch im Koma, der Druck im Schädel hat sich auf Normalmaß reduziert, die Frakturen sind so, dass wir operativ nicht eingreifen müssen. Ich bin guter Hoffnung. Vielleicht würde es Ihnen und ihm helfen, wenn Sie kämen, sich ans Bett setzten und mit ihm redeten. Sein Unterbewusstsein wird das wahrnehmen, wir haben da Erfahrung, glauben Sie mir. Sind Sie eigentlich die einzige Angehörige?« Valentin Willimowskis Eltern waren lange tot, erklärte sie, er hatte keine

Geschwister, zu Tanten und Onkeln hatte sie keine Beziehung. Wusste noch nicht einmal, ob es welche gab und wenn ja, wie man sie erreichen konnte.
Ein Schreck fuhr ihr durch die Glieder – sie hätte längst Vitali, den besten Freund Valentins, informieren müssen. Nach dem Gespräch mit dem Chefarzt atmete sie erst einmal tief durch und hatte ein wenig Angst bei der Vorstellung, gleich am Krankenbett sitzen zu müssen und mit jemandem zu reden, der im Koma lag. Sie hasste Krankenhausbesuche – und nun musste sie da durch. Nein, wenn sie es genau überlegte, sie wollte da durch. Anke Dankelmann informierte kurz Bernd Stengel und verließ das Präsidium.
Auf dem Parkplatz gegenüber, direkt vor dem Kasseler Kulturbahnhof, stand ein weißer Jaguar und ein gut aussehender, bestens gekleideter Mann mit dunklen Haaren, eine Zigarette in der rechten Hand, lehnte an der Motorhaube und blickte unentwegt auf den Eingang zum Präsidium. Sie erkannte Vitali, winkte kurz und rannte auf ihn zu, er nutzte die Sekunden, warf die Zigarette zu Boden und drehte sie kurz mit der Schuhsohle aus. Dann nahm er Anke Dankelmann in die Arme, die einfach nur »Vitali, es geht ihm besser, ich habe eben mit dem Krankenhaus telefoniert. Tut mir Leid, ich hätte dich längst anrufen müssen« sagte. Vitali Schewtsow streichelte ihr sanft den Rücken. »Stimmt. Aber ich bin dir nicht böse. Du musst schließlich auch den einsperren, der ihm und uns das angetan hat. Kann ich helfen?« Anke Dankelmann schaute ihn an und lächelte. »Komm mit ins Krankenhaus. Dann kannst du mir helfen, zu ihm zu sprechen.« Schewtsow schaute mehr als irritiert. Anke Dankelmann grinste ihn an. »Fahr hinter mir her, ich erkläre dir alles später.«

## 106

Henny Böhm saß in ihrem Büro der kleinen Immobilienfirma und dachte nach. Sie hatte seit Tagen nichts von Lutz Kretschmer gehört, kein Anruf, keine SMS, keine E-Mail – nichts. Sie machte sich Sorgen. Im VW-Werk konnte sie ihn nicht erreichen, er arbeitete in der Produktion, da konnte man nicht durchrufen. An seine Telefone ging er nicht, sein Auto stand nicht vor der Tür, aufs Klingeln antwortete niemand, die Nachbarn hatten ihn schon lange nicht gesehen. Dass die sich nicht wunderten, lag nahe: Den Schichtarbeiter bekamen manche von ihnen ohnehin bisweilen Wochen nicht zu Gesicht. Sie würde noch ein, zwei Tage warten und dann die Polizei informieren. Kretschmer schien verschwunden zu sein.

## 107

Er fühlte sich ein wenig einsam in dieser unwirtlichen Umgebung. Er hatte mit Mühe und Not ein wenig trockenes Holz gesammelt, sich ein kleines Feuerchen gemacht. Es fing an zu dunkeln, und er wusste, dass seine Feinde möglicherweise nicht allzu weit entfernt waren, eventuell den Schein des kleinen Lagerfeuers sehen könnten. Er wärmte sich ein wenig auf und würde dann das Feuer löschen. Wasser hatte er keines, er würde draufpinkeln. Sein Plan war, in der Nacht weiterreiten.

Er gab seinem Pferd einen Apfel, dankbar fraß ihm sein treuester Weggefährte aus der Hand. Der Himmel war sternenklar, er würde sich orientieren können. Er zupfte an seiner Lederweste herum, die ihn ein wenig auf dem Rücken drückte. Da, was war das für ein Geräusch, ein Brummen in der Luft, es wurde lauter, er stand auf und blieb an irgend etwas an seinem Lager hängen. Das Geräusch wurde unerträglich, er fühlte sich wie gefesselt, Panik kam in ihm auf. Er merkte, wie sein Atem schneller ging, ihm schien die Luft wegzubleiben. Er kannte doch die Geräusche des Waldes. Wusste, das dieser Lärm nicht von einem Tier stammen konnte. An germanische Götter und Geister glaubte er nicht, dies war etwas völlig Neues, er spürte eine intensive Bedrohung ...

Der Friese erwachte aus seiner Welt, in der er bis dahin immer alles im Griff gehabt hatte. Er hatte sich im Schlafsack verfangen,

über ihm stand, mit dröhnenden Motorengeräuschen ein Hubschrauber in der Luft. Panik ergriff ihn nun auch in der Wirklichkeit, er wollte zur Uhr schauen und bekam die Hand nicht aus dem Schlafsack, der Hubschrauber kam noch ein wenig tiefer. Er überlegte krampfhaft. Wenn das die Polizei war ... Nein, der Hubschrauber konnte ihn nicht fangen, ausgeschlossen, hier konnte die Maschine nicht landen. Wie weit war die nächste Straße entfernt? Er verfluchte sich, dass er ausgerechnet diese Gegend für seine Rast ausgesucht hatte. Vor ihm war die Teufelsmauer – da ging es dutzende Meter steil bergab, unüberwindbar. Nach links und rechts erstreckten sich Wanderwege, auf denen er leicht zu stellen war. Er blickte sich um, in der Hoffnung, irgendwo einen Nadelwald zu entdecken, der ihm Schutz geben konnte. Aussichtslos. Er schaffte es, sich aus dem Schlafsack zu befreien. Dieser Rucksack, den er mit unter die Decke genommen hatte, engte ihn ein.
Er zog seine Schuhe hektisch an, zerrte an dem Rucksack und holte ihn schließlich aus dem Schlafsack hervor. Seine Jacke – lag neben dem kleinen Felsen, er brauchte sie, ihm war kalt. Er hörte ein weiteres Brummen in der Luft, schaute nach oben – dort hatten sie ihn längst mit einem Fernglas im Visier. Das Brummen schien ein Echo zu erzeugen, außer dem einen Hubschrauber war nichts zu entdecken. Er rollte den Schlafsack zusammen – ohne ihn war er auch verloren auf seiner Flucht. Er schulterte den Rucksack, nahm den Schlafsack unter den Arm und ging Richtung Norden durch den Wald, der Hubschrauber über ihm folgte seinem Weg. Warum wurde es nicht dunkel? Auf die Uhr konnte er nicht schauen, dann hätte er den Schlafsack, den er unter dem Arm trug, fallenlassen müssen. Er hastete vorwärts, stolperte, sank kurz in einem morastigen Stück des Waldes ein.

## 108

Im Hubschrauber stand die Besatzung in enger Funkverbindung mit der Einsatzzentrale. Sie hatten natürlich das Phantombild dabei, sie waren eine knappe Stunde unterwegs, hatten den gesamten Bergpark abgeflogen, waren dann in Richtung Norden unterwegs gewesen, in Höhe des Gasthauses Ahnatal an der Bundesstraße 250 hatten sie umgedreht und sich auf den südlichen Bereich des Habichtswaldes konzentriert. Sie hatten einige Dutzend Spaziergänger und Wanderer ausgemacht. Viele Frauen mit Hunden – die konnte man ausschließen. Manche der Wanderer waren zu alt, die Jogger ließen sie unbehelligt. Sie wollten das Gebiet bis zur Autobahn A 44 durchkämmen und hatten dann diesen Typen entdeckt, der am helllichten Tag in seinem Schlafsack pennte.
Er ließ sich erst vom Motorgeräusch wecken, eine merkwürdige Gestalt, wie sie fanden. Dann hatten sie seinen Kopf im Fernglas dicht herangeholt. Er trug eine Mütze wie auf dem Phantombild, die Gesichtszüge entsprachen in etwa der Vorgabe. »Sieht so aus, als hätten wir ihn möglicherweise«, hatte Pilot Johannes Schenker an die Zentrale durchgegeben. Sie hatten alle Zeit der Welt, den weiteren Einsatz zu koordinieren. Der zweite Hubschrauber startete in Niederzwehren und nahm Kurs auf den wenige Minuten entfernten Wald. Einsatzfahrzeuge kamen von allen Seiten. Als der Mann endlich erwachte und sie sein Gesicht richtig sehen konnten, da waren sie sich sicher: Wir haben ihn. Der Typ setzte sich in Bewegung, der zweite Hubschrauber landete, das Team schwärmte aus. Jagdfieber hatte alle gepackt. Und die Gewissheit, gleich den größten Verbrecher der Kasseler Nachkriegsgeschichte zu schnappen.
Das Sondereinsatzkommando hatte sich unweit des zweiten Hubschraubers postiert, verteilt um eine Lichtung. Zwei kleine Gruppen hatten die Wanderwege in der nahen Umgebung abgesperrt, der zweite Hubschrauber in der Luft bombardierte sie förmlich mit immer neuen Informationen über den Standort des Mannes. Zwi-

schendurch war er unter Nadelbäumen verschwunden, jetzt hatten sie ihn wieder. Die Männer lauerten atemlos hinter den Bäumen und warteten auf den Moment. Einsatzleiter Walter Groß suchte mit seinem Feldstecher den Waldrand ab, konzentrierte sich auf den Bereich, in dem man den Täter vermutete. Nach endlosen Minuten schoben sich Zweige auseinander und er sah ihn. »Zielperson auf 11 Uhr«, flüsterte er in sein Mikro. Der Mann kam langsam auf die Lichtung, sah den Hubschrauber und erschrak. »Zugriff« rief Groß.

## 109

Vor ihm war eine Lichtung – konnte er es wagen? Dahinter sah der große Mann dunklen Wald. Endlich wieder Nadelbäume, da würde ihm der Hubschrauber nicht folgen können. Vielleicht fand er hier irgendwo in den Felsen eine Höhle, eine Kluft, aber er brauchte den Schutz der Nadelbäume.
Der große Mann sprang, schwer bepackt, über einen kleinen Graben am Waldesrand und stand auf der Lichtung, zur Linken sah er einige Holzhäuser. Rechts im Augenwinkel erschien etwas, was nicht in diese Umgebung passte. Er schaute hin – es war ein zweiter Hubschrauber. Von allen Seiten kamen dunkel gekleidete Männer mit Helmen und Gewehren im Anschlag auf ihn zu, wie viele waren es? Fünf, sechs, schätzte er. War dies das Ende? Niemals, sagte er sich, seine Vorfahren hatten manche kritische Lage in Unterzahl überstanden.
Er warf den Schlafsack beiseite, setzte den Rucksack ab, holte sein Messer aus der Tasche und ging mit ohrenbetäubendem Gebrüll auf die Polizisten zu. Dann fing er, immer noch schreiend, zu laufen an, er würde sich auf den ersten stürzen und ihm die Kehle durchschneiden, Etwa vier Meter, bevor er den ersten Polizisten erreicht hatte, senkte der kurz seine Waffe und schoss dem großen Mann ins Bein. Man hörte nur ein kurzes Plop, dann flogen Fleischfetzen und ein paar Textilstücke durch die Luft, der Schock

für Onno Popken war zu groß, er konnte nicht schreien, stürzte zu Boden, wälzte sich auf den Rücken. Das Messer hatte er fallengelassen. Er sah nach oben – mehrere seiner Feinde standen über ihm, sie würden ihn töten, so viel war sicher. Der Schmerz war atemraubend. Doch er wollte tapfer sein. Er sah seinen Vorfahren Hadubrand mit dem Speer im Körper nach Luft ringen, so schloss sich also der Kreis? Er merkte, wie ihm Handschellen angelegt wurden, ein Mann mit einem Koffer kam näher, durch eine Nebelwand hörte er Befehle, die er nicht verstand, Dialoge, deren Sinn sich ihm nicht erschloss. Er spürte einen Stich in der Armbeuge, ihm wurde schwarz vor Augen. So war es also, zu sterben. Er freute sich darauf, Hadubrand zu treffen. Er kam nach Hause.

## 110

Der Anblick des im Koma liegenden Valentin Willimowski mit seinem gigantischen Kopfverband trieb Vitali Schewtsow die Tränen in die Augen. Ihm war, als müsse er Abschied nehmen von seinem Freund. Wenn er es genau überlegte, dann war Valentin sein einziger Weggefährte, der ihn sein Leben lang treu begleitet hatte. Ihre Berufe konnten unterschiedlicher kaum sein, auch die Typen waren komplett unterschiedlich, aber ein durch Worte nicht zu beschreibendes inneres Band hatte sie ein Leben lang zusammengehalten. Nun saß er hier mit dieser Kommissarin an Valentins Bett – dieser unglaublich attraktiven Frau, die mehr Power hatte als eine amerikanische Football-Mannschaft zusammen, die auch so gar nicht zu dem manchmal so spröden Staatsanwalt zu passen schien, und sie redeten auf Willimowski ein. Anke Dankelmann streichelte über dessen Arm, all die Schläuche um und in seinen Körper führten dazu, dass man sich gar nicht traute, ihn richtig anzufassen. Er wirkte zerbrechlich – oder besser: Er wirkte zerbrochen. Und genau genommen war er das ja auch.

Irgendwann waren sie ausgelaugt, Anke Dankelmann drückte Willimowski einen leichten Kuss auf das Kinn. Schewtsow ging

grußlos hinaus, einen dicken Kloß im Hals. Draußen trafen sie den Chefarzt, der auf die Frage, wie lange man den Staatsanwalt im Koma lassen wolle, mit den Schultern zuckte. »Das hängt von vielen Faktoren ab. Wir werden ihn möglicherweise langsam aufwachen lassen, um zu sehen, wieweit seine Körperfunktionen intakt sind. Morgen, in einer Woche – aber ich habe den Eindruck, dass er das alles gut wegsteckt. Möglicherweise hat er Glück. Schauen Sie«, sagte er und zeigte durch eine Glasscheibe in ein anderes Zimmer, in dem ein anderer Patient lag. »Dieser Mann hatte einen Motorradunfall, heute Nacht. Er hat weniger Frakturen am Schädel als ihr Freund. Aber wir befürchten, dass er nicht überlebt. Wir haben einen Teil der Schädelplatte herausgenommen, doch der Druck steigt weiter. Wir werden möglicherweise, was wir noch nie gemacht haben, eine zweite Platte heraustrennen. Doch eventuell wird auch das nichts nützen, der zunehmende Druck auf die lebenswichtigen Nerven, die aus dem Rücken in den Kopf münden, wird ihn sterben lassen.« Anke Dankelmann schluckte, nickte dann und verabschiedete sich.
Draußen stellte sie ihr Handy wieder an. Es war dunkel geworden und mittlerweile hatte sie Hunger. Sie ging mit Schewtsow in den Kiosk gegenüber und kaufte sich zwei Snickers. Heißhungrig verschlang sie die Schokoriegel, trank noch eine Cola, als sich ihre Mailbox meldete. Sie hörte sie ab und ihr Gesicht hellte sich auf. »Vitali, sie haben den Drecksack!« rief sie laut. Der Kioskbesitzer schaute etwas komisch, zwei andere Kunden zuckten zusammen – die beiden aber stürmten hinaus. »Hast du eigentlich neue Infos über den Verbleib der Handschriften?« rief Anke Dankelmann Schewtsow zu. »Ja, die Organisation hat offensichtlich Mannteufel erledigt, weil er die Übergabe beobachtet hat. Wer es war – keine Ahnung. Einer von vielen Soldaten. Die Dinger sind längst in irgendeinem Privattresor, vergesst das einfach und nehmt euch jetzt den Typen vor ...« »Seit wann weißt du das alles?« fragte Anke Dankelmann und blieb stehen. »Seit heute Vormittag. Ich hätte es dir schon noch gesagt, aber ich finde, dass da drin ist erst einmal

wichtiger, oder?« Schewtsow deutete auf das Krankenhaus. Anke Dankelmann schaute ihn lange an. Er hatte Recht. All diese Informationen halfen jetzt nur noch, die Zusammenhänge zu verstehen. Zur Aufklärung, zur Ergreifung der Täter würden sie nicht beitragen.

Sie verabschiedeten sich, und die Kommissarin fuhr zum Präsidium. Auf dem Vorplatz war die gesamte Medienlandschaft des Landes vertreten. Übertragungswagen, ungezählte, Reporter, Scheinwerfer auf Stativen – zur documenta-Eröffnung war mit Sicherheit weniger los. Sie kämpfte sich durch den Pulk und war drei Minuten später im K 11. Bernd Stengel saß in seinem Büro mit zufriedenem Gesicht. Er erzählte kurz, wie sie Popken erwischt hatten, der im Augenblick im Krankenhaus lag, wo man ihm das Bein gerichtet hatte. »Morgen werden wir ihn vernehmen können«, sagte Stengel. »In seinem Schließfach in der Sparkasse lag noch eine Handschrift, das Hildebrandslied hat dieser Verrückte im Rucksack mit sich herumgeschleppt. Gleich ist Pressekonferenz, Plassek und der Präsident werden das machen. Und das Team will heute Abend einen trinken gehen. Kommst du auf ein Bier mit?« Anke Dankelmann nickte. Sie horchte in sich hinein, ob es da möglicherweise einen Konflikt gab mit der Tatsache, dass sie eigentlich Trauer tragen müsste wegen Willimowski – aber das war Quatsch. Er lebte, sie hatte große Hoffnung und würde heute Abend mit den Jungs einen heben. »Die Kollegen von der Spurensicherung kommen mit, die haben sicher noch nie so viel auf einmal zu tun gehabt wie in diesen Tagen. Und der Chef gibt einen aus.« Stengel grinste. »20 Uhr, im Eberts in der Friedrich-Ebert-Straße.« »Was haben die da für Bier?« wollte die Kommissarin wissen. »Keine Ahnung«, antwortete Stengel. »Ist das denn heute wichtig?« Anke Dankelmann hatte eine ähnliche Frage heute schon mal gehört. »Das ist immer wichtig!« entgegnete sie.

## 111

Lutz Kretschmer hatte sich ein kleines, möbliertes Apartement in Frankreich gemietet, ein halbes Jahr Miete bar im voraus bezahlt. Der Vermieter hatte keine Fragen gestellt und das Geld kassiert. Nun hatte er einen festen Wohnsitz. Er mietete sich in einem anderen Ort ein Postschließfach, auch hier zahlte er mit dem Hinweis, dass er sich vor Ort noch eine Bankverbindung besorgen müsse, weil er gerade aus Deutschland umgesiedelt sei. Dann war er in die Schweiz gefahren, hatte die Grenze problemlos mit seinem immensen Bargeldvorrat überschritten und in einem Bankhaus in Genf ein Konto eröffnet. Ab dem nächsten Monat würde Vanessa monatlich eine Überweisung bekommen. Einen Teil des Bargeldes würde er in einem Schließfach der Bank, bei der er heute Nachmittag in seiner neuen Heimat ein Konto eröffnen würde, deponieren, alles mit dem zweiten Pass, den er aus Frankfurt mitgebracht hatte. Da würde er auch die monatliche Überweisung für das Postfach regeln. Das Postfach selbst war nur dazu da, den Schriftverkehr der Bank in der Schweiz zu bündeln.
Er hatte zwei Identitäten, das sollte reichen, um mittelfristig sicher leben zu können. Einen Moment dachte der Mann an Henny Böhm. Der Sex mit dieser wilden Frau würde ihm fehlen, möglicherweise würde sie irgendwann sein Verschwinden vermelden. Aber hier, am Fuße der französischen Alpen, fühlte er sich sicher. 14 Tage gammeln, dann würde er sich einen Job suchen.
Als er abends im deutschen Fernsehen, das er über Satellit empfangen konnte, von der Verletzung und Verhaftung des Friesen hörte, wurde er erneut unruhig. Das legte sich, schließlich hatte er die Spuren verwischt, weil er damit hatte rechnen müssen, Er würde sein Outfit verändern, die Haare ein wenig wachsen lassen, sich einen Oberlippenbart zulegen. Er würde, das war sicher, wie ein Franzose aus dem Bilderbuch aussehen.

## 112

Die Vernehmungen von Onno Popken hatten in den vergangenen Tagen nichts gebracht. Er hatte die Morde zugegeben, den Raub aus der Murhardschen ebenfalls, er hatte lange Vorträge gehalten über seine germanischen Vorfahren, forderte, als legitimer Nachfahre von Hildebrand betrachtet und entsprechend behandelt zu werden. Sein Anwalt verzweifelte, wenn die Sprache auf seine Komplizen kam, dann machte der Friese dicht. Auch unter Folter werde er nichts sagen, er sei Germane, unbeugsam, treu – Tugenden, die offensichtlich heutzutage nur noch er verkörpere. Ein erster psychiatrischer Befund machte klar: Der Mann hatte einen gewaltigen Schaden – für den Prozess, der ihn erwartete, sicher tauglich, aber danach würde er in die geschlossenste Anstalt wandern, die man in Deutschland zu bieten hatte, sicherer noch als der Regierungsbunker in der Nähe von Bonn. Hadubrands Erbe würde die Freiheit nie wieder erleben, aber möglicherweise war die größte Freiheit, die er kannte, ohnehin seine krude Gedankenwelt. Anke Dankelmann hatte den Abend, als sie die Verhaftung feierten, genutzt, um sich für ihre wilden Verdächtigungen, man habe möglicherweise ein Leck im Team, entschuldigt und eine große Runde ausgegeben. Die Kollegen hatten ihr verziehen. Die Beisetzungen Mannteufels war ohne Zwischenfälle verlaufen. Seine Mutter hatte regungslos am Grab gestanden, nach der Beerdigung hatte sich der amerikanische Halbbruder Mannteufels bei der Polizei gemeldet und erklärt, sein Bruder habe das Hildebrandslied gestohlen, er habe ihn aus der Ferne unterstützt und trage Mitschuld am Tod. Es ergänzte das Bild, half ihnen aber nicht weiter.

## 113

Mitte Dezember tauchte auf dem Konto der kleinen Vanessa erstmals ein für ihre Verhältnisse stattlicher Geldbetrag auf. Die Mutter, die sich schon Gedanken gemacht hatte, wo der Vater abgeblieben war, überlegte zwei Tage, ob sie irgend etwas der Polizei melden wollte. Sie hatte ihren Job verloren und sich von ihrem Lebensgefährten getrennt, und sie beschloss pragmatisch, den Dingen ihren Lauf zu lassen. Was niemand weiß, macht niemanden heiß – das sollte, was das Geld betraf, die Devise sein. Vanessa würde dann irgendwann selbst entscheiden können, was zu tun war. Bis dahin bedeutete das Geld ein wenig Sicherheit. Und das war viel für eine alleinerziehende, arbeitslose Frau.

## 114

Henny Böhm hatte Kretschmers Verschwinden ebenfalls nicht der Polizei gemeldet. Sollte dieser Typ doch machen, was er wollte. Sie brachte ihn gedanklich nicht mit den Verbrechen des November in Zusammenhang. Und so sehr hing sie nun auch nicht an ihm. Und andere Männer gab es genug. Kretschmer, das hatte sie noch mitbekommen, hatte die Wohnung aufgelöst. Es war ihr mittlerweile egal. Sie zündete sich eine Zigarette an und wendete sich ihrer Arbeit zu.

## 115

Der Friese schwieg, was die Identität seiner Komplizen anging, weiterhin eisern. Es gab keinerlei Verbindungen, die die Polizei auf die Spur von Kretschmer hätte führen können. Sie hofften, dass der vierte Mann irgendwann einmal mit seinem Geld einen Fehler machen würde, wie es die meisten Verbrecher taten. Oder dass Popken irgendwann, als Folge einer unausweichlichen Therapie, doch noch reden würde. Sie brauchten Geduld.

## 116

Anke Dankelmann hatte nun seit Wochen täglich dem Krankenhaus einen, manchmal zwei Besuche abgestattet. Hatte am Bett gesessen, Willimowski erzählt – und wenn sie nichts mehr zu erzählen hatte, dann fing sie von vorn an. Einmal hatte der Leiter der Staatsanwaltschaft sich bei ihr gemeldet, dort war die Anteilnahme am Schicksal des Kollegen zwar groß – aber der Alltag verdrängte so manches. So musste es sein, wenn man stirbt, dachte sie sich. Die Welt schüttelt sich einmal und dreht sich weiter. Gut zu wissen, sagte sie zu sich, und Ansporn genug, sich selbst niemals zu wichtig zu nehmen.

Anfang Dezember hatte es noch einmal schlecht ausgesehen, der erste Versuch, Willimowski aufwachen zu lassen, war dramatisch gescheitert, seine Körperfunktionen waren beinahe zusammengebrochen. Anke Dankelmann war nachdenklicher geworden in dieser Zeit. War oft allein ins Kino gegangen, nur einmal zum Doppelkopfspielen in der Kneipe gewesen. Sie würde alles nachholen, wenn der Staatsanwalt wieder auf den Beinen war.

Den Urlaub für sie beide hatte sie storniert, sie hatte zum Glück eine Reiserücktrittsversicherung abgeschlossen. Am 20. Dezember fuhr sie nach Borken zu ihren Eltern, ihre Mutter hatte Geburtstag. Sie wollte ihr ein Mutter-Tochter-Wochenende schenken, sie hatte einfach das Bedürfnis, der Frau, die ihre langjährigste Freundin war, mal irgendwann alles zu erzählen. Sie wollte mit ihr nach Willingen im Upland fahren, ein wenig wandern und viel quatschen, im Pool des Hotels schwimmen, in die Sauna gehen – all das, wenn das mit Willimowski wieder geregelt war. Ihre Mutter hatte Tränen in den Augen gehabt, als sie den Gutschein gesehen hatte, ihr Vater raunte ihr nur »Gut gemacht« ins Ohr. Beim Abendessen hatte ihre Mutter mal wieder die siebziger Jahre aufleben lassen. Schinkenröllchen, gekochte Eier mit Mayonnaise, Mixed Pickles und so weiter – alle Schrecken aus der Kindheit hatten aber an Wirkung verloren, amüsiert griff sie beherzt zu. Ihr

Bruder aus Düsseldorf hatte angerufen, ein paar Nachbarn waren hereingeschneit. Es war eine lustige Runde.
Gegen 21 Uhr meldete sich ihr Handy. »Hier ist Professor Schröder. Können Sie ins Krankenhaus kommen?« Ihr Herz sackte ihr unter die Kniekehlen. Sie sprang auf und rannte in den Flur. »Ist er tot?« stammelte sie. »Nein, nein – aber es ist besser, wenn sie kämen.« Sie erklärte kurz zuhause, was los war und fuhr in Höchstgeschwindigkeit nach Kassel. Sie parkte den Golf im Halteverbot in der Mönchebergstraße, stapfte durch den Schneematsch, der Kassels Straßen nach einem plötzlichen Wärmeeinbruch überzog, ins Klinikum.
Am Eingang der neurochirurgischen Intensivstation wurde sie von Schröder empfangen. »Was ist mit ihm?« stammelte die Kommissarin. »Beruhigen Sie sich bitte, ich wollte Ihnen nur etwas zeigen.« Er führte sie am Arm ins Zimmer, in dem Willimowski lag. Als sie näher kam, sah sie, dass er die Augen geöffnet hatte. Er sah sie an, ein Hauch eines Lächelns ging über sein Gesicht.
Anke Dankelmann schlug die Hände vors Gesicht und begann hemmungslos zu schluchzen. Schröder legte den Arm um sie. »Wir haben, ohne ihnen das zu sagen, gestern einen neuen Versuch unternommen. Alles ist okay. Er ist stabil, um nicht zu sagen Topfit für seine Verhältnisse. Ich lasse sie jetzt allein.« Er ging leise hinaus und schloss die Tür. Anke Dankelmann ging langsam auf das Bett zu, setzte sich auf den Stuhl daneben. Sie schauten sich endlos lang sprachlos in die Augen. Sie ergriff seine Hand und spürte, wie er ganz leicht ihren Druck erwiderte. In diesem Jahr brauchten sie kein Weihnachtsfest mehr.

**Das Hildebrandslied**

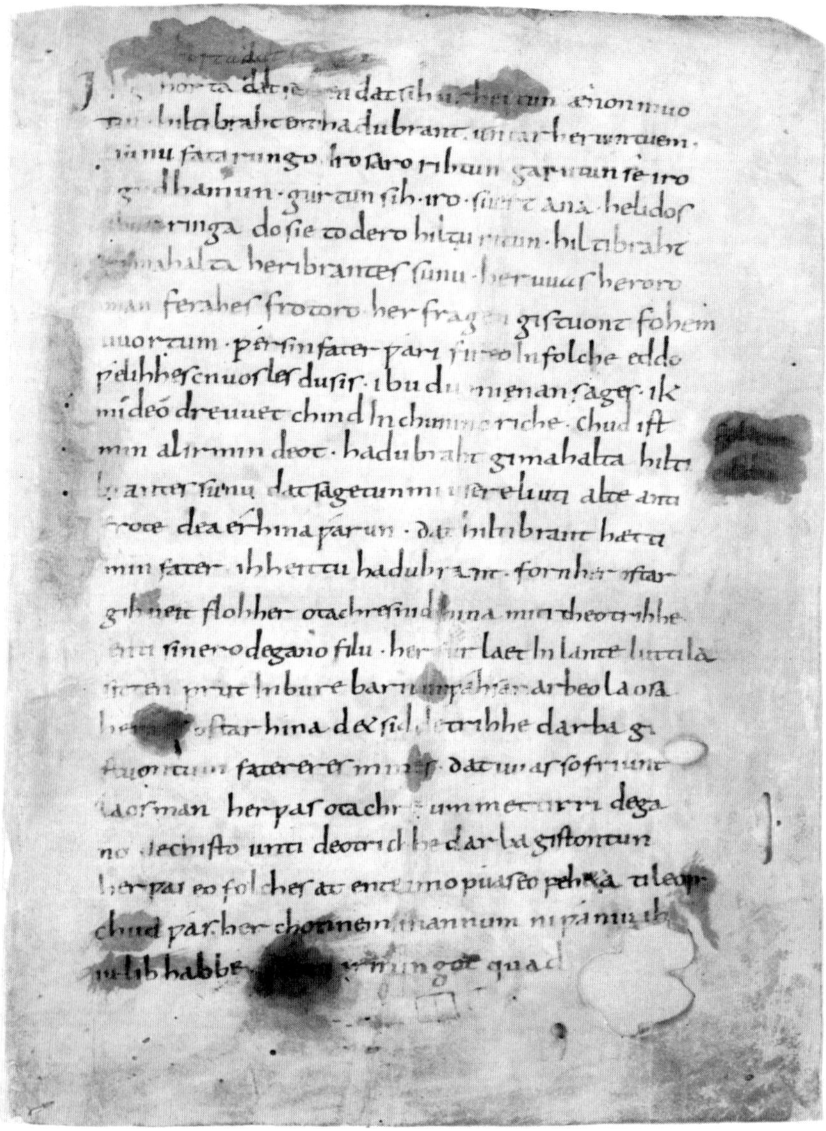

Die beiden erhaltenen Seiten des Hildebrandsliedes, 9. Jahrhundert
Universitätsbibliothek Kassel

hiltibraht obana ab heuane . dat du neo dana halt mit sus
sippan man dinc ni gileitos . ƿant her do ar arme ƿuntane
bauga cheisuringu gitan . so imo se der chuning gap
huneo truhtin . dat ih dir it nu bi huldi gibu . hadubraht
gimalta hiltibrantes sunu . mit geru scal man geba infa
han ort ƿidar orte . du bist dir alter hun ummet spaher
spenis mih mit dinem ƿortun ƿili mih dinu speru ƿer
pan . pist also gialtet man so du ewin inƿit fortos .
dat sagetun mi seolidante ƿestar ubar ƿentilseo dat
man ƿic furnam . tot ist hiltibrant heribrantes suno .
hiltibraht gimahalta heribrantes suno . ƿela gisihu ih
in dinem hrustim dat du habes heme herron goten
dat du noh bi desemo riche reccheo ni ƿurti . ƿela
ga nu ƿaltant got ƿeƿurt skihit .
ih ƿallota sumaro enti ƿintro sehstic ur lante . dar
man mih eo scerita in folc sceotantero so man mir at
burc enigeru banun ni gifasta . nu scal mih suasat
chind . suertu hauƿan breton mit sinu billiu eddo
ih imo ti banin ƿerdan . doh maht du nu aodlihho
ibu dir din ellen taoc . in sus heremo man hrusti gi
ƿinnan rauba bi hrahanen . ibu du dar enic reht ha
bes . der si doh nu argosto quad hiltibrant ostar liuto
der dir nu ƿiges ƿarne nu dih es so ƿel lustit . gudea
gimeinun niuse de motti . ƿerdar sih dero hregilo
hrumen muotti . erdo desero brunnono bedero ƿal
tan . do lettun se ærist asckim scritan scarpen scurim
dat in dem sciltim stont . do stoptun to samane staim
bort chludun . heƿun harmlicco huitte scilti .
unti im iro lintun luttilo ƿurtun . giƿigan miti ƿabnum

## Der transkribierte Originaltext

*Bl.* $1^r$

Ik gihorta dat seggen dat sih urhettun ænon muo
tin, hiltibraht enti hadubrant. untar heriun tuem,
sunufatarungo iro saro rihtun. garutun se iro
gudhamun. gurtun sih. iro suert ana. helidos
ubar ringa do sie to dero hiltiu ritun. hiltibraht
gimahalta heribrantes sunu: her uuas heroro
man ferahes frotoro. her fragen gistuont fohem
uuortum. wer sin fater wari fireo in folche eddo
hwelihhes cnuosles du sis. ibu du mi enan sages, ik
mi de odre uuet chind, in chunincriche. chud ist
min al irmindeot. hadubraht gimahalta, Hilti
brantes sunu dat sagetun mi usere liuti alte anti
frote dea érhina warun. dat hiltibrant hætti
min fater. ih heittu hadubrant. forn her ostar
gihueit floh her otachres nid hina miti Theotrihhe
enti sinero degano filu. her furlaet in lante luttila
sitten prut in bure barn unwahsan arbeo laosa.
heraet ostar hina det sid detrihhe darba gi
stuontun fateres mines. dat uuas so friunt
laos man her was otachre ummet tirri dega
no dechisto miti deotrichhe darba gistontum
her was eo folches at ente imo wuas eo feheta ti leop.
chud was her chonnem mannum ni waniu ih
iu lib habbe. wettu irmingot quad

## Zeilengetreue wörtliche Übertragung

*Bl. 1r*

Ich hörte das sagen, daß sich Herausforderer einzeln getroffen,
Hildebrand und Hadubrand, zwischen ihren Heeren.
Sohn und Vater ihre Rüstungen richteten. Sie bereiteten ihre
Kampfhemden, gürteten sich ihre Schwerter an, die Helden,
über die Panzer, da sie zu dem Kampfe ritten. Hildebrand
sprach, Heribrands Sohn – er war der ältere
Mann, lebenserfahrener; zu fragen begann er mit wenigen
Worten, wer sein Vater gewesen sei der Menschen im Volke, »oder
welcher Sippe du seist. Wenn du mir einen sagst, weiß ich
mir die anderen, Jüngling, im Königreiche: Kund ist
mir alles Menschenvolk.« Hadubrand sprach, Hilde-
brands Sohn: »Das sagten mir unsere Leute, alte und
weise, die früher waren, daß Hildebrand habe geheißen
mein Vater: Ich heiße Hadubrand. Einst er nach Osten
ging, floh er Otachers Haß, hin mit Dietrich
und seiner Degen viel. Er ließ im Lande das Kleine,
sitzen die junge Frau im Hause, das unerwachsene Kind, erbelos.
Er ritt nach Osten hin. Seither bedurfte Dietrich
meines Vaters: Das war ein so freund-
loser Mann. Er war auf Otacher unmäßig zornig, der De-
gen liebster, solange Dietrich seiner bedurfte.
Er war immer an der Spitze des Volkes: Ihm war Fechten immer zu lieb:
Bekannt war er kühnen Männern. Nicht glaube ich,
er sei noch am Leben.« »Ich mache Gott zum Zeugen«, sprach

*Bl. 76*$^{v}$

hiltibraht obana ab heuane dat du neo dana halt mit sus
sippan man dinc ni gileitos. want her do ar arme wuntane
bouga cheisuringu gitan. so imo se der chuning gap
huneo truhtin. dat ih dir it nu bi huldi gibu. hadubraht
gimahalta hiltibrantes sunu. mit geru scal man geba infa
han ort widar orte. du bist dir alter Hun, ummet spaher
spenis mih mit dinem wortun wili mih dinu speru wer
pan. pist also gialtet man so du ewin inwit fortos.
dat sagetun mi seolidante westar ubar wentilseo dat
man wic furnam. tot ist hiltibrant heribrantes suno.
hiltibraht gimahalta heribrantes suno. wela gisihu ih
in dinem hrustim dat du habes heme herron goten
dat du noh bi desemo riche reccheo ni wurti. wela
ga nu waltant got quad hiltibrant wewurt skihit.
ih wallota sumaro enti wintro sehstic ur lante. dar
man mih eo scerita in folc sceotantero. so man mir at
burc enigeru. banun ni gifasta. nu scal mih suasat
chind. suertu hauwan breton mit sinu billiu eddo
ih imo ti banin werdan. doh maht du nu aodlihho
ibu dir din ellen taoc. in sus heremo man hrusti gi
winnan rauba birahanen. ibu du dar enic reht ha
bes. der si doh nu argosto quad hiltibrant ostarliuto
der dir nu wiges warne nu dih es so wel lustit. gudea
gimeinun niuse de motti. werdar sih dero hiutu hregilo
hrumen muotti. erdo desero brunnono bedero uual
tan. do lettun se ærist asckim scritan scarpen scurim
dat in dem sciltim stont. do stoptun to samane staim
bort chludun. heuwun harmlicco huitte scilti.
unti im iro lintun luttilo wurtun, giwigan miti wabnum

*Bl. 76v*

Hildebrand, »oben vom Himmel, daß du nie fortan mehr mit so verwandtem Mann Verhandlung führst.« Er wand da vom Arme gewundene Ringe, aus Münzgold gefertigt, die ihm der König gegeben, der Hunnen Herr: »Daß ich es dir nun aus Huld gebe.« Hadubrand sprach, Hildebrands Sohn: »Mit dem Speer soll man eine Gabe empfangen, Spitze wider Spitze. Du bist, alter Hunne, unmäßig schlau, lockst mich mit deinen Worten, willst mich mit deinem Speer werfen. Ein so alter Mann du bist, so führtest du ewig Trug. Das sagten mir Seefahrende westwärts über die Wendelsee, daß ihn Kampf hinwegnahm: Tot ist Hildebrand, Heribrands Sohn.« Hildebrand sprach, Heribrands Sohn: »Wohl ersehe ich in deiner Rüstung, daß du hast einen guten Herrn daheim, daß du noch bei dieser Herrschaft nicht Verbannter wurdest. Wohlan nun, waltender Gott«, sprach Hildebrand, »Unheil geschieht! Ich wallte Sommer und Winter sechzig außer Landes, wo man mich immer scharte in die Reihe der Schießenden, ohne daß man mir bei irgendeiner Stadt Tod zufügte; nun soll mich eigenes Kind mit dem Schwert hauen, niederstrecken mit seiner Klinge, oder ich ihm zum Mörder werden. Doch magst du nun leicht, wenn dir deine Kraft taugt, an so hehrem Manne die Rüstung gewinnen, die Beute rauben, wenn du dazu irgendein Recht hast.« »Der sei doch nun der ärgste«, sprach Hildebrand, »der Ostleute, der dir nun den Kampf verweigerte, nun es dich so sehr gelüstet nach gemeinsamem Ringen: Versuche, der kann, ob er sich heute der Gewänder rühmen dürfe oder dieser beider Brünnen walten.« Da ließen sie erst die Lanzen laufen in scharfen Schauern, daß sie in den Schilden standen. Dann stapften sie zusammen, spalteten die Schilde, hieben harmvoll die weiße Wehr, bis ihnen ihre Schilde klein wurden, zerkämpft mit Waffen …

Quelle: Das Hildebrandslied. Faksimile der Kasseler Handschrift mit einer Einführung von Hartmut Broszinski hrsg. v. Präsidenten der Universität Kassel, 3. überarb. Auflage Kassel 2004 (Kasseler Semesterbücher: Pretiosa Cassellana)

Victor Millet

## Über das Hildebrandslied

Das Hildebrandslied ist eines der ältesten Textzeugnisse in deutscher Sprache und zugleich eine der frühesten erhaltenen heroischen Dichtungen des Mittelalters. Es handelt sich um ein erzählendes Gedicht mit 68 erhaltenen Stabreimversen, dessen Ende nicht überliefert ist und das in den frühen dreißiger Jahren des 9. Jahrhunderts in eine religiöse Handschrift des karolingischen Klosters Fulda eingetragen wurde. Dieser Konvent, der damals vom großen Abt Hrabanus Maurus geleitet wurde, war eines der wichtigsten intellektuellen Zentren und Skriptorien der Zeit. Der Codex mit biblischen Texten war wenige Jahre zuvor dort hergestellt und mit weiteren Schriften ergänzt worden, bis nur noch die Außenseiten des vorderen und hinteren Vorsatzblattes frei waren, also jene Seiten, die in direktem Kontakt zu den Buchdeckeln standen und daher meist nicht beschriftet wurden. Auf diesen zwei wenig repräsentativen und weit auseinanderliegenden Freiräumen wurde nun das Hildebrandslied aufgezeichnet. Der Text springt also vom Fuß der Vorderseite des ersten Blattes zur Rückseite des letzten und bricht am Ende von diesem mitten im Satz ab; wir wissen nicht, ob der Schreiber auf der Innenseite des Deckels weiterschrieb (der Einband wurde später erneuert) oder ob er den Text einfach unvollendet ließ, was in jener Zeit bei solchen Füllseleinträgen nicht unüblich war.

Das Gedicht erzählt vom Kampf zwischen Hildebrand und Hadubrand, Vater und Sohn, im Kontext einer Schlacht zwischen ihren jeweiligen Herren, Theoderich und Odoaker. Dieser hatte viele Jahre zuvor den Theoderich verbannt, und Hildebrand, sein bester Mann, hatte ihn mit dem Rest des Gefolges ins Exil begleitetet. Dies wird im angespannten Anfangsgespräch von den Protagonisten in Erinnerung gebracht. Nun sind die Vertriebenen offenbar in die Heimat zurückgekehrt, und es ist zum Heereskampf gekommen, dessen Anfang die Begegnung zwischen Vater und Sohn ist. Der Vater gibt sich zunächst seinem Gegner zu erkennen und will ihm sogar ein kostbares Geschenk als Zeichen der Huld machen, doch der Sohn weist es zurück und will keine andere Wahrheit akzeptieren, als dass der Vater ein tapferer Krieger war, aber längst tot ist. Der Kampf ist offenbar unvermeidbar. Der Text bricht ab, nachdem die Recken mit ihren Eschenspeeren gekämpft und sich die Schilde aus Lindenholz mit den Schwertern zerhauen haben. Andere Dichtungen und Andeutungen der späteren deutschen und skandinavischen Literaturen lassen den Schluss zu, dass Hadubrand von Hildebrand getötet wurde – ob mit oder ohne Erben ist nicht überliefert.

Das Hildebrandslied hat die Forschung seit jeher fasziniert. Seine Einzigartigkeit im literaturgeschichtlichen Kontext, seine poetischen Qualitäten und seine komplexen sprachlichen Schwierigkeiten (die Mischung aus bairischen und altsächsischen Formen, die vielen alten, sonst nicht belegten Worte) haben die Philologen immer wieder zur Auseinandersetzung mit diesem Fragment gereizt. Im 19. und frühen 20. Jahrhundert galt das Gedicht als ein authentisches Zeugnis germanisch-deutscher Heldendichtung, als späte, weil erst nach der Christianisierung erfolgte Aufzeichnung eines Textes aus heidnischer Vorzeit. Die heutige Forschung dagegen hebt hervor, dass das erhaltene Hildebrandslied – wie auch immer die Sage gewesen sein mag, auf welche es zurückgeht – in jeder Hinsicht ein Werk der ersten Hälfte des 9. Jahrhunderts ist. Es nimmt der Geschichte dadurch, dass beide Figuren von vornherein wissen, wer ihr Gegner ist, jede heroische Tragik und arbeitet mit gnadenloser Vehemenz die Verbissenheit heraus, mit der diese adligen Krieger der politischen Partei, der sie angehören, den Vorrang geben vor den engsten Blutsbanden, die der dritte Vers mit dem sonderbaren Wort sunufatarungo hervorhebt. Hadubrand, der als rechtloses Kind eines Verbannten aufwuchs und sich offenbar trotzdem zum Vertrauten Odoakers emporgearbeitet hat, scheint geradezu versessen darauf, nur noch einen toten Vater zu akzeptieren. Und Hildebrands Geschenk an den Sohn ist perfide, denn er weiß, dass der es unter keinen Umständen annehmen darf. Diese kritische Durchleuchtung der Sage erklärt sich dadurch, dass die Abschrift des Hildebrandsliedes im Kontext der von ranghohen Reichsklerikern gerade auch in Fulda unterstützten Kritik am Andenken des Gotenkönigs Theoderich steht. Es ging um die Auflösung eines bestimmten, auch von Karl dem Großen getragenen heroischen Selbstverständnisses des weltlichen Adels der Karolingerzeit.

Als nach dem Zweiten Weltkrieg die kostbaren Altbestände der Landesbibliothek aus den bombensicheren Bunkern nach Kassel zurückgeführt wurden, fehlten zwei wichtige Handschriften, eine von ihnen, welche das Hildebrandslied enthielt. Sie tauchte zehn Jahre später bei einem Antiquar in den USA wieder auf. Doch es fehlte das vordere Blatt, das jemand herausgeschnitten hatte. Vermutlich hatte der Dieb erkannt, dass es sich hierbei um einen anderen, wichtigen Text handelte und erhoffte sich durch einen getrennten Verkauf einen höheren Erlös; doch offenbar wußte er nicht, dass auch das hintere Blatt dazugehörte. Das verlorene Pergament wurde erst Anfang der siebziger Jahre gefunden, und kurz darauf konnten Dank glücklicher Umstände die beiden Handschriften vollständig der Kasseler Landesbibliothek zurückgegeben werden.

Prof. Dr. Victor Millet
Institut für Deutsche Philologie
Universität Santiago de Compostela, Spanien

**Dank**

Der Dank des Autors geht für fachliche, sachliche, freundschaftliche und moralische Unterstützung an:

Bernd – Kommissar Ex. Kassels Polizei wird ohne ihn ein Problem haben. Ich hoffe, mir bleibt er gewogen.
Verena – ohne die dieses Buch einen anderen Anfang bekommen hätte.
Hedda – sicherster Indikator, ob eine Geschichte gefällt oder nicht.
Tine – die einzige »Testleserin«, die mehr an Valentin als an Anke hängt.
Peter – der kritischste Freund ist der treueste.
Claudio – Mentor, Berater, Freund, Fan, Kritiker ...
Anne – nervenstark, gut gelaunt, immer optimistisch, liebevoll-kritisch – die tragende Säule jedes Kassel-Krimis.

Ein besonderer Dank gilt der Handschriften-Sammlung der Murhardschen Bibliothek für die Unterstützung im Vorfeld.

## Weitere Krimis von Horst Seidenfaden

**Das brennende Gesicht**
Der Kassel-Thriller

176 Seiten
14 x 22 cm
€ 12,80
ISBN 978-3-936962-47-5

Weihnachten 2006. Auf dem Dach eines Hotels in Kassel wird ein ermordeter katholischer Priester gefunden. Wenige Tage später, an exponierter Stelle in der Innenstadt, die zweite Leiche – wieder ein katholischer Priester. Keine Zeugen, keine Spuren. Ein vager Verdacht führt die Polizei auf einen Fall sexuellen Missbrauchs vor vielen Jahren. Rächt sich ein von einem katholischen Geistlichen missbrauchter Junge jetzt an der Kirche? Die unsichere Jagd auf ein Phantom beginnt.

**Rache für den Mörder**
Kriminalroman

200 Seiten
14 x 22 cm
€ 12,80
ISBN 978-3-936962-66-6

Der Prokurist einer großen Kasseler Baufirma stürzt sich in einer lauen Mainacht in den Tod. Einen Tag später wird der Eigentümer der selben Baufirma ermordet aufgefunden. Bei der Untersuchung des Mordfalls stoßen die beiden Kommissare Anke Dankelmann und Bernd Stengel auf dubiose Geldwäschegeschäfte, zweifelhafte Verbindungen in die Ukraine und eine mysteriöse Fotografie. Doch wie hängt alles zusammen?

www.siebenhaar-verlag.de